10|18
12, avenue d'Italie — Paris XIIIe

Du même auteur
dans la collection 10/18

La plume du corbeau, n° 2307
Miss Silver entre en scène, n° 2308
Miss Silver intervient, n° 2362
Le point de non-retour, n° 2363
Pleins feux, n° 2406
Les lèvres qui voient, n° 2407
La roue de Sainte-Catherine, n° 2437
Le chemin de la falaise, n° 2450
L'empreinte du passé, n° 2473
Le châle chinois, n° 2494
Au douzième coup de minuit, n° 2519
Le rocher de la Tête Noire, n° 2534
Le masque gris, n° 2597
A travers le mur, n° 2624
Meurtre en sous-sol, n° 2654
L'héritage d'Alington, n° 2684
Le mystère de la clef, n° 2709
Le trésor des Benevent, n° 2754
L'affaire William Smith, n° 2770
Comme l'eau qui dort, n° 2792

UN ANNEAU POUR L'ÉTERNITÉ

PAR

PATRICIA WENTWORTH

Traduit de l'anglais
par Perrine VERNAY et Hélène MACLIAR

10|18

« Grands Détectives »
dirigé par Jean-Claude Zylberstein

Titre original :
Eternity Ring

ISBN 2-264-02161-6

1

Maggie Bell tendit une main maigre et osseuse aux articulations noueuses, et saisit le combiné du téléphone d'un geste saccadé. Tous les gestes de Maggie étaient saccadés. Bien qu'âgée de vingt-neuf ans, elle n'avait pas grandi et ne s'était guère développée depuis ce que sa famille désignait toujours, non sans une sorte d'orgueil, comme son « accident ». Elle avait été renversée par une voiture dans la grande rue à douze ans.

Elle demeurait allongée toute la journée sur un divan tiré devant la fenêtre dominant « L'Épicerie » de Mr. Bisset. C'était ainsi que celui-ci baptisait son magasin, mais il vendait en réalité des tas de choses qui ne pouvaient décemment pas être baptisées « épicerie ». Le terme pouvait éventuellement s'appliquer aux lacets de réglisse, une confiserie presque totalement disparue en Angleterre, et que Mrs. Bisset fabriquait d'après unc vieille recette familiale, mais ne convenait pas à l'assortiment d'articles de laine ou de cuir accrochés de chaque côté de l'entrée du magasin. La présence d'oignons, de tomates, de pommes, de poires et de noix de saison était tout à fait naturelle, mais celle de piles de salopettes de coton et de grosses bottes s'expliquait uniquement par le fait que Deeping n'était qu'un village et que « L'Épicerie » de Mr. Bisset en était l'unique magasin.

Par beau temps, Maggie pouvait surveiller par la fenêtre surplombant l'entrée les allées et venues de presque tous les habitants de Deeping. La plupart d'entre eux lui adressaient un signe amical et lui criait « Bonjour ». Mrs. Abbott, d'Abbottsleigh, n'y manquait jamais, et agitait la main avec un sourire. Le colonel Abbott levait les yeux et saluait, mais Miss Cicely grimpait l'escalier en courant pour lui apporter un livre ou une revue et s'attardait un moment. Maggie lisait beaucoup. Il faut bien s'occuper, quand on est étendue toute la journée. Ayant grandi dans un milieu où la lecture était synonyme d'oisiveté, c'était ainsi qu'elle se justifiait.

Miss Cicely lui apportait des livres vraiment bien, et pas du genre qui enrichit l'esprit. Ceux-là, Maggie les repérait tout de suite, et s'était cuirassée contre ce genre de lectures. Elle aimait les histoires vieilles comme le monde — le vendeur de journaux va-nu-pieds qui devient millionnaire, la fille tellement banale que personne ne la remarque et qui finit par devenir une beauté renversante, ou une duchesse. Elle appréciait un bon meurtre, où tous les amis ou ennemis du mort étaient suspectés tour à tour. Elle aimait les récits de voyage où les héros traversent des ponts de lianes, s'enfoncent dans des marais d'où serpents, crocodiles, lions, tigres et singes monstrueux peuvent surgir à tout instant.

Abbottsleigh recelait de véritables trésors. Mrs. Abbott avait maintes fois déclaré qu'elle était la seule femme d'Angleterre à posséder une bibliothèque aussi complète de navets — « c'est si reposant après deux vagues de littérature de guerre, sans parler des journaux... tellement modernes, vous comprenez ».

Maggie ne lisait pas toute la journée. Calée sur des oreillers, elle cousait un peu, mais sans pouvoir tenir longtemps. Sa mère était la couturière du village, aussi tout ce que pouvait faire Maggie était bienvenu. Boutonnières et boutons, agrafes, toutes ces finitions, c'était sa partie, qu'elle accomplissait à gestes saccadés mais très convenablement. Mrs. Bell était habile et travaillait pour toutes les grandes maisons d'alentour. Elle avait passé la guerre à tirer parti de vieilleries qui n'auraient jamais revu le jour en d'autres temps. Son plus grand moment de fierté, et celui de Maggie, avait été lorsque Mrs. Abbott lui avait apporté la robe de mariée de la vieille lady Evelyn Abbott pour voir ce qu'on pourrait en tirer pour Miss Cicely. « Parce que de nos jours, bien sûr, on ne trouve tout simplement plus ce genre de chose, et Cicely l'aime beaucoup. Moi, je n'aurais pas aimé me marier dans la robe de ma grand-mère, mais aujourd'hui, c'est la mode, et puis, c'est très joli, bien sûr. »

Les plis du lourd satin ivoire avaient rempli la pièce. C'était la longue traîne de cour brodée de roses de perles, mais la robe elle-même était de coupe simple, pour faire ressortir les volants de point de Bruxelles qui la garnissaient. De sa vie, Maggie n'avait jamais rien vu d'aussi ravissant, et la pensée d'y toucher la faisait frémir. Dommage que Miss Cicely soit une petite chose brune. C'était drôle, aussi. Le colonel était un gentleman portant beau et bien campé. Mrs. Abbott, sans mériter le titre de beauté, était ce que Mrs. Bisset appelait une belle femme qui savait porter la toilette. Mais Miss Cicely n'était qu'un petit pruneau aux grands yeux, rien de plus. Et tout ce magnifique satin ivoire pour sa robe de mariée. Eh bien, ça ne lui avait pas porté chance. Elle était de retour à Abbottsleigh, Mr. Grant Hathaway tout seul à Deepside, et on parlait de divorce. Personne ne savait ce qui s'était passé entre eux... trois mois de mariage et une rupture comme ça ! Même Maggie n'avait pas la moindre idée de ce qui était arrivé, et pourtant, elle était au courant de presque tout, car lorsqu'elle ne cousait pas ou ne lisait pas, elle écoutait les conversations téléphoniques.

Deeping disposait d'une ligne à postes groupés, véritable mine d'informations confidentielles. La douzaine de maisons équipée du téléphone avait cette ligne en commun, et quiconque désirait écouter la conversation d'un voisin n'avait qu'à soulever le combiné. Tout le monde aurait donc dû redoubler de prudence, mais l'intimité engendre l'indifférence, sinon le mépris. Lorsqu'on utilise son propre téléphone, dans sa propre chambre, il est difficile de se débarrasser de cette illusion d'intimité. Maggie connaissait les moments les plus propices à l'écoute, et avait fait ample moisson de renseignements sur beaucoup de gens, mais elle n'avait jamais pu découvrir pourquoi Cicely Hathaway avait quitté son mari. Tout ce qu'elle avait pu saisir, c'était le soir où, en prenant l'écouteur, elle avait entendu Grant Hathaway dire :

— Cicely...

La réponse s'était fait attendre si longtemps que Maggie s'était demandé si elle viendrait jamais. Puis une petite voix glaciale avait dit :

— Qu'y a-t-il ?

Maggie était suspendue au téléphone, sa main osseuse crispée sur l'appareil, les narines frémissantes. Elle avait entendu Grant Hathaway répondre :

— Nous ne pouvons pas continuer comme ça. Je veux vous voir.

— Non.

— Cicely !

— Je n'ai rien à vous dire, et vous n'avez rien à me dire.

— C'est justement là que vous vous trompez. J'ai beaucoup de choses à vous dire.

Il y avait eu un autre de ces longs silences. Puis Cicely Hathaway avait repris :

— Rien que j'aie envie d'entendre.

— Cis... Ne soyez pas idiote !

Cicely Hathaway avait dit alors une chose très étrange :

— Une idiote sera bientôt séparée de sa fortune. Vous pouvez l'avoir.

Le téléphone avait été raccroché si brutalement que toute la ligne en avait été ébranlée. C'était Mr. Grant qui avait jeté le combiné, car lorsque l'écho de son geste s'était évanoui, Maggie avait saisi le hoquet de surprise de Miss Cicely à un kilomètre de là, à Abbottsleigh, avant qu'elle aussi ne raccroche.

Voilà qui donnait l'impression que l'argent était le motif de la dispute. Bien sûr, Miss Cicely en avait beaucoup, que la vieille lady Evelyn lui avait légué après s'être fâchée avec tous les autres membres de la famille. Et Mr. Grant n'en avait pas du tout, tout le monde le savait ; il ne possédait que le grand domaine où ses essais d'exploitation agricole n'avaient encore rien donné, mais il était convaincu qu'ils ne tarderaient pas à porter leurs fruits.

Maggie s'était calmement fait la réflexion que Miss Cicely cherchait des bâtons pour se faire battre. Quand un homme épouse une femme riche, c'est qu'il en attend quelque chose, non ? Et que ce soit juste ou pas, lui était assez beau garçon pour tourner la tête à n'importe quelle fille, tandis que Miss Cicely n'était qu'un petit pruneau, et si elle n'y prenait garde, une autre le lui prendrait.

Maggie porta l'écouteur à son oreille et entendit une voix de femme dire avec un accent qu'elle trouva bizarre :

— Mr. Hathaway... Je voudrais parler à Mr. Hathaway.

2

Ce fut le lendemain après-midi, un samedi, que Frank Abbott fut invité à prendre le thé chez Miss Alvina Grey. Il passait le week-end chez son oncle et sa tante, qu'il aimait beaucoup. Le colonel Abbott ressemblait à son propre père de façon tellement extraordinaire que Frank avait l'impression de revenir chez lui pour les vacances, tandis que Mrs. Abbott, chaleureuse et inconséquente, éveillait particulièrement son sens de l'humour. Il avait toujours entretenu avec Cicely des relations de taquinerie réciproque, jusqu'au jour où elle s'était mariée et s'était retirée quasi instantanément derrière un rideau de fer. Personne ne semblait connaître la raison de la rupture du mariage, et Monica Abbott s'en plaignit auprès de lui.

— A défaut d'en parler aux autres, elle aurait au moins pu se confier à sa propre mère, mais rien, pas un mot, sauf pour dire qu'elle ne voulait plus jamais le revoir, et pour savoir comment obtenir le divorce le plus rapidement possible. Lorsque

Mr. Waterson lui a répondu qu'elle ne le pourrait jamais, à moins de prouver qu'il y avait une autre femme, ou quelque chose dans ce genre, eh bien, Frank, j'ai cru qu'elle allait s'évanouir. Il lui a dit que Grant pouvait, lui, demander le divorce pour abandon du domicile conjugal, mais pas avant trois ans, et qu'elle-même ne pouvait divorcer tant qu'il ne lui fournirait pas une raison valable. Tout ce qu'elle a dit, c'est « Il ne le fera jamais », et elle est sortie. Et, bien entendu, il serait vraiment préférable qu'elle s'éloigne un peu et laisse les choses se tasser, mais elle ne voit pas pourquoi elle devrait quitter sa maison. Je la comprends, bien sûr — mais mon cher Frank, c'est si affreusement gênant, enfin, nous commençons à nous y faire — tout au moins, je le crois. Grant n'a jamais fréquenté régulièrement l'église, jusqu'au moment où il a commencé à faire sa cour à Cicely. Vous savez qu'elle tient l'orgue. Ce sont les Gainsford qui en ont fait don, en souvenir de leur fils tué en 1915. C'est un magnifique instrument et Cicely en joue remarquablement. Je ne sais pas si c'est pour cette raison qu'il vient, toujours est-il qu'il est là tous les dimanches, et qu'il vient nous saluer après l'office comme si de rien n'était. Évidemment, Cis n'est pas là, elle continue à jouer indéfiniment et il n'attend pas, il vient nous dire un mot, à Reg et moi, nous lui répondons, et tout le monde nous regarde — vraiment, les gens n'ont pas de manières — puis il s'en va comme s'il était chaussé de bottes de sept lieues. Et Cis continue à jouer une marche funèbre ou quelque chose dans ce genre à l'intérieur, puis arrive en retard au déjeuner — et il n'y a rien qui mette Mrs. Mayhew d'aussi mauvaise humeur, sinon ne rien manger du tout, ce qu'elle considère comme une insulte à sa cuisine — avec une tête comme si elle venait de voir trente-six fantômes.

Mrs. Abbott souffla un instant, puis reprit avec une vigueur renouvelée :

— J'aimerais en prendre un pour taper sur l'autre.

Le sergent Frank Abbott haussa un sourcil blond.

— Qu'est-ce qui vous en empêche ?

— Ils ne sont jamais suffisamment près l'un de l'autre. J'ai demandé à Grant ce que c'était que cette histoire. Nous nous sommes rencontrés un jour sur le chemin, nous étions seuls, et il m'a répondu : « Cicely ne vous l'a pas dit ? » Je lui ai dit : « Non, elle ne m'a rien dit. » Alors il m'a dit : « Rien à faire. » Il m'a baisé la main en ajoutant : « Les belles-mères sont hors jeu ! » Que vouliez-vous que je fasse ? Il est charmant, vous savez, et je crois que Cis est stupide... Je me fiche de ce qu'il a bien pu faire. Moi aussi, je suis stupide, parce que j'ai pleuré, et il m'a prêté son mouchoir — je ne trouve jamais le mien quand j'en ai le plus besoin. Oh ! mon Dieu, pourquoi me suis-je mise à parler de ça ? Alors que nous allons prendre le thé, c'est trop bête... Oh, merci, mon petit !

Frank la regarda se tamponner les yeux avec le mouchoir soigneusement plié qu'il lui avait prêté. Lorsqu'elle l'eut pressé sur son nez et eut reniflé une ou deux fois, qu'il l'eut assurée que ni ses yeux ni son nez n'étaient rouges, elle eut un petit sourire tremblant et se mit à lui parler de Miss Alvina.

— C'est la fille de l'ancien pasteur. Il est mort

à quatre-vingt-dix ans. Elle habite l'ancienne maison du sacristain, qu'elle a rebaptisée Rectory Cottage — juste derrière l'église, ce qui est très pratique, parce qu'elle s'occupe de l'arrangement des fleurs. Sauf que nous préférerions qu'elle n'en fasse rien, parce qu'elle se contente de les enfourner dans les vases, et elle a une passion pour les marguerites. Je n'ai rien contre les marguerites, mais pas avec des pois de senteur roses, et avec Miss Vinnie, on ne sait jamais. Elle a une passion exagérée pour le rose, ce qui est très bien, mais quelquefois, c'est trop. Attendez de voir sa chambre !

C'est au moment où ils se mettaient en marche que Cicely remonta l'allée du jardin, ses chiens sur ses talons — un vieil épagneul foie et blanc et un dachshund noir, à l'air câlin, qui traînait sa laisse. Pour le moment, il était très sage, car, comme elle lui avait mis la laisse juste en haut du chemin, il n'avait pas poursuivi comme à son habitude la chatte de Mrs. Caddle et du coup, n'avait pas été grondé comme les autres fois.

— Il bondit toujours sur elle, dit Cicely en le détachant, et elle n'aime pas cela — Mrs. Caddle, je veux dire, pas la chatte — aussi ai-je pris l'habitude de le tenir en laisse pour passer devant la Grange. La chatte s'en tire toujours, naturellement.

Une petite grimace de colère passa sur son visage, qui aurait pu être séduisant, si elle s'était laissée aller à sourire.

— Les chats ont toujours le dessus et celle-ci est féroce, une vraie petite tigresse. Elle s'assied sur le mur et elle se moque de Bramble, alors évidemment, il devient fou de rage.

Ses yeux brillèrent un instant tandis qu'elle regardait Frank, puis s'assombrirent à nouveau alors qu'elle se tournait vers sa mère.

— J'ai rencontré Mrs. Caddle en sortant. Elle avait une mine épouvantable.

Monica fit aussitôt preuve du véritable esprit villageois.

— Mais, Cis, elle travaille chez Miss Vinnie jusqu'à cinq heures. Es-tu certaine que c'était Miss Caddle ?

Cicely eut un bref rire sarcastique. Depuis quelque temps, ses moindres gestes étaient nerveux et brusques.

— Évidemment que j'en suis sûre ! Il commence à faire nuit, maintenant, mais on y voit assez pour reconnaître les gens. D'ailleurs, il faisait encore jour à ce moment-là, elle montait le chemin alors que je le descendais, et on aurait dit qu'elle avait pleuré toutes les larmes de son corps. C'est encore la faute de cet Albert, j'imagine. Je ne comprends pas pourquoi il n'a pas pu se faire tuer à la guerre au lieu de revenir briser le cœur de la pauvre Ellen.

Elle se tourna vers Frank, un éclat soudain dans le regard.

— C'était la première femme de chambre de ma grand-mère — une femme d'âge mûr, gentille et sympathique. Elle a perdu la tête un beau jour pour le chauffeur de Mark Harlow, qui avait fait partie des commandos, et elle a été assez sotte pour l'épouser. Et maintenant, Dieu sait de quoi il a été capable, mais elle fait peine à voir. Les femmes ne sont-elles pas des êtres stupides !

Elle tapa du pied et s'enfuit en courant dans le crépuscule, suivie de Bramble qui aboyait furieusement en lui mordillant les chevilles et du vieil épagneul qui avançait lourdement. Courant toujours, elle monta dans sa chambre, claqua la porte et la ferma à double tour. Peine inutile : elle dut la rouvrir aussitôt pour Bramble, qui, gâté comme il était, si on ne lui ouvrait pas, allait s'asseoir derrière la porte et souffler dessous jusqu'à ce qu'on lui cède. Cette brève séparation suffit pour lui donner une nouvelle occasion de bondir, d'aboyer et de la mordre affectueusement, ce qui était sa manière d'embrasser. Le pire est qu'il la fit pleurer. Elle referma précipitamment la porte, car personne, absolument personne ne l'avait vue pleurer depuis l'âge de cinq ans. Personne sauf Bramble, installé maintenant sur le lit, et qui s'était endormi en un éclair. Mais certainement pas Grant.

Non, certainement pas Grant. La flamme de sa colère contre lui se raviva et sécha ses larmes. Il lui avait fait connaître quelque chose d'absolument merveilleux, puis il l'avait tué. Non, pire que cela, il le lui avait fait connaître, puis elle avait découvert que cette chose merveilleuse n'était qu'une imposture. Elle aurait pu supporter d'avoir eu cette merveille et de la perdre. Mais ce qui la tourmentait jour et nuit, c'était de savoir qu'elle ne l'avait jamais vraiment possédée.

Elle se mit à arpenter sa chambre. Les rideaux étaient baissés et elle avait allumé sa lampe de chevet. L'abat-jour vert donnait à la pièce entière une atmosphère glauque d'aquarium. Mais la Cicely qui marchait ainsi de long en large n'était plus là. Elle revivait en esprit sa promenade avec les chiens, montait le chemin et s'arrêtait devant la grange pour attacher la laisse de Bramble.

Mark Harlow sortit par la porte de derrière pendant qu'elle était baissée. En se relevant, elle vit qu'il l'observait à quelques pas.

— Vous allez vous promener. Il est un peu tard, vous ne trouvez pas ? dit-il.

— J'aime marcher au crépuscule.

— Il fera nuit avant que vous reveniez.

— J'aime me promener la nuit.

— Eh bien, moi je n'aime pas que vous le fassiez.

Comme elle relevait la tête agressivement, il éclata de rire.

— Cela ne me regarde pas ? Vous avez sans doute raison !

— Oui.

Il s'approcha suffisamment pour lui effleurer l'épaule. Bramble grogna et tira sur sa laisse. Puisqu'on était sorti se promener, pourquoi est-ce qu'on ne se promenait pas ? Mark reprit d'un ton radouci :

— Vous êtes une petite fille fière et froide, n'est-ce pas ?

— Oui, dit-elle en tournant vers lui un regard sombre.

— Ne puis-je pas vous accompagner ?

— Non, Mark.

— Pourquoi ?

— Je ne veux pas de votre compagnie. Je ne veux la compagnie de personne.

Il rit et rentra dans la maison. Cicely poursuivit sa route.

Dès qu'elle eut dépassé la propriété, elle libéra Bramble et courut avec lui, le vieux Tumble trottinant péniblement derrière eux. Il était d'un drôle, Bramble, quand il courait : ses oreilles flottaient dans le vent et, de temps à autre, il bondissait pour explorer d'un coup d'œil les alentours. Qui sait si un lapin, un oiseau ou même un autre chat n'était pas à proximité — sans compter l'éventualité d'un blaireau, ennemi héréditaire de sa race ? Les générations de petits chiens de chasse qui, de temps immémorial, avaient été dressés à traquer le blaireau, s'agitaient en lui tandis qu'il flairait la brise.

Cicely courait aussi légèrement et presque aussi vite que lui. Elle en avait le sang aux joues. Elle entendait ne pas dépasser la route carrossable qui traversait le chemin entre la propriété des Harlow et celle de Grant Hathaway. Avant ce qui était arrivé, les chiens étaient dressés pour s'arrêter pile au bord de la route, en attendant son « Allez, hop ! » pour franchir d'un bond le chemin et continuer jusqu'à Lenton. Bramble ne comprenait pas pourquoi on ne leur disait plus cela. Lui et Tumble s'arrêtaient, obéissants, sur le bord de la route, mais au lieu de traverser, il fallait retourner. C'était vraiment trop triste. Tumble, lui, ne demandait pas mieux, bien entendu : gros et vieux, il n'aimait plus marcher. Ceux qui n'en avaient jamais assez, c'étaient Bramble, et Cicely, qui adorait le poursuivre puis se laisser tomber par terre en riant pendant qu'il bondissait de joie et lui mordillait les cheveux.

Mais désormais, c'en était fini des rires : on faisait toujours demi-tour maintenant. Et aujourd'hui, ce fut comme d'habitude. Le soleil s'était couché et un crépuscule glacé tombait sur les champs à droite et à gauche et sur les deux hautes haies entre lesquelles ils cheminaient. Derrière eux, rapide et silencieux, Grant Hathaway arriva à bicyclette. Il les avait dépassés avant qu'ils ne s'aperçoivent de sa présence, il s'était arrêté et il avait laissé sa bicyclette sur le bord du chemin pour revenir vers un Bramble tout geignements joyeux et une Cicely impassible.

Mari et femme se regardèrent en silence pardessus tout ce qui les séparait : lui, un homme jeune aux larges épaules, aux mouvements aisés, avec des cheveux ni clairs ni foncés, mais de ce châtain typiquement anglais, et des yeux d'un gris bleuté. Il semblait non seulement robuste, mais du genre qui a du caractère. Et puis, il était incontestablement beau garçon, « beau à damner un saint », comme l'avait une fois déclaré Monica Abbott. « Les hommes ne devraient pas posséder un tel pouvoir de séduction, avait-elle ajouté. Ils ont suffisamment d'autres atouts dans leur manche. » Grant Hathaway en était trop pourvu. Peut-être Cicely auraitelle trouvé plus facile de lui pardonner s'il en avait manqué. Il la regardait en souriant. L'une des pensées qui percèrent le cœur de Cicely comme un fer rouge, alors qu'elle arpentait sa chambre, c'était que ce simple sourire était encore capable de la bouleverser. De quelle boue haïssable et méprisable peut-on être faite pour qu'un sourire vous émeuve ainsi ? Alors que tout était fini, que vous saviez que rien n'avait jamais existé, il n'avait qu'à sourire et votre pauvre cœur se mettait à battre la chamade.

Il resta là à la regarder en souriant :

— Eh bien, Cis, comment ça va ?

Elle ne répondit pas. Qu'aurait-elle pu ajouter, puisque tout avait été dit ? Le chemin était étroit. Grant l'occupait presque de toute sa masse. S'il voulait l'arrêter, elle ne pourrait pas passer. Et s'il la touchait... S'il la touchait...

Elle serait obligée de dire quand même quelque chose, car s'il la touchait, elle ne répondrait plus d'elle-même. C'était horrible de penser que quelque chose vous échappe et que l'on peut tout à coup redevenir une créature sauvage, capable de griffer et de mordre. Elle dit d'un ton glacial :

— Je n'ai rien à dire.

— Rien d'étonnant à ce que j'aie désiré vous épouser. La femme qui ne répond pas !

Elle avait enfin trouvé de quoi répliquer. La seule arme qui ne lui ferait pas défaut.

— Mais ce n'est pas la raison pour laquelle vous m'avez épousée, n'est-ce pas ? Vous en aviez une bien meilleure.

Il souriait toujours.

— Comme je suis bête. Bien sûr, je vous ai épousée pour votre argent, c'est cela ? Je l'oublie toujours, c'est si facile, n'est-ce pas ?

Il savait comment percer sa cuirasse. L'arme de Cicely avait manqué son but, finalement, car il s'en moquait. Il était vraiment, vraiment sans scrupules et trouvait que c'était quelque chose de facile à oublier.

— Laissez-moi passer, gronda-t-elle d'une voix furibonde.

Il rit.

— Rien ne vous en empêche, dit-il en attrapant Bramble par la peau du cou.

Comme si ce geste avait touché sa propre chair, elle lâcha la laisse et passa devant lui sans regarder en arrière, pendant qu'il tirait les oreilles de Bramble en lui donnant de petits noms affectueux. Finalement, il le lâcha en disant :

— Assez joué, petit rat tout noir !

Le chien resta un moment indécis, puis, sans tourner la tête, Cicely appela : « Bramble ! » et il la rejoignit en traînant sa laisse.

Il ne s'était rien passé d'autre, mais c'était plus qu'assez pour qu'elle soit là à arpenter sa chambre en y pensant.

3

Monica et Frank descendaient le chemin creux. L'ombre était déjà dense et bientôt il ferait nuit noire. Ils arrivèrent au village, prirent à droite, passèrent devant une rangée de cottages et le presbytère avant d'arriver à l'église. Le cottage de Miss Alvina, un peu plus loin, était le dernier du village. C'était une vieille maison. Jadis noires, les poutres du salon étaient à moins de deux mètres du sol dallé. Miss Alvina, les ayant jugées trop tristes, les avait peintes en rose vif et avait commis cette profanation avec entrain, périlleusement perchée sur une chaise de cuisine. A en juger par le résultat, elle avait amplement le droit d'être si fière d'avoir rendu la pièce plus claire. Elle n'avait pas peint la banquette de la fenêtre, mais elle l'avait submergée de coussins de la même couleur. Des roses grosses comme des choux-fleurs s'étalaient sur le divan et les trois fauteuils recouverts de cretonne, tandis que les rideaux, recoupés après leur long service dans le salon du presbytère, avaient curieusement conservé tout l'éclat de leurs rayures cerise sur un fond d'un bleu plus que vif. Il n'y avait pas suffisamment de place sur les murs pour toutes les précieuses photos qui avaient autrefois disposé d'une demeure plus vaste, mais Miss Alvina avait fait de son mieux. Un dessus de cheminée pyrogravé supportait le plus possible de photographies et de bibelots. Comme on était en janvier, les jolis géraniums rouges dans leurs pots vernis bleus et roses qui décoraient la pièce en été avaient été désormais remplacés par des immortelles orange que Miss Alvina faisait pousser à foison dans son petit jardin.

Elle-même, vêtue d'un tailleur gris et d'un chemisier rose, avait épinglé à son revers des roses artificielles quelque peu fanées. Ses cheveux gris ébouriffés s'échappaient dans toutes les directions de dessous son chapeau de feutre noir qui, comme les rideaux, était un vestige du passé. Aucun des jeunes habitants de Deeping ne l'avait jamais vue en porter d'autre. Cicely se la rappelait exactement semblable lorsqu'elle avait sept ou huit ans, quand elle lui donnait des bonbons roses pour la récompenser d'avoir été une petite fille bien sage à l'église, les cheveux que ce chapeau était censé contenir se révoltaient déjà alors comme ils se rebellaient aujourd'hui. Sous ce chapeau et cette masse de cheveux, il y avait un visage aux traits fins, des yeux bleus étincelants et une bouche si petite que l'on se demandait comment Miss Vinnie parvenait à manger.

Frank embrassa tout cela d'un coup d'œil en lui serrant la main et prit soin de ne pas se redresser trop brusquement, de peur que les poutres roses soient un tantinet plus basses que prévu. C'est avec un certain soulagement qu'il s'assit dans un fauteuil, tandis que Miss Alvina se mettait à gazouiller sur un sujet auquel il aurait dû finir par s'habituer, mais qui l'assommait immanquablement.

— C'est tellement intéressant de penser que vous êtes à Scotland Yard. Nous devons tous soigneusement surveiller notre conduite, sans quoi vous nous arrêterez !

Elle eut un petit rire clair qui allait avec sa voix haut perchée et se changea aussitôt en une petite toux, car, si elle connaissait intimement les Abbott, c'était la première fois que leur neveu venait prendre le thé, et, quand on le voyait de près, il y avait quelque chose d'un peu intimidant dans sa svelte élégance. Des cheveux blonds, lisses et brillants, des yeux d'un inaltérable bleu pâle et, oh, mon Dieu, de si beaux vêtements ! Miss Alvina enregistrait tous les détails : elle remarqua les chaussettes, la cravate, le mouchoir, la coupe impeccable du veston et les superbes chaussures. Il n'avait rien d'un policier. Elle revit en pensée Joseph Turnberry, le policier du village, marchant lourdement avec ses gros souliers. Un jeune homme très bien, certainement, dont l'excellente voix de baryton était parfaite pour les chœurs. Elle tenait en haute estime Joseph, qu'elle avait eu comme élève à l'école du dimanche, mais, en ce moment, cette vision ajoutait à sa confusion. Elle rougit et se tourna avec soulagement vers Mrs. Abbott, qui excusait son mari avec l'habileté née d'une longue habitude.

— Il a été retenu par les comptes du vestiaire,

qu'il a repoussés comme toujours jusqu'au dernier moment, Miss Vinnie. Je suis sûre que vous comprendrez.

Miss Alvina comprenait parfaitement. Tout le monde à Deeping savait que le colonel Abbott refusait de se rendre aux thés. « Un tas de niaiseries. Vous vous entendrez beaucoup mieux sans moi », avait-il coutume de dire. Mais les convenances continuant d'être observées, il était toujours invité et, quand ce n'était pas les comptes du vestiaire, c'était le jardin qu'il fallait ratisser à l'automne, tailler en hiver, ou bêcher au printemps. Sans compter les chiens qu'il fallait promener et mille autres prétextes qui tombaient à pic pour l'empêcher de venir. Mrs. Abbott les transmettait avec une charmante amabilité.

Une fois qu'elle eut excusé le colonel Abbott, il fallut en faire autant pour Cicely et adoucir son : « Je refuse absolument de faire partie de votre bande » en : « Elle a craint de vous fatiguer si nous venions trop nombreux. » Après quoi, Miss Vinnie se mit à verser d'une énorme théière victorienne un thé trop clair dans ses belles tasses de fine porcelaine coquille d'œuf qui n'avaient pas d'anses et dans lesquelles il était horriblement difficile de boire. Si le thé était chaud, vous vous brûliez les doigts. Et si vous ne vous les brûliez pas, c'était que le thé était devenu une lavasse tiède qui n'avait plus seulement la couleur du foin, mais aussi le goût. Frank, comme tous les autres visiteurs masculins, fut déchiré entre l'affreuse conviction qu'il n'y réussirait pas sans broyer ou laisser tomber la fragile tasse et l'envie bien compréhensible de tout casser une bonne fois pour toutes afin d'y échapper.

Miss Alvina lui apprit que le service, qui venait de Chine, avait été offert à son arrière-grand-mère. « Sauf qu'elle n'a pas épousé le jeune homme qui lui en avait fait cadeau, car elle a fait la connaissance de mon arrière-grand-père à un bal. Ils se sont mariés un mois après, ce qui, à l'époque, a été considéré comme très peu convenable. Mais ma grand-mère était tellement impétueuse. Ils ont vécu ensemble soixante ans, ils ont eu quinze enfants, et tout cela sans qu'il y ait jamais la moindre querelle entre eux. Vous pouvez voir leurs tombes par la petite fenêtre qui se trouve à l'autre bout de la pièce — en tout cas, vous pourriez, s'il ne faisait pas si sombre. J'espère que cela ne vous ennuie pas que j'aie laissé les rideaux ouverts malgré les lumières allumées. Je n'aimais pas faire cela autrefois, mais maintenant, cela me fait plaisir, parce que cela signifie que la guerre est terminée et c'est si agréable de ne plus avoir à penser à cet horrible couvre-feu ! Et puis, comme j'habite au bout du village, je me dis que ce doit être assez agréable pour les gens qui descendent le sentier de la lande. C'est un chemin tellement désert, surtout à l'endroit du Hallier du Pendu.

Frank Abbott résista à la tentation en reposant sa tasse vide.

— Qui était le mort ?

Miss Alvina lui offrit d'autorité un gâteau maison et une autre tasse de thé trop clair.

— C'est une affreuse histoire, Mr. Frank, mais elle s'est passée il y a longtemps et, de toute façon, tous sont morts aujourd'hui. Le mort se nommait Edward Brand et c'était une sorte de parent des Tomalyn, les propriétaires de Deerhurst Park, de l'autre côté de la lande. Toute la famille a disparu aujourd'hui, mais on peut voir leurs tombes dans l'église. Ils possédaient toute la terre jusqu'au sentier qui traverse la lande et laissaient cet Edward Brand habiter ce qu'ils appelaient Forester's House, qui se trouve en plein milieu du bois. Personne ne savait d'où il venait, ni pourquoi ils lui avaient permis d'habiter là. C'était un homme grand et maigre, avec de longs cheveux noirs qu'il attachait par un ruban derrière sa tête. Cela se passait au XVIIIe siècle, et la plupart des gens portaient des perruques poudrées, mais Edward Brand gardait ses propres cheveux noirs. Il habitait tout seul à Forester's House. Au bout d'un certain temps, personne n'a plus voulu s'aventurer près de cet endroit, surtout de nuit. On prétendait qu'il pratiquait la magie. Les gens étaient très superstitieux dans ce temps-là. Chère Mrs. Abbott, laissez-moi remplir votre tasse. Et il faut que vous goûtiez mes confitures de fraises. Ellen Caddle les a faites avec une nouvelle recette qui a donné d'excellents résultats.

— C'est délicieux, dit Mrs. Abbott. Ellen est une véritable sorcière. Mes confitures n'ont pas ce goût exquis. Mais continuez. Dites à Frank comment Edward Brand a fini.

— Très bien, si vous trouvez que c'est un sujet supportable à l'heure du thé, dit Miss Alvina en se tournant vers Frank. Donc, l'histoire s'est envenimée. Les gens ont prétendu que, même sur le sentier de la lande, les chauves-souris fonçaient sur eux, qu'ils entendaient les hiboux hululer. Certains affirmaient même que ces cris ressemblaient davantage à ceux d'êtres humains, et ils en sont venus à penser que des choses terrifiantes se passaient à Forester's House. Finalement, le bruit a couru qu'une jeune fille avait disparu. On a su plus tard qu'elle s'était enfuie parce qu'elle ne s'entendait pas avec sa belle-mère. Tout le monde a pensé qu'Edward Brand était pour quelque chose dans sa disparition. C'était une toute jeune fille qui n'avait guère plus de quatorze ans. Les gens estimant que leurs enfants ne seraient plus jamais en sécurité, tout le monde est parti à travers bois pour mettre le feu à Forester's House. Mon père m'a dit qu'étant enfant, le vieux sacristain, qui habitait cette maison-ci, lui avait raconté que son grand-père faisait partie des hommes de Deeping qui étaient allés demander des comptes à Edward Brand. Il avait déclaré qu'ils avaient trouvé la maison vide, toutes portes et fenêtres ouvertes, et pas trace d'une présence. Il y avait quantité de miroirs dans les pièces. Ils les ont brisés, ils ont arraché les portes et ils sont repartis. Aucun véritable chemin ne conduisait à la maison, c'était tout au plus un petit sentier. Le chemin de la lande était très loin de là. Lorsqu'ils l'ont rejoint, à l'endroit où il traverse le bois, ils ont aperçu soudain le cadavre d'Edward Brand pendu à une grosse branche. Ils l'ont enterré à la croisée des chemins, à l'endroit où le sentier de la lande aboutit derrière le cimetière. C'est là que l'on mettait en terre les suicidés, en ce temps-là. Forester's House existe toujours dans le bois, mais personne n'y habite depuis et on ne s'aventure jamais dans ses parages. Et c'est ainsi que l'endroit où ils ont trouvé Edward Brand a pris le nom de Hallier du Pendu.

Frank Abbott fut moins frappé par l'anecdote que par le fait qu'à mesure qu'elle la lui racontait, la gazouillante personnalité de Miss Alvina semblait s'être effacée. Il avait la nette impression que l'histoire elle-même lui était transmise telle qu'elle avait été reçue... Miss Alvina s'en était simplement faite la voix. Il ne doutait pas de l'avoir entendue telle qu'elle avait été racontée à Miss Alvina par son père, lequel la tenait du vieux sacristain dont le grand-père avait vu le corps d'Edward Brand au Hallier du Pendu, dans la vraie forme de la tradition orale qui existe encore dans les villages, mais devient de plus en plus rare. Il pensa que cela intéresserait Miss Silver et se promit de la lui raconter.

Le thé se poursuivit sur le même mode. Cinq heures et demie sonnèrent, puis six heures moins le quart. Monica et Miss Alvina semblaient avoir quantité de choses à se dire. Frank songea qu'il y avait toujours une multitude de sujets de conversation dans un village, car, tôt ou tard, tout ce qui se passait finissait par être connu et répété de l'un à l'autre jusqu'à ce qu'un nouveau potin surgisse. Évidemment, parfois, on n'était pas sûr de la réalité des faits. Et un délicieux voile de doute et de mystère venait s'y ajouter. Comme la plupart des habitants de Deeping n'étaient que des noms pour lui, il éprouvait quelque difficulté à manifester un intérêt quelconque, pourtant certains propos devaient lui revenir plus tard : Maggie Bell et sa façon d'écouter les conversations téléphoniques sur la ligne à postes groupés... L'indignation de Miss Alvina : « Tout le monde sait qu'elle le fait, et je crois qu'il est grand temps que j'en parle à sa mère ou à elle » et l'indulgence de Monica : « Pauvre Maggie, elle a si peu de distractions ! Si cela l'amuse de m'entendre passer une commande à Lenton ou prendre un rendez-vous chez le dentiste, je ne voudrais pas lui enlever ce plaisir. »

Miss Alvina s'était un peu monté la tête, et ce fut peut-être pour changer de sujet que Monica Abbott se mit à parler de Mrs. Caddle, que Frank finit par identifier comme l'auteur des fabuleuses confitures de fraises et qui se révéla être aussi la femme de ménage de Miss Vinnie.

— Cicely l'a rencontrée sur le chemin pendant qu'elle y promenait ses chiens cet après-midi... Je croyais qu'elle restait toute la journée chez vous ? Cis m'a dit qu'elle avait une mine épouvantable et qu'elle semblait avoir pleuré. Est-ce qu'il lui est arrivé quelque chose ?

Le gazouillis reprit de plus belle.

— C'est précisément ce que je lui ai demandé, Mrs. Abbott. Vous savez qu'elle vient à neuf heures — je fais moi-même mon petit déjeuner — et, à la minute où je l'ai vue, je lui ai dit : « Mon Dieu, Ellen, mais que vous est-il arrivé ? On dirait que vous avez pleuré toutes les larmes de votre corps ? » Je lui ai dit exactement cela. Et tout ce qu'elle a voulu me dire, c'est qu'elle avait un mal de tête. Je lui ai dit qu'elle ferait mieux de retourner chez elle et de s'allonger. Mais elle a prétendu qu'elle préférait travailler, alors, je lui ai conseillé de se faire une bonne tasse de thé. Cependant, après déjeuner, elle avait l'air si malade que je l'ai renvoyée chez elle. Or, vous savez, elle peut bien raconter ce qu'elle veut avec son mal de tête — et je suis persuadée qu'elle en avait un, car il n'y a rien de pire que les larmes pour cela —, mais ce n'était pas la première fois qu'elle avait l'air d'avoir pleuré toute la nuit et, entre nous, je crains que le ménage ne marche pas très bien. Albert Caddle est peut-être un excellent chauffeur, je l'en crois capable, mais c'était une folie de l'avoir épousé... Il est tellement plus jeune qu'elle et il n'est pas du pays. Mais nous ne devons pas faire de commérages, n'est-ce pas ?

Elle se tourna vers Frank pour lui donner des renseignements qu'il ne lui demandait pas.

— Son mari est le chauffeur de Mr. Harlow à la Grange et il dîne toujours là-bas. C'est-à-dire qu'il est devenu le chauffeur du vieux Mr. Harlow après sa démobilisation et, quand Mr. Harlow est mort l'an dernier, son neveu, Mr. Mark, a hérité de la propriété et l'a gardée. Mr. Mark n'aime pas beaucoup conduire lui-même, ce qui est bizarre, car il est très jeune. Sauriez-vous pourquoi, Mrs. Abbott ? C'est un ami de Cicely, n'est-ce pas ?

Monica Abbott éprouva la vive colère qui s'emparait d'elle chaque fois que l'on associait le nom de Mark Harlow et celui de Cicely. Le pire, c'est qu'elle ne devait pas laisser voir la moindre contrariété. Elle sourit et déclara de son ton le plus aimable :

— Un ami, c'est beaucoup dire... Une agréable relation, certainement. Mark Harlow est si souvent absent que nous ne le voyons pas autant que nous le voudrions. Je crains de ne pouvoir vous dire pourquoi il n'aime pas conduire, mais vous pourriez le lui demander.

L'horloge de l'église sonna six heures. Miss Alvina eut l'air troublée à cette perspective.

— Oh, je n'oserais jamais, fit-elle. Cela semblerait si... si indiscret !

— C'est possible, fit Monica Abbott.

— J'ai posé la question à Ellen Caddle, poursuivit Miss Alvina, non qu'elle soit disposée à parler des affaires de Mr. Harlow, mais je lui ai demandé s'il n'avait pas des problèmes de vue la nuit. Parce qu'il conduit le jour — et bien sûr la nuit aussi, de temps en temps. Ellen m'a dit qu'elle ne pensait pas qu'il ait quoi que ce soit qui l'empêche de conduire s'il en avait envie, mais je me demandais si ce n'était pas ça, justement. Le vieux Tolley était atteint de cette affection : sa femme conduisait toujours quand il faisait nuit, mais il y voyait très bien de jour. Mr. Harlow a de très bons yeux, n'est-ce pas. Et il et si bel homme !

— Mr. Harlow est une relation très agréable, dit Mrs. Abbott d'un ton péremptoire.

Elle tourna vivement la tête.

— Oh, qu'est-ce que c'est ? On dirait quelqu'un qui court.

Frank Abbott avait entendu ces pas rapides bien avant que Monica tourne la tête. Ils les entendaient tous, maintenant... ces pas désespérés et trébuchants, qui descendaient le vieux sentier de la lande et traversaient la route. On entendit une respiration haletante, le bruit de la barrière violemment refermée et avant qu'aucun d'eux n'ait eu le temps d'arriver à la porte d'entrée, des poings frappèrent à coups redoublés et une voix de femme cria :

— A l'assassin ! A l'assassin ! Laissez-moi entrer !

4

Deux ou trois jours plus tard, Frank Abbott, après avoir terminé son service, était confortablement installé dans un des fauteuils victoriens de Miss Maud Silver, ceux avec des housses bleues et des pieds en noyer tarabiscotés. Il la regardait tricoter tranquillement, de l'autre côté de la cheminée, et interrompit son récit pour lui faire remarquer :

— C'est tout à fait dans vos cordes, vous savez. Quel dommage que vous n'ayez pu être là !

Les aiguilles de Miss Silver cliquetèrent, une brassière d'enfant fut retournée. Elle toussa légèrement.

— Mon cher Frank, continuez, je vous prie.

Il la regarda de cet air taquin qui ne dissimulait pas complètement sa profonde affection et son respect. De sa frange edwardienne, que maintenait un sévère filet à cheveux, jusqu'à ses bas de laine noire et ses souliers vernis, elle était la parfaite survivance d'un type presque complètement disparu. Elle aurait pu sortir de n'importe quel album de famille pour être immédiatement identifiée comme une parente célibataire peu fortunée, mais de caractère indomptable, ou comme l'incomparable institutrice dont les élèves, qui lui faisaient honneur, n'oublieraient jamais ce qu'ils devaient à son enseignement.

Ce que personne n'aurait deviné, c'est qu'après vingt ans passés dans une salle d'école, Miss Maud Silver était devenue un détective privé dont la réputation allait sans cesse grandissant. Non qu'elle eût voulu se décrire ainsi. Elle était restée très demoiselle de bonne famille et trouvait l'appellation incompatible avec les sentiments que doit éprouver une demoiselle bien élevée. Aussi sa carte de visite indiquait-elle :

Miss Maud Silver

15, Montagne Mansions

Et portait en bas à droite la mention : « *Enquêtes Privées* ».

Sa nouvelle profession lui avait apporté un modeste confort et de nombreux amis. Leurs portraits encombraient le manteau de la cheminée et deux guéridons.

Lorsqu'elle contemplait sa chambre, Miss Silver avait le cœur gonflé de gratitude envers la Providence qui, non seulement lui avait permis de s'entourer de ce confort, mais les avait préservés, elle et ses biens, pendant six terribles années de guerre. Une bombe était tombée au bout de sa rue. Ses vitres avaient éclaté et l'un de ses rideaux de velours bleu avait subi une affreuse déchirure, mais il avait été si bien raccommodé par son inestimable Emma qu'elle-même ne pouvait presque plus la discerner. Son tapis, du même bleu roi que les rideaux, avait été recouvert d'une énorme quantité de poussière et de gravats, mais le teinturier le lui avait rendu comme neuf. Ses tableaux n'avaient souffert aucun dommage : *L'Espérance* continuait de tourner ses yeux bandés vers quelque rêve intérieur. *L'Homme de Brunswick* était toujours pétrifié dans son éternel adieu à sa fiancée. La délicieuse religieuse de Millais continuait d'implorer la miséricorde sur ce tableau que tout le monde appelait *Le Huguenot*. Et *Les Bulles* contemplait toujours l'envol d'un bonheur précaire. Charmant, vraiment charmant, concluait invariablement chaque fois Miss Silver. Et si miraculeusement préservé.

— Continuez, mon cher Frank, dit-elle en concentrant toute son attention sur lui.

— Comme je vous l'ai dit, c'est tout à fait dans vos cordes. La jeune fille qui martelait la porte en criant à l'assassin s'est effondrée, évanouie, dès qu'on lui a ouvert. Une fille plutôt jolie... et pleine d'entrain, j'imagine, quand elle n'est pas mortellement effrayée.

— Votre tante et Miss Grey la connaissaient-elles ?

— Oh oui, elle se nomme Mary Stokes. Elle été démobilisée du service civil et elle travaille dans la ferme d'un oncle située de l'autre côté de la lande. Plutôt jolie, comme je vous l'ai dit. Plutôt bête, aussi, et — je ne suis pas très sûr de ce que j'avance, mais il m'a semblé que sous tous ces cris et cet évanouissement, il y avait quelqu'un... de... de téméraire.

— Qu'est-ce qui vous fait supposer cela ?

— Je ne sais pas. Elle est revenue à elle assez vite... J'ai eu l'impression que son cerveau fonctionnait au ralenti. J'ai pu me tromper : les filles sont si bizarres. Évidemment vous lisez en elles comme dans un livre ouvert. J'aurais bien aimé que vous soyez là ! De toute façon, Monica et Miss Grey l'ont fait revenir à elle et, après quelques halètements préliminaires, voici ce qu'elle a dit : son oncle possède une ferme de l'autre côté de la lande — Tomlin's Farm. Toutes les terres jusqu'à Deeping appartenaient autrefois à la famille Tomalyn. Elle a disparu il y a des années, mais la ferme garde le nom. Le fermier actuel se nomme Stokes, comme la nièce. Or elle venait à Deeping par le sentier dont je vous ai parlé, celui qui passe par le Hallier du Pendu.

Miss Silver toussa.

— Était-ce le chemin qu'elle aurait normalement dû prendre ?

Il haussa un sourcil.

— C'est le plus court chemin.

— Il en existe un autre ?

— Oui, mais il est plus long et aboutit un peu plus loin dans le village, en fait, presque à l'autre bout. C'est la route carrossable. Personne de sensé ne passerait en voiture par l'autre, bien que cela ait été fait, j'imagine — il y a tellement de fous sur les routes. De toute façon, c'est l'une des raisons qui m'ont fait supposer que Miss Mary Stokes était téméraire. J'ai cru comprendre que les villageois ne font pas la queue pour s'aventurer de nuit dans le Hallier du Pendu.

Les aiguilles de Miss Silver cliquetèrent.

— Il faisait nuit ?

— Nuit noire. Un sombre soir de janvier après six heures.

— Continuez, Frank.

— Eh bien, voici l'histoire qu'elle a racontée. Le sentier passe par le Hallier, qui est un petit bois très touffu. Elle dit qu'elle a entendu un bruit et qu'elle a quitté le sentier pour s'enfoncer dans le sous-bois. Lorsque je lui ai demandé pourquoi, elle m'a dit avoir eu peur, et lorsque je lui ai demandé ce qui l'avait effrayée, elle a dit qu'elle ne savait pas, qu'elle pensait simplement avoir entendu quelque chose. Et on a eu beau insister indéfiniment, impossible d'en tirer autre chose. Lorsqu'elle eut ainsi suffisamment fait tourner en rond le policier local, à bout de patience, je lui ai suggéré de continuer son récit.

Les yeux pénétrants de Miss Silver fixaient son visage.

— Vous a-t-elle paru tenter de gagner du temps, pour se remettre, ou peut-être pour réfléchir à ce qu'elle allait dire ?

Un léger sourire effleura ses lèvres.

— Cela m'est venu à l'esprit, surtout lorsqu'elle a eu une longue crise de larmes. Lorsque nous l'avons calmée, elle a déclaré avoir entendu le bruit à nouveau, et que cette fois, c'étaient des pas et quelque chose que l'on traînait. Ils sont passés tout près d'elle pour rejoindre le sentier. Elle a aperçu la lueur d'une torche, le bras et la main d'un homme et... ce qu'il traînait. Elle affirme que c'était le cadavre d'une jeune femme assassinée et rien n'a pu la faire démordre de là.

Miss Silver tricotait fiévreusement. Elle tenait ses aiguilles très bas, comme le font les Françaises, et ne les regardait presque pas.

— Mon Dieu ! fit-elle en continuant de le fixer.

— C'est plus fort que de jouer au bouchon !

— Mon cher Frank... Quelle expression !

— Faites comme si je n'avais rien dit. Nous faisons attendre le cadavre. Mary Stokes affirme que c'est celui d'une jeune femme, une inconnue, avec des cheveux blonds, qui avait une affreuse blessure à la tête. Elle était certaine qu'avec une blessure pareille n'importe qui serait mort. Elle dit que ses cheveux masquaient en partie son visage. Elle nous a décrit ses vêtements : manteau noir, gants noirs, pas de chapeau et — c'est là ce qui nous a tous intrigués... une boucle d'oreille, mais d'un genre tout à fait particulier.

Miss Silver toussa.

— Elle me paraît avoir vu beaucoup de choses. Si, comme elle le dit, les cheveux de cette femme retombaient sur son visage, il me semble bizarre qu'elle ait pu voir une boucle d'oreille.

— C'est beaucoup plus bizarre que cela. Elle dit que l'homme a retourné le cadavre pour chercher l'autre boucle d'oreille et qu'il n'y en avait pas. Il l'a alors cherchée de tous les côtés, comme un fou, à la lueur de sa lampe de poche, et en tâtant les cheveux.

— Comme c'est choquant ! fit Miss Silver.

— Oui, je trouve aussi. Quand il s'est rendu compte qu'il ne pouvait la trouver, il est rentré dans le bois en abandonnant le cadavre, et Mary Stokes est sortie de sa cachette pour prendre ses jambes à son cou. Avec le policier du coin, un brave garçon, nous sommes partis inspecter l'endroit. Mary s'étant évanouie, je suis retourné à Abbottsleigh chercher ma voiture. C'est comme cela que je sais ce que c'est de conduire sur ce chemin... Je fais partie des imbéciles qui y sont passés en auto. Quand nous sommes arrivés sur les lieux avec Mary, il n'y avait aucun cadavre. Elle continuait à défaillir malgré l'air vif, et quand il a fallu repérer l'endroit exact, elle a eu l'air complètement perdue. Elle a simplement déclaré qu'elle avait longé le Hallier pendant assez longtemps mais qu'elle n'y était pas entrée très profondément, qu'elle était encore loin du bout, mais qu'il faisait trop sombre pour avoir une certitude, et qu'elle voulait que nous la laissions retourner chez son oncle, et ainsi de suite jusqu'à une nouvelle crise de larmes. Je lui ai dit que ce n'était pas possible, et quand un inspecteur de police du comté est arrivé de Lenton, il a été du même avis. Nous avons fouillé l'endroit d'un bout à l'autre et, ni à ce moment, ni le lendemain lorsque nous sommes revenus l'examiner en plein jour, nous n'avons trouvé le moindre indice d'un cadavre qu'on aurait traîné à travers le taillis sur le bord du sentier. Il y a sur le côté une sorte de fossé assez boueux qui aurait dû garder des empreintes de pas. Nous n'avons trouvé que celles de Mary vers une sorte de brèche où aboutit une piste s'enfonçant dans le bois, mais pas trace de quoi que ce soit qu'on aurait traîné. Il semble que Mary soit sortie du fourré pour descendre sur le sentier en courant, comme elle le dit. Les deux empreintes les plus nettes sont certainement celles de pieds qui couraient, le bout est profondément marqué et le talon à peine visible. Cela a été la seule confirmation de son histoire jusqu'à cet après-midi. Nous n'avons trouvé ni cadavre dans le bois ni indice qu'il y en ait eu un. On n'a signalé aucune disparition dans le voisinage et nous n'avons pas trouvé de boucle d'oreille.

— Celle qui manquait à la paire et que vous m'avez décrite comme assez singulière ?

— Oui, tout à fait. Vous connaissez ces boucles que l'on nomme Éternité ?

Elle sourit.

— Bien sûr, un genre de bijou ancien qui est revenu à la mode : l'anneau est incrusté d'une série de petits diamants qui se touchent. C'est très joli mais pas très pratique, les pierres ont malheureusement tendance à se détacher.

— Vous connaissez tout... Je l'ai toujours dit. Mais avez-vous déjà vu ces boucles-là ?

— Non, effectivement, et je pense que ce doit être très difficile à mettre. Il faut une tige quelconque pour pouvoir les passer dans l'oreille.

Il rit.

— Je n'y avais pas pensé. Mais je suppose que cela peut se faire. Mary Stokes jure et assure que ce qu'elle a vu à l'oreille du cadavre, c'était une Éternité sertie de diamants.

Miss Silver continuait à tricoter, le visage impassible et l'air attentif. Il y eut un silence.

— Vous avez encore quelque chose à me raconter ? dit-elle enfin.

Il inclina la tête.

— Lorsque j'ai réussi à m'échapper dimanche

soir, il y avait deux courants d'opinion à Deeping. Selon l'un, Mary Stokes se serait moquée de tout le monde. Elle adore se donner en spectacle. C'est une exhibitionniste, mais à la campagne ils appellent cela tout simplement faire son intéressant. C'est une hypothèse très plausible, compatible avec tout, sauf avec les empreintes de pieds. L'autre courant d'opinion, celui de la minorité, soutient que Mary a dit la vérité en enjolivant peut-être certains détails, mais que le soi-disant cadavre n'était pas mort et qu'il est parti tout seul après la fuite éperdue de Miss Stokes.

— Continuez, Frank. Vous avez dit : « jusqu'à cet après-midi ».

— En effet. Aujourd'hui, vers quatre heures et demie, nous avons reçu un rapport de Hampstead. Une logeuse a signalé la disparition de sa locataire. Elle serait partie vendredi et ne serait pas rentrée depuis. Signalement : une jeune femme d'environ trente ans, cheveux blonds tombant jusqu'aux épaules, yeux noisette, taille moyenne, mince. Elle est partie vêtue d'un manteau et d'un béret noirs très élégants. Bas clairs, souliers noirs et « *grands anneaux aux oreilles entièrement sertis de petits diamants, vous savez, comme les Éternité* ».

5

Il y eut un silence qui n'était pas pour autant un vide, tant il était chargé de l'intelligent intérêt de Miss Silver.

— C'est vraiment une étrange coïncidence, dit-elle.

Frank éclata de rire.

— Vous y croyez, vous, à des coïncidences pareilles ? Moi pas.

Miss Silver tricotait toujours.

— J'en ai connu d'étranges.

Il rit de nouveau.

— Aussi étranges que celle-ci ?

Elle ne répondit pas directement.

— Qui est cette femme disparue ? Sa propriétaire doit savoir autre chose sur elle que la façon dont elle était vêtue.

— Elle ne paraît pas très renseignée. Je suis allé la voir et voici ce que j'ai appris : la disparue n'était chez elle que depuis un mois. Elle se nomme Mrs. Rogers, prénom Louise, léger accent étranger.

Elle a dit à Mrs. Hopper — c'est le nom de sa propriétaire — qu'elle était française, mais avait épousé un Anglais qui est mort. Elle était très courtoise, ne recevait jamais personne et payait rubis sur l'ongle. Elle a raconté à Mrs. Hopper que sa famille, autrefois très riche, avait tout perdu pendant la guerre. Puis d'un air mystérieux, elle a ajouté : « J'arriverai peut-être à en récupérer une partie... qui sait ? C'est la raison pour laquelle je suis venue en Angleterre. Si quelque chose a été volé, la justice peut le récupérer. C'est pour cela que je suis ici. » Elle est sortie vendredi matin, Mrs. Hopper ne sait pas exactement quand, car elle faisait ses provisions pour le week-end. Or, c'est samedi soir que Mary Stokes prétend avoir vu un cadavre aux cheveux blonds, un anneau serti de diamants à l'oreille dans le Hallier du Pendu, et Louise Rogers n'est jamais rentrée à Hampstead. J'ai demandé à Mrs. Hopper si elle avait jamais entendu parler de Deeping, mais elle a cru qu'il s'agissait d'un produit pour cirer les meubles.

Il étendit les mains pour se chauffer au feu de la cheminée.

— Évidemment, s'il n'y avait Mary Stokes, on en conclurait simplement que Mrs. Rogers est allée passer le week-end quelque part sans se soucier d'en informer sa propriétaire.

Miss Silver toussa.

— Si elle avait l'intention de s'absenter plusieurs jours, elle aurait emporté une valise. Manque-t-il quelque chose dans sa chambre ?

— Mrs. Hopper affirme que non.

Miss Silver inclina la tête.

— On peut se fier à elle. Une femme qui loue des chambres a l'œil pour ce genre de choses. Certains locataires ne se gênent pas pour sortir leurs affaires petit à petit et partir sans payer.

— Elle m'a dit, je vous répète ses propre termes : « Mrs. Rogers est partie avec ce qu'elle avait sur elle, un beau manteau noir et un béret, très élégante et l'air tout à fait comme il faut, bien qu'elle soit étrangère. » La question est de savoir si elle est allée à Deeping, si elle a joué le rôle du cadavre de Mary Stokes et, en ce cas, où elle est allée ensuite.

Miss Silver s'arrêta de tricoter et déclara d'un air grave :

— Je ne crois pas que vous puissiez négliger la possibilité d'une mort violente.

— Je le suppose. Aussi ai-je l'intention d'aller à Deeping demain pour fouiner un peu partout. La police du coin ne sera pas ravie de me voir, mais j'ai tout arrangé avec le commissaire. Il m'y envoie parce que j'ai assisté à la comédie de Mary Stokes, et que je suis censé connaître l'endroit. En fait, mes connaissances sont très sommaires. Mon oncle est revenu récemment d'un long séjour outre-mer et Monica était avec lui, aussi la seule personne que j'aie vue un peu au cours de ces dix dernières années est ma cousine Cicely. Je venais la chercher à la sortie du collège. Monica avait prévenu la directrice et on me considérait comme son frère aîné.

— J'ai vu l'annonce du mariage de votre cousine avec un Mr. Hathaway, il y a quelques mois dans les journaux.

— Oui. Ils se sont séparés et Cicely est revenue

chez ses parents. Personne ne sait ce qui s'est passé. Elle a été follement heureuse pendant trois mois, puis, un beau jour, elle est rentrée à la maison en déclarant qu'elle ne voulait plus revoir Grant. Vous savez que c'est une riche héritière. Ma grand-mère est entrée en possession d'une considérable fortune à la mort de son père qui était un gros armateur, et elle a tout laissé à Cicely.

— Mon cher Frank !

Il rit.

— Oncle Reg et moi-même mêlons nos larmes. Grand-mère n'a pas pu le chasser d'Abbottsleigh, parce que c'était le domaine des Abbott, mais il a bien peu d'argent pour l'entretenir. Elle s'était disputée avec lui parce qu'il est allé faire son service à l'étranger au lieu de se payer un remplaçant. Mon père, bien entendu, ne la voyait plus depuis des années car elle avait été outrée de son mariage avec ma mère. Comme c'était le fils cadet, elle avait prévu qu'il épouse une héritière et, naturellement, mon nom a été rayé de la famille lorsque je suis entré dans la police.

Miss Silver serra les lèvres.

— N'a-t-elle pas pensé qu'elle aurait pu vous fournir de quoi continuer vos études de droit pour être avocat, comme votre père en avait l'intention ?

Il la regarda avec une ironie amusée.

— Oh si, elle y a bien pensé. Elle m'a fait venir chez elle pour me dire que mon père avait toujours été stupide et inconséquent et que c'était bien dans sa manière d'être mort avant de m'avoir permis d'acquérir une situation. Je la vois encore assise toute droite, aussi glaciale qu'un vent du nord, et me disant qu'elle n'entendait pas donner une prime à la folie et à l'incompétence en assumant ses responsabilités.

— Mon *cher* Frank !

Son expression s'adoucit.

— C'est un bien pour un mal, j'imagine. Je n'aurais probablement jamais eu de cause à défendre... sans oublier que je ne vous aurais pas connue. Eh bien, cela a été ma dernière visite à Abbottsleigh jusqu'au retour d'Oncle Reg l'autre jour.

Il rit.

— J'avais dit à grand-mère ce que je pensais d'elle en quelques mots bien sentis avant de disparaître. Et savez-vous ce qui est si agréable pour moi ? Il paraît que je suis son portrait tout craché. Même moi, je m'en rends compte.

— Votre cousine lui ressemble-t-elle ?

— Oh non... Cis est un petit pruneau.

Il y eut un silence.

— Pourquoi au juste m'avez-vous raconté tout cela, Frank ? reprit Miss Silver.

Une lueur de gaieté anima brièvement son regard.

— Oh ! fit-il d'un air indifférent, je ne sais pas. Je vous raconte toujours des tas de choses, n'est-ce pas ?

Elle le regarda avec une affectueuse sévérité et cita son poète favori, Tennyson : « Ne te confie pas à moi, ou que ce soit complètement. »

Il rit.

— Et « Un mensonge qui est une demi-vérité est le plus gros des mensonges » ou quelque chose comme ça. Entendu, je vide mon sac. Monica meurt d'envie de vous connaître. Que diriez-vous de venir passer quelques jours à Abbottsleigh ?

Elle soutint son regard.

— Est-ce une mission professionnelle que vous me proposez ?

Il eut un petit rire.

— Pas pour le moment.

— Que voulez-vous dire par là, Frank ?

Il fit la moue.

— Je ne sais pas très bien. Mon état d'esprit est assez chaotique. Tout ce que je peux dire, c'est que l'affaire telle qu'elle se présente est absurde et que vous avez une façon bien à vous de donner un sens aux choses. Tout cela est vague et brumeux, mais il n'en demeure pas moins que Monica meurt vraiment d'envie de vous connaître.

Il s'interrompit et reprit d'un ton très sérieux :

— Je voudrais que vous examiniez Mary Stokes et que vous me disiez si elle ment, jusqu'à quel point, et pourquoi.

6

Abbottsleigh, une grande maison pleine de coins et de recoins, sans style particulier, était une ancienne ferme agrandie peu à peu selon les caprices de la fortune et le nombre croissant des enfants. Un certain Abbott de l'époque victorienne avec quinze enfants, après une visite en Ecosse, avait fait construire une aile affreuse, hérissée de tourelles, dans le style de Balmoral. Au temps de lady Evelyn Abbott, l'usage exigeait un ameublement raide et guindé. Sa belle-fille, qui avait très peu d'argent, était montée fouiner dans les greniers et y avait découvert bon nombre de belles armoires de chêne et de coffres pleins de charmants rideaux Régence qui avaient avantageusement remplacé la peluche et les tapisseries. Plusieurs pièces avaient été ainsi humanisées, y compris la chambre de Cicely, la salle à manger et un ravissant petit salon qui recevait tout le soleil que l'on peut trouver au cœur d'un hiver anglais.

Elle n'avait pas essayé de modifier le grand

salon. C'était une pièce de réception, pas un endroit où l'on aurait eu envie de s'installer. Les lourds rideaux de brocart vieil or, les petites chaises dorées et les grands fauteuils assortis aux rideaux, évoquaient la richesse plutôt que le confort. Il y avait quantité de miroirs dans des cadres dorés et de nombreux portraits de famille, dont celui de lady Evelyn elle-même, exécuté peu après son mariage. Personne ne pouvait s'empêcher d'être frappé par sa ressemblance avec le petit-fils qui faisait actuellement la fierté de Scotland Yard en tant que sergent plein d'avenir. Le nez busqué trop pâle et trop mince pour un visage de femme, le bleu glacé des yeux qui semblait encore plus clair parce que les cils et les sourcils étaient du même blond incolore que les cheveux. Ces derniers, rejetés en arrière selon la mode des années quatre-vingt, renforçaient une ressemblance déjà frappante. S'il n'y avait pas eu d'autres motifs pour ne pas se servir du salon, Monica Abbott aurait trouvé impossible de se détendre sous le regard sardonique de sa belle-mère. Ce que le colonel Abbott pouvait en penser n'avait jamais été dit. Il est certain qu'il n'avait pu se résoudre à enlever le portrait de sa mère, mais, comme Monica, il préférait sans doute le petit salon où l'unique portrait était une aquarelle de Cicely enfant.

Miss Silver, que l'on était allé chercher à Lenton en voiture, était installée confortablement au coin du feu près d'une table à thé bien servie. Elle trouva le colonel Abbott très bel homme et Mrs. Abbott accueillante et aimable. Et tellement agréable, aussi, avec ses cheveux noirs ondulés et ses grands yeux bruns. Mrs. Hathaway avait les yeux de sa mère mais, à part cela, ne ressemblait pas à ses parents, sauf peut-être par ses cheveux qui auraient été pareils à ceux de sa mère s'ils n'avaient été courts. Vraiment, avec ces boucles brunes, et cette silhouette mince et menue, il était très difficile de la prendre pour une femme mariée. Miss Silver, regardant involontairement sa main gauche, fut choquée de la trouver nue. Les jeunes filles modernes étaient bien peu soucieuses de porter leurs alliances — vraiment, c'était une telle preuve de négligence —, mais Miss Silver craignait que, dans le cas présent, cet oubli ne fût volontaire.

Tandis qu'elle savourait les scones au miel et qu'elle écoutait Monica Abbott lui expliquer que c'était Cicely qui s'occupait des abeilles, son regard aimable dévisageait avec sagacité la jeune femme qui buvait tasse de thé sur tasse de thé sans rien manger. Frank Abbott l'avait appelée un « petit pruneau », et Miss Silver pensa que l'appellation lui convenait tout à fait. Cheveux, yeux et peau étaient du même brun, les cheveux et les yeux moins foncés que ceux de sa mère, mais la peau beaucoup plus sombre. La chaleur du feu lui avait fait monter le sang aux joues et cela lui donnait un charme insaisissable. Elle aurait pu piquer des baies rouges dans ses cheveux et aller danser dans le vent avec les dernières feuilles d'automne.

Cette pensée fantaisiste ne venait pas à l'esprit de Miss Silver. Elle voyait une jeune femme infiniment malheureuse et infiniment lasse de son propre désespoir. Mrs. Abbott, le thé terminé, la conduisit dans sa chambre. Elle la trouva très confortable et très agréable avec son solide mobilier victorien et ses rideaux de reps grenat.

Elle ôta son manteau noir au col de fourrure un rien antique et son chapeau de feutre noir qui en était à son troisième hiver mais qui s'enjolivait maintenant d'un bouquet de pensées violettes, se recoiffa, changea de souliers, se lava les mains, prit son sac à ouvrage et redescendit au salon. Elle portait une robe de laine vert bouteille qu'elle avait achetée à l'automne, ouverte sur une modestie que retenait une broche en forme de rose piquée d'une grosse perle baroque. Une fine chaîne d'or retenait le pince-nez dont elle avait besoin pour lire les petits caractères quand la lumière baissait et une chaîne plus massive entourait le cou. A cette chaîne pendait l'un de ces lourds médaillons victoriens gravés d'initiales étroitement enlacées, pieuse relique de ses parents morts depuis longtemps, un *A* (pour Alfred) et un *M* (pour Maria). A l'époque où le bijou ornait le cou de Maria, il contenait une boucle des cheveux d'Alfred. Désormais s'y ajoutait une boucle grise des cheveux de Maria. Pour Miss Silver, Alfred et Maria étaient devenus « Pauvre Papa » et « Chère Maman », et elle trouvait le médaillon tout à fait splendide.

Elle s'assit près du feu, prit une pelote de laine bleue dans son sac à ouvrage et se mit à remonter les mailles d'une brassière d'enfant assortie à celle qu'elle venait de terminer la veille. Il fallait que les bébés en aient plusieurs, si l'on voulait qu'ils soient toujours propres et au chaud. C'était une question de bon sens.

Ses aiguilles garnies, elle fut prête à engager la

conversation avec son hôtesse et heureuse de s'apercevoir qu'elles étaient seules. Le colonel et Cicely ayant disparu, Frank avait téléphoné pour prévenir qu'il arriverait en voiture et qu'il serait peut-être en retard.

— Vous ne savez pas à quel point je suis heureuse de vous connaître, dit Monica. Frank vous adore.

— Ma chère Mrs. Abbott !

— Oh ! c'est vrai. Et c'est d'autant plus remarquable de sa part qu'il n'est pas porté à l'affection. Il est si froid, si sarcastique. Évidemment il y a beaucoup d'affectation là-dedans, mais aussi une part de sincérité. Ma belle-mère a été si méchante pour lui ! Non qu'il l'ait beaucoup connue, car elle s'était querellée avec son père... comme avec tout le monde, d'ailleurs. Mais il lui ressemble tellement physiquement que ce serait effrayant si on ne savait pas qu'il est tout différent moralement. Et puis, la façon dont elle s'était conduite après la mort de son père — il vous en a parlé, j'en suis sûre. Cela a été tellement affreux pour lui, le pauvre garçon ! Et dire que, pendant ce temps-là, nous étions de l'autre côté de la terre, et que nous ne nous doutions pas que la situation était aussi grave. Mon beau-frère n'avait laissé que des dettes, et Frank ne nous en a rien dit, d'ailleurs je ne sais pas ce que nous aurions pu faire, avec Cis en pension et Reg qui n'avait presque que son traitement pour vivre. Abbottsleigh avait été légué à lady Evelyn sa vie durant, elle dominait complètement son mari.

Monica sourit amicalement à Miss Silver.

— Vous comprenez quel bien cela peut faire à

Frank de vous adorer ! Lady Evelyn lui a dérobé des choses bien plus précieuses que l'argent et vous les lui avez rendues. C'est pour cela que je désirais vous connaître. Et pour d'autres raisons aussi, bien entendu. Il y a ce crime — peut-être n'en est-ce pas un —, Frank dit que cela n'a pas de sens. Et c'est vrai, n'est-ce pas ? Mais, malgré cela... c'est assez effrayant.

— Vraiment ? fit Miss Silver.

Monica Abbott rougit.

— Oui. Si ce n'était qu'un crime, cela serait horrible, mais on saurait à quoi s'en tenir. Je veux dire, il pourrait avoir eu pour motif une querelle, la jalousie, l'argent, ou le geste irréfléchi d'un ivrogne. Ce sont les principales raisons qui motivent un assassinat. Mais celui-ci... Non seulement nous ne savons pas pourquoi il s'est produit, mais nous ignorons s'il a vraiment eu lieu. C'est effrayant... comme de voir une image sans savoir si elle existe réellement ou si ce n'est qu'une illusion.

D'un ton guindé, mais plaisant, Miss Silver cita *Macbeth.*

— « Ces émotions, ces troubles symptômes qui ne devraient accompagner qu'une crainte fondée. »

Monica Abbott lui lança un regard chaleureux.

— Oui, c'est exactement ce que je voulais dire. Quelle finesse !

Miss Silver sourit.

— Donnez-moi quelques détails. L'affaire semble en grande partie dépendre du caractère de cette Mary Stokes. Évidemment, cela se produit toujours lors d'un crime, une histoire qui paraît invraisemblable dans la bouche d'une personne semble tout à fait normale dite par une autre. Quelle sorte de fille est cette Miss Stokes ?

— Je... ne... sais... pas, dit lentement Monica Abbott.

Miss Silver eut la petite toux qui lui était familière.

— Vraiment ?

— Je n'ai rien pour me former une opinion. Je ne l'aime pas, mais je ne devrais pas le dire, car cette antipathie ne repose sur rien. Je ne peux que vous révéler ce que vous observeriez en cinq minutes. Elle n'a que vingt-quatre ou vingt-cinq ans mais semble très... éveillée aux choses de la vie. Elle s'était engagée pendant la guerre. Elle n'est pas restée longtemps à Deeping. Bien sûr, nous n'y habitons nous-mêmes que depuis quelques mois. Nous y faisions de courts séjours avant que mon mari parte à l'étranger, mais nous ne pouvions nous considérer comme des gens d'ici.

— Mary Stokes est-elle bien vue dans le pays ?

— Non, pas du tout. Les filles jeunes copient ses robes et sa façon de se coiffer, mais elle n'est pas aimée... On trouve qu'elle essaie de se donner un genre.

— Est-ce vraiment le cas ?

— C'est probable. Oh ! je ne sais pas... J'ai l'impression de ne pas être juste. C'est que, voyez-vous, Mary Stokes n'est pas une campagnarde, elle est beaucoup plus dégourdie et plus raffinée. Elle vient à la ferme de temps à autre quand elle est au chômage ou qu'elle a besoin de changer d'air. Elle n'est pas forte et ses parents sont très bons pour elle, mais je crois qu'ils sont soulagés quand elle s'en va. Mary Stokes était employée de bureau à Lenton, mais elle est tombée malade et on lui a prescrit un mois de repos. Je crois qu'elle retrouvera son emploi.

— Est-elle jolie ?

— Oh ! Oui ! fit Monica Abbott d'un ton exaspéré.

Le tricot de laine bleue avançait. Miss Silver leva les yeux et dit doucement :

— Dans quel genre ?

Monica rit.

— Oh, le genre belle blonde décolorée que les messieurs préfèrent. Non... je suis méchante. Elle aide peut-être un peu la nature, mais je crois que c'est une vraie blonde. Elle a des yeux bleus et des manières artificielles.

Monica eut un geste expressif.

— Écoutez, c'est inutile... je ne l'aime pas et je ne peux pas être juste.

Miss Silver posa sur elle son calme regard.

— Pourquoi ne l'aimez-vous pas ?

— Je n'en sais rien au juste.

— Mais je crois que vous pourriez me donner une raison si vous le vouliez.

Il y eut un silence.

— Je la prends pour un serpent caché dans l'herbe, dit Monica Abbott.

— Mon Dieu !

Miss Silver dévida un peu de sa pelote de laine bleu ciel. Elle trouvait Mrs. Abbott pittoresque et très séduisante, mais c'était le jugement qu'elle émettait qui la préoccupait le plus. Monica ne semblait pas femme à être exagérément sévère pour une jeune fille, mais on ne sait jamais. Elle pouvait avoir ses raisons. Miss Silver se demanda si Mary Stokes n'était pas pour quelque chose dans la rupture de Cicely avec son mari.

D'un ton parfaitement naturel, elle orienta la conversation sur Cicely. Après avoir vanté l'agrément du petit salon et s'être informée si l'aquarelle accrochée en face d'elle ne représentait pas la cathédrale de Durham, elle indiqua le portrait placé au-dessus de la cheminée.

— C'est votre fille, bien entendu. La ressemblance est frappante.

Monica poussa un profond soupir.

— Oh ! oui, c'est Cicely à sept ans. Elle lui ressemble encore, mais elle n'a plus cet air heureux.

— Non...

— Elle s'est fâchée avec son mari... Frank a dû vous en parler. Je ne sais pas pourquoi on a des enfants. Et on continue à faire de la propagande pour la natalité ! Si elle consentait seulement à nous dire de quoi il s'agit, nous pourrions essayer de lui venir en aide. Mais elle refuse de dire quoi que ce soit. Quand on pense que c'est une créature que l'on a baignée, habillée, mise au coin, et fessée lorsqu'elle était vilaine — bien que je n'approuve pas la fessée, je trouve que cela a des conséquences désastreuses sur le caractère des enfants —, eh bien, c'est tout bonnement ahurissant. Elle a toujours été extrêmement têtue, même à six mois. Très mignonne, vous savez, mais vraiment pénible.

Miss Silver continuait de tricoter.

— Et vous ignorez la raison pour laquelle ils se sont querellés ?

— Ni l'un ni l'autre n'a voulu nous la donner.

— Mais on a parfois une idée. Serait-il possible qu'il y ait eu... une autre femme ?

— Je n'en sais rien et je ne crois pas. Mais, évidemment, il y a toujours une autre femme si on fouille le passé. Ce que je veux dire, c'est qu'ils étaient mariés depuis trop peu de temps pour qu'il s'agisse d'une nouvelle aventure... n'est-ce pas votre avis ? Trois mois seulement et ils avaient l'air si heureux !

Elle se pencha et reprit impulsivement :

— La vérité est que je ne sais rien. Cicely s'est complètement fermée. Pourtant, si je devais essayer de deviner, je dirais qu'il ne s'agit pas d'une autre femme. Mais ce pourrait être l'argent... Cicely est très riche, vous savez ?

— C'est ce que Frank m'a dit.

Les yeux de Monica étincelèrent soudain.

— La mère de Reg a tout légué à Cicely pardessus sa tête. Scandaleux, n'est-ce pas ? Et le pire est que l'enfant est demeurée trop souvent près de sa grand-mère. Nous étions à l'étranger et elle passait toutes ses vacances ici.

Elle hésita un peu.

— Je puis me tromper, mais je pense parfois que Cicely a pu se faire une idée fausse de l'importance de l'argent. Voyez-vous, lady Evelyn pensait que tout le monde en avait autant qu'elle la passion. Elle croyait que nous comptions sur son héritage et ne venions la voir que pour cela, elle a pensé nous punir en léguant tous ses biens à Cicely... et je me demande maintenant si ce n'est pas Cicely qu'elle a punie.

Miss Silver toussa.

— Qu'entendez-vous par là ?

— Je ne saurais le dire, fit Monica d'un ton distrait. Cicely semble éprouver de l'amertume à propos de sa fortune, cela se voit.

Elle hésita de nouveau.

— Elle ne ressemble absolument pas à sa grand-mère physiquement, mais elle a quelque chose de sa froide obstination et... oh, Miss Silver, je suis tellement malheureuse ! Elle ne mange pas, elle ne dort pas et elle ne nous dit rien. Et c'était une enfant si affectueuse avant de devenir aussi glaciale. Et ce n'est même pas par goût qu'elle est revenue ici : elle y reste uniquement parce qu'elle n'entend pas se laisser chasser par lui.

Elle sortit son mouchoir et se le passa rapidement sur les yeux.

— Vous devez me croire folle pour vous avoir fait ces confidences alors que je vous vois pour la première fois, mais je ne peux en parler à personne au village, et vous ne pouvez pas savoir le soulagement que c'est pour moi !

7

— Eh bien, voici l'endroit, dit Frank Abbott.

Miss Silver descendit de voiture et considéra le Hallier du Pendu. La pensée qui lui vint immédiatement à l'esprit fut que le lieu était fort bien nommé. Elle n'avait jamais vu bois plus lugubre et chemin plus pénible. Rien d'étonnant à ce que le lieu fût peu fréquenté.

La disposition du terrain et la rapide pente qui amenait à cette cuvette la rendaient encore plus sombre qu'elle n'aurait dû être. Les arbres n'étaient ni gros ni serrés : quelques sapins disséminés, deux ou trois buissons de houx, les vestiges de ce qui avait dû être un énorme chêne, envahis maintenant par le lierre. Le reste n'était que broussailles dues à des années d'abandon.

Elle demanda qui était propriétaire du terrain.

Frank Abbott rit.

— Oncle Reg, si je ne m'abuse. Mais un certain doute a existé. La propriété des Tomalyn aboutissait à ce sentier, tout ce qui était de l'autre côté étant bien communal. Les Tomalyn mâles sont morts il y a plus d'un siècle, mais il y avait deux filles. L'une a épousé un Abbott, l'autre un Harlow. La propriété Harlow touche Abbottsleigh. Un incendie a anéanti la maison Tomalyn et détruit de nombreux papiers. Personne ne s'est soucié de ce morceau de terre qui est resté à l'abandon. Une superstition locale prétendait qu'il portait malheur. Oncle Reg se souvient encore d'un vieux villageois qui disait que le Pendu avait maudit ce lieu. De toute façon, ni les Harlow ni les Abbott ne possédaient les titres de propriété, et il semble qu'ils ne se soient pas souciés de savoir à qui il appartenait pendant longtemps. Jusqu'au jour où un vieux papier a été découvert et qu'ils ont pris une décision. Je crois que l'on peut dire maintenant que ce lieu charmant appartient aux Abbott.

Miss Silver avait écouté avec attention.

— Et la maison ? Si j'ai bien compris, il existe dans le bois une maison qui devrait aller avec le terrain ?

— Je ne l'ai jamais vue, mais ce doit être une ruine. Autrefois, un sentier y conduisait... Le policier du coin m'a dit qu'il partait près du vieux chêne, mais on n'en voit pas la trace. Si Mary Stokes a dit la vérité, ce dont je doute fort, c'est là qu'elle se tenait lorsqu'elle a vu quelqu'un chercher une boucle d'oreille dans les cheveux d'une morte. Je me demande ce qu'elle a vraiment vu. S'il n'y avait pas Louise, toujours disparue, je prendrais volontiers son récit pour une invention. Et regardez par ici, il n'a pas plu depuis samedi, on voit encore les empreintes de Mary dans la boue. Elle courait, effectivement.

Miss Silver traversa le fossé, monta sur le talus d'un pas alerte pour examiner de plus près les empreintes. Puis elle tourna son attention vers le bois.

— A quelle distance se trouve la maison ?

— Environ à cinq cents mètres, d'après le plan que m'a montré Oncle Reg. On l'appelle Forester's House. Je crois qu'un sentier, aujourd'hui disparu, y menait autrefois à travers bois.

Miss Silver toussa.

— A-t-on fouillé le bois ?

— Jusqu'à un certain point, je suppose.

— Mon cher Frank !

— Je n'étais, à ce moment-là, qu'un simple spectateur et devais éviter tout faux pas. L'inspecteur de Lenton était chargé de l'affaire et, je me trompe peut-être, mais il m'a semblé que si je faisais la moindre suggestion, je me la ferais renvoyer en pleine figure, alors je n'ai rien dit. J'ignore s'il savait que je suis à Scotland Yard, mais j'ai pris grand soin de demeurer le neveu du colonel Abbott de passage chez son oncle. Donc je ne suis pas à même de vous dire jusqu'où la fouille a été poussée, mais j'imagine qu'elle a été assez superficielle et que s'il y avait des traces, on ne pourra plus les voir maintenant. Le policier local, Joe Turnberry, fait tout à la va-vite.

— C'est très dommage.

Frank acquiesça.

— Pour autant que j'aie pu m'en rendre compte moi-même, il n'existe pas d'indices suggérant que quelqu'un aurait été traîné dans les broussailles. Je ne vois pas comment un homme aurait pu porter une femme dans ces fourrés de nuit sans laisser des marques visibles. Cela n'a pas de sens.

— Jusqu'à quelle distance avez-vous pénétré dans le bois ?

— Pas très loin. Comme je vous l'ai dit, j'ai fait très attention de ne pas m'imposer. Mais maintenant que je suis chargé de l'affaire, je vais revenir cet après-midi avec Smith, le policier de Lenton, pour passer cet endroit au crible. Mais je ne suis pas très optimiste.

— Et la maison ?

— Forester's House ? Mais elle est à plus de cinq cents mètres d'ici.

— L'a-t-on fouillée ?

— Je ne crois pas. Je suis persuadé que Smith a pensé, comme je l'avais fait moi-même, que tout cela n'était qu'un conte à dormir debout : une fille prétend avoir vu traîner hors du bois un cadavre ensanglanté et il n'y a ni cadavre, ni sang, ni traces sur le sol. Quelle conclusion voudriez-vous en tirer ? Que la fille raconte des histoires et que ce n'est pas la peine de s'enfoncer dans les bois pour en avoir la preuve.

Le visage de Miss Silver exprimait toujours le même entêtement.

— Cela m'intéresserait beaucoup de voir Forester's House.

Il lui jeta un rapide coup d'œil.

— Qu'avez-vous en tête ? Espérez-vous trouver Louise Rogers dans les ruines ?

— Je ne sais pas, Frank. Je voudrais voir cette maison.

Il eut un rire bref.

— Eh bien, vous la verrez. Mais au nom du bon sens, pourquoi quelqu'un ayant assassiné une femme dans ce bois l'aurait-il traînée jusqu'au chemin, où Mary Stokes l'aurait vue, pour la ramener ensuite à travers cinq cents mètres de broussailles et, qui plus est, sans laisser de traces ? C'est impossible.

Miss Silver émit sa petite toux habituelle.

— Si c'est impossible, cela n'a pas eu lieu.

Il la regarda d'un air interrogateur.

— Eh bien, que préférez-vous ? Voir Mary Stokes ou errer dans le bois ?

— Je crois qu'il vaut mieux voir Mary Stokes en premier lieu.

C'était la réponse qu'il espérait. Tout détendu qu'il pouvait paraître, en fait il était impatient de savoir. Que cette affaire n'eût pour le moment aucun sens, cela, c'était certain. Quant à Mary, soit elle mentait, soit elle disait la vérité. Dans un cas, il devait être possible d'en savoir plus, et dans l'autre, peut-être pourrait-elle donner une version un peu plus crédible que ce conte de fées entrecoupé de sanglots. Il avait grande confiance dans le jugement de Miss Silver pour déceler si Mary mentait ou non. Mais une fois qu'ils furent en face d'elle dans le salon de Tomlin's Farm, il fut beaucoup moins certain de pouvoir tirer quoi que ce soit de la jeune fille.

Mrs. Stokes, qui les avait fait entrer, l'accueillit en lui donnant du « Mr. Frank » et s'excusa de les faire attendre dans une pièce sans feu. C'était une femme robuste, aux manches retroussées jusqu'aux coudes. Elle les quitta en leur disant que sa nièce allait arriver tout de suite, mais celle-ci se fit attendre pendant dix bonnes minutes et ils eurent tout le temps d'observer la pièce : les murs tapissés d'un papier à motif qu'une dame du XVIIIe siècle avait autrefois qualifié de « farandole de fleurs » ; la tête de renard grimaçant dans un coin sombre, les oiseaux empaillés sur un guéridon recouvert d'une nappe bordeaux festonnée de dentelle ; les cuivres exposés sur un bahut dans l'autre coin ; les agrandissements photographiques des parents de Mr. Stokes d'un côté et ceux de Mrs. Stokes de l'autre, les deux messieurs l'air mal à l'aise dans leurs habits du dimanche, avec col haut et cravates, les deux dames bien mises jusqu'à paraître sinistres. La vieille Mrs. Stokes avait été prise en photo juste après son veuvage et l'appareil n'avait omis ni la débauche de crêpe dont elle était recouverte ni la très imposante coiffe de deuil avec ses grandes bandelettes.

Miss Silver examina avec intérêt tous ces témoignages d'une vie de famille. Elle remarqua les cuivres étincelants sur le bureau de noyer — les uns délicieusement étincelants et l'autre splendidement ciré. Il n'y avait pas un grain de poussière nulle part ni une multitude de bibelots à épousseter.

Quand Mary Stokes entra, elle sembla détonner étrangement dans ce décor. Au premier abord, elle paraissait jeune et jolie, mais, après coup, on se demandait si elle l'était autant que cela. Il y avait en elle quelque chose d'apprêté, d'un peu figé qui rappelait à Miss Silver une comptine pour enfants qui conseille de faire attention en regardant l'horloge quand sonne l'heure sous peine de rester à jamais immobilisé. Cela venait peut-être de sa coiffure, le dernier cri de la mode londonienne, tout à fait déplacée dans une ferme campagnarde. Peut-être était-ce la robe bleu roi, tout aussi déplacée, ou la broche qui étincelait comme si les pierres avaient été vraies. C'était probablement le mélange du tout qui donnait cette impression.

Elle fit une entrée étudiée et leur serra la main en s'exprimant d'une voix trop aiguë pour être agréable et d'un ton exagérément affecté.

— J'ai été délégué par Scotland Yard pour prendre quelques informations, Miss Stokes, je suis le sergent-détective Abbott, dit Frank. J'espère que vous ne voyez pas d'inconvénient à ce que Miss Silver soit présente ?

Si Miss Stokes n'avait été aussi raffinée, elle aurait probablement hoché la tête d'un air dédaigneux. Pour le coup, sans jeter un regard à Miss Silver, elle s'assit sur le fauteuil le plus proche, croisa ses jambes en dévoilant de jolis bas de soie, et fixa ses brillants yeux bleus sur le charmant jeune homme qui était venu l'interroger. Un beau garçon, très supérieur au policier courant... et qui avait une haute opinion de lui-même. Elle croisa son regard et baissa ses longs cils maquillés, consciente de se sentir observée et... certaine d'être admirée.

— Absolument pas, dit-elle avec un sourire étudié. Je n'en suis que plus ravie.

Frank avait sorti son calepin et l'avait posé sur

l'une de ces tables tellement à la mode au milieu du siècle dernier. En noyer sculpté et luisant, elle supportait deux énormes albums de photographies en maroquin doré au fer et une grosse Bible. Il les écarta, sortit son crayon et commença.

— Je viens de me rendre au Hallier du Pendu, dit-il. Il est clair que vous avez descendu le talus en courant et traversé le fossé, mais il n'y a pas trace d'autres empreintes.

Les cils se relevèrent et les brillants yeux bleus le fixèrent.

— Eh bien, si Joe Turnberry et l'inspecteur Smith n'ont laissé aucune marque, il n'y a pas de raison pour que d'autres l'aient fait.

Il était évident qu'elle croyait avoir marqué un point.

— Je crains que ce ne soit pas un argument. Les empreintes de Smith et de Turnberry sont très faciles à suivre. N'oubliez pas que j'étais là quand ils les ont faites. Je voulais dire qu'il n'y a pas d'autres traces. Si vous maintenez qu'un homme est sorti du bois en traînant le cadavre d'une femme, comment concevez-vous qu'il n'ait laissé aucune empreinte sur le talus ou dans la boue du fossé et que l'on ne voie pas la traînée du cadavre ?

Elle redressa la tête.

— Oh ! Je ne jurerais pas qu'il le traînait, il faisait nuit. Il aurait pu la porter.

— En ce cas, ses empreintes auraient été beaucoup plus profondes.

Elle haussa les épaules.

— Peut-être n'avez-vous pas trouvé l'endroit exact.

— Vos propres empreintes sont très nettes. Vous faisiez face au sentier. De quel côté cet homme est-il sorti du bois par rapport à vous ?

Elle serra les lèvres en fronçant légèrement les sourcils.

— Je ne sais pas.

— Voyons, Miss Stokes, vous descendiez dans le Hallier du Pendu lorsque vous avez entendu un bruit provenant du bois... C'est bien ce que vous avez dit, n'est-ce pas ? Vous avez eu si peur que, traversant le fossé, vous avez grimpé le talus et pénétré dans le bois en direction du bruit.

L'un de ses sourcils clairs se haussa ironiquement.

— Cela paraît être une étrange réaction, pouvez-vous me l'expliquer ?

Elle répondit froidement.

— J'étais effrayée, n'importe qui l'aurait été.

— Et c'est pour cela que vous avez couru dans la direction du bruit qui vous avait effrayée ?

— Je n'ai pas eu le temps de réfléchir, j'ai couru... c'est ce que l'on fait quand on a peur. Je suppose que je voulais me cacher.

— C'est naturel, mais pourquoi pas dans les buissons de l'autre côté du sentier ? Pourquoi vous précipiter vers le danger ? Vous auriez pu tomber sur le meurtrier.

Elle commençait à montrer une certaine exaspération.

— Je vous dis que je n'ai pas réfléchi, j'avais trop peur ! Je ne sais pas pourquoi j'ai couru de ce côté, mais c'est ce que j'ai fait.

— En êtes-vous bien sûre ?

Elle le fixa avec colère.
— Que voulez-vous dire ?
— Savez-vous qu'il n'y a aucune de vos empreintes indiquant que vous êtes entrée dans le bois ?
Sa respiration s'accéléra.
— Je n'y peux rien.
— Bizarre, n'est-ce pas ? Pas d'empreintes de vous entrant dans le bois et aucune du meurtrier en sortant ! Je crains qu'il n'y ait une contradiction quelque part. Aussi effrayée que vous ayez pu être, il vous aurait été impossible de franchir ce fossé d'un bond, surtout de nuit.
Pendant tout ce temps, Miss Silver était demeurée une spectatrice silencieuse mais attentive. Elle avait choisi de s'asseoir sur une chaise qui ressemblait beaucoup à celles qu'elle avait chez elle, avec un dossier et une assise en tapisserie légèrement incurvés et des pieds finement ciselés. Un genre de siège tout à fait confortable pour le tricot ou les travaux d'aiguille, qui vous soutenait parfaitement le dos sans vous gêner les bras. Dans des moments comme celui-ci, Miss Silver regrettait de ne pas avoir emporté son tricot, mais elle ne se serait pas permis de manifester de l'impatience. Ses mains, qui portaient les gants bien chauds en laine noire que sa nièce Ethel lui avait offerts à Noël, restaient bien sagement sur ses genoux. Elle observait pensivement Mary Stokes. Un collier de perles artificielles ornait le devant de la robe bleue. Depuis un moment, on le voyait très bien se soulever et retomber. La jeune fille avait rougi et semblait en colère. Miss Silver jugea qu'elle était à la fois furieuse et

effrayée. Elle trouva que Frank s'en tirait très bien. Il avait aux lèvres un petit sourire glacé. Monica Abbott ne l'aurait sûrement pas du tout apprécié. Il lui aurait péniblement rappelé sa belle-mère. C'était le genre de sourire qu'affectionnait lady Evelyn avant de prononcer une remarque particulièrement blessante.

— Eh bien, Miss Stokes, qu'avez-vous à répondre ?

La jeune fille commençait à oublier ses bonnes manières affectées.

— Je ne sais pas de quoi vous parlez.

— Je peux vous le répéter. Vous n'avez pas traversé le fossé en marchant dedans, et je jurerais que vous n'avez pas pu sauter par-dessus. Alors comment êtes-vous entrée dans le bois ?

Elle le regardait avec colère, mal à l'aise.

— Comment j'y suis entrée ?

— Oui.

Elle eut un rire forcé.

— Ça vous intrigue, hein ?

Le ton était provocateur, mais n'eut aucun effet. Le regard de Frank resta de glace.

— Beaucoup, dit-il. Et vous feriez mieux de me le dire, car il s'agit d'une affaire grave. Quiconque n'est pas complice d'un crime est naturellement disposé à aider la police, ajouta-t-il avec un sourire plus aimable.

Mary Stokes toucha son collier de fausses perles, dévoilant des ongles vernis d'un rouge sang et une turquoise.

— Eh bien, si vous voulez le savoir, je suis entrée dans le bois plus en arrière.

— A quelle distance ?

— Oh, assez loin.

— Il vous aurait fallu quand même traverser le fossé.

— Mais non, il n'en existe pas avant le fond du ravin, du moins pas qui vaille la peine, et ce qui existe est sec... le sol ne garde pas d'empreinte.

Il nota ce qu'elle venait de dire. Elle le regarda écrire. Puis elle dut à nouveau soutenir son pâle regard.

— Vous avez très bien imaginé votre réponse, mais je crains qu'elle ne vous cause d'autres difficultés. Si elle explique le manque d'empreintes, elle ne dit pas pourquoi vous êtes entrée dans le bois à cet endroit précis. Vous venez de me répéter que la peur vous a fait fuir sans savoir ce que vous faisiez, et que cette peur provenait d'un bruit indiquant qu'on traînait quelque chose. Maintenez-vous cette déclaration ?

Sa main pressait son collier et sa respiration était de plus en plus haletante.

— Evidemment que je la maintiens !

Il haussa les sourcils.

— Je n'ai pas mesuré la distance entre les deux points que vous avez indiqués, mais je l'évalue à environ deux cents mètres. Allez-vous me dire que vous avez fait tout ce chemin à la lisière du bois en direction du bruit qui vous avait tant effrayée ?

Miss Silver la vit tirer sur son collier et triturer les perles.

— Pourquoi pas ?

— Cela paraît étrange.

Elle s'emporta brusquement.

— Qu'est-ce qu'il y a d'étrange là-dedans ? Tout est étrange quand on veut ! Et il n'y a rien d'étrange là-dedans ! En entendant le bruit, j'ai couru hors de la route à l'endroit où le bois commence et où il n'y a pas encore de fossé. Puis je me suis arrêtée pour écouter. Le bruit avait cessé, j'ai poursuivi mon chemin, mais en me faufilant dans les buissons, au cas où. Je me dirige très bien dans l'obscurité, et je pensais que si le bruit provenait d'un type qui avait trop bu, je pourrais facilement lui échapper dans le bois. En arrivant au ravin, j'ai entendu de nouveau le bruit et je suis restée immobile.

— Je comprends. Ainsi vous vous dirigez très bien la nuit...

— Il n'y a pas de mal à ça, si ?

— Oh non... c'est très utile. Alors vous êtes restée figée sur place et vous avez vu quelqu'un tirer un cadavre hors du bois. Si vous voyez si bien dans l'obscurité, vous devez être capable de dire s'il le traînait.

— C'est ce que j'ai dit.

— Il me semble me souvenir que vous hésitiez un peu. Alors le traînait-il, oui ou non ?

— D'après le bruit, j'ai cru qu'il le traînait, mais il aurait pu le porter.

Il continua de la fixer.

— Très bien, il la traînait ou il la portait. Mais de quel côté était-il entre vous et le village ?

Elle hésita, furieuse et désemparée.

— Je vous ai dit qu'il faisait nuit.

— Mais vous voyez très bien dans le noir, vous venez de le dire. Ecoutez, Miss Stokes, vous veniez de Tomlin's Farm et vous vous rendiez au village.

Vous devez bien savoir de quel côté cet homme est sorti du fourré... derrière vous ou devant... entre vous et la ferme ou entre vous et Deeping ?

— Entre moi et le village. Je ne sais plus, avec toutes vos questions.

Il répondit avec une ironie non déguisée :

— J'en suis navré. Mais s'il est apparu entre le village et vous, il a dû traverser le fossé au fond du ravin où il est le plus détrempé, or je vous ai dit que c'était impossible sans laisser des empreintes et il n'y en a pas.

Sa main qui tenait les perles restait immobile. Elle ne répondit pas. Il poursuivit :

— D'après votre déclaration, il a tiré ce cadavre sur le sentier et allumé une torche pour le regarder.

Elle frissonna.

— Oui, c'est ce qu'il a fait.

— Et c'est alors que vous avez vu ce qu'il avait traîné... ou porté ?

Elle inclina la tête ; Miss Silver, qui l'observait, vit son expression furieuse s'affoler. La main crispée sur les perles se détendit et alla rejoindre l'autre, posée sur ses genoux. Mary Stokes était soudain devenue volubile. Sa respiration s'accélérait et elle balbutia :

— Oh ! c'était horrible ! fit-elle en haletant. Elle avait été frappée à la tête, j'ai vu un flot de cheveux blonds, pleins de sang et les yeux ouverts. C'est comme ça que j'ai su qu'elle était morte. Il a dirigé sa torche en plein sur les yeux qui n'ont pas cillé... et j'ai vu la boucle d'oreille étinceler... un anneau incrusté de diamants tout autour.

— De quelle dimension ? Je tiens à avoir une

description aussi exacte que possible de cette boucle d'oreille.

— Elle avait à peu près la dimension d'une alliance — un centimètre et demi ou deux, je ne saurais pas vous dire, je n'en ai jamais mesuré — mais c'est ce qu'il m'a semblé. Et il n'y en avait qu'une, car il a retourné le cadavre pour chercher l'autre qui était tombée, alors il a fouillé partout et passé les doigts dans les cheveux.

Elle eut un frisson involontaire.

— Je vous ai dit que cela m'avait bouleversée ! Je n'en ai pas dormi de la nuit, j'avais toujours cette scène devant les yeux.

Désormais, toute son affectation avait disparu. Mary n'était plus qu'une petite paysanne effrayée par un souvenir qui l'avait fait fuir trébuchante et hurlante, pour frapper à la porte de Miss Alvina. Elle étouffa un sanglot.

— S'il m'avait surprise à l'épier, j'aurais été sa prochaine victime. A la minute où il est rentré dans le bois, j'ai détalé à toutes jambes.

Miss Silver émit sa petite toux habituelle.

— C'est une épreuve terrifiante, dit-elle. Rien d'étonnant à ce que vous la trouviez pénible à évoquer. Mais vous ferez, j'en suis certaine, tout votre possible pour aider le sergent Abbott. Un homme capable d'un tel crime ne devrait pas être en liberté. Il peut en commettre d'autres. Je me demande... vous dites que avez vu les diamants étinceler à la lueur de la torche ?

Mary la regarda fixement, inquiète de cette nouvelle interlocutrice.

— Oui, dit-elle.

— Alors vous avez dû remarquer si le sang répandu sur les cheveux était frais ou sec ?

— Non, je ne l'ai pas remarqué.

Frank Abbott intervint.

— Essayez de réfléchir. C'est important.

Elle secoua la tête.

— Je ne cherchais pas à savoir s'il était frais ou sec, je pensais qu'elle avait été assassinée et je m'attendais à subir le même sort.

8

Ils n'en obtinrent pas davantage.

En quittant la ferme en voiture, Miss Silver s'intéressa vivement au paysage : terrain vallonné à droite, champs cultivés à gauche sous le ciel nuageux. L'air moins froid que ces derniers jours... oh oui, nettement moins froid, contenait une légère humidité. Elle pensa qu'il allait pleuvoir dans l'après-midi.

Frank Abbott arrêta la voiture vers les premiers arbres sur le côté gauche du chemin.

— C'est là qu'elle prétend être entrée dans le bois. Impossible de savoir si c'est la vérité. Voyez, il n'y a pour ainsi dire pas de fossé et il est complètement sec, le vent lui arrive directement des champs.

Miss Silver descendit de voiture et regarda le paysage. Le bois n'avait aucune clôture et les broussailles étaient peu épaisses. Le récit de Mary Stokes semblait très vraisemblable, elle aurait pu traverser le bois et en longer le bord aussi facilement qu'en suivant le chemin. Frank descendit la côte pour examiner attentivement les lieux. En rejoignant Miss Silver, il ne put que lui dire :

— Eh bien, elle aurait pu le faire.

— Oh oui ! répondit-elle d'un air songeur, mais j'aimerais en savoir davantage sur la configuration du terrain. Par exemple, il existe un sentier entre le champ et le bord du bois. Où mène-t-il ?

Il la regarda avec attention.

— Il débouche dans le chemin qui monte du village et passe derrière Abbottsleigh et la Grange, la propriété de Mark Harlow.

— Le chemin passe entre ces deux domaines et le bois ?

— Il passe entre Abbottsleigh et le bois. le domaine d'Oncle Reg s'arrête là où nous sommes actuellement. Les champs à notre gauche appartiennent à Harlow, et la Grange est juste derrière.

— De l'autre côté du chemin ?

— Oui. Deepside, la propriété de Hathaway, est encore plus loin, mais la route carrossable qui mène à Tomlin's Farm passe entre Deepside et la Grange.

— Le chemin continue-t-il ?

— Oui, il va jusqu'à Lenton, c'est l'ancienne voie directe, la nouvelle route n'a pas été bien accueillie, car elle a mordu sur ces trois propriétés. Mon arrière-grand-père était furieux, il a dû rebâtir le pavillon du garde.

Miss Silver semblait pensive.

— Par conséquent, le Hallier du Pendu est un rectangle irrégulier limité par ce sentier à travers champs, le chemin par lequel nous sommes arrivés en voiture, la rue du village et le chemin qui passe derrière Abbottsleigh.

Il lui sourit.

— Réponse jugée correcte.

— Forester's House se trouve-t-elle plus proche de cette lisière du bois que du chemin ?

— Oh, largement plus proche du chemin et certainement plus près de ce coin du bois que du village.

— Alors, mon cher Frank, je vous propose de nous y rendre en suivant ce sentier.

Il la regarda.

— Qu'avez-vous donc en tête ?

Elle sourit.

— Vous me l'avez déjà demandé.

— Sans obtenir de réponse.

— Eh bien, cette fois vous en aurez une. J'ai en tête une quantité considérable de pensées diverses, certaines sans aucun rapport entre elles, d'autres qui commencent à peine à s'associer. Deux seulement peuvent, en l'état actuel, être soumises à votre examen et vous y avez sans doute pensé vous-même. En premier lieu, Mary Stokes ment lorsqu'elle affirme s'être arrêtée au bord des buissons dans le fossé et avoir vu transporter ou traîner un cadavre à travers le bois jusqu'au sentier. Vous avez nettement fait ressortir cela en l'interrogeant. Mais il est tout aussi évident, à mon avis, que lorsqu'elle a parlé du va-et-vient du rayon de la torche sur cette pauvre fille assassinée, elle décrivait quelque chose dont elle avait réellement été témoin. Je suis absolument certaine que tous les détails de cette description sont exacts. Elle a vu un meurtrier cherchant la boucle d'oreille perdue, affolé à l'idée que sa découverte puisse le trahir.

— Vous pensez qu'elle disait la vérité ?

— J'en suis convaincue. Elle a été témoin de cette scène et l'épouvante, l'horreur ressentie l'ont fait s'enfuir pour se mettre à l'abri, en proie à une panique aveugle. Et c'est seulement lorsqu'elle a eu trouvé ce refuge que d'autres considérations l'ont empêchée de dire la vérité. Elle a raconté en sanglotant la terrible vision qu'elle avait eue, mais a menti quant à l'endroit où elle s'était déroulée. La scène tragique a bien eu lieu, mais pas sur le chemin qui traverse le Hallier du Pendu.

Il l'observa d'un œil perplexe.

— Je suppose que vous avez raison... vous ne vous trompez jamais. Mais s'il n'y avait Louise Rogers, je serais tenté de prendre Mary Stokes pour plus menteuse que vous ne l'estimez. C'est Louise Rogers et ses fameuses boucles d'oreilles qui m'incitent à lui accorder le bénéfice du doute. Sans quoi, je conclurais qu'elle a inventé de toutes pièces cette histoire.

Miss Silver eut une toux réprobatrice.

— Non, Frank, elle a vu ce qu'elle a décrit : une chose épouvantable qui lui a fait perdre la tête. Il n'y a aucune équivoque sur la frayeur et le choc qu'elle a éprouvés. N'avez-vous pas remarqué que toute son affectation habituelle avait disparu ? La fille qui a dit : « Je vous assure que cela m'a retournée » disait la vérité.

Il acquiesça.

— Oui, je l'ai remarqué. Je suppose que vous avez raison. Eh bien, où allons-nous ?

— A Forester's House.

— Maintenant ?

— Je crois, oui.

Elle s'engagea sur le sentier entre le bois et le champ, Frank l'y rattrapa après être allé chercher la clé de contact.

— J'aurais pu vous y emmener en voiture en faisant le tour par le village.

— Merci, je suis excellente marcheuse et l'air est vraiment délicieusement rafraîchissant.

— Qu'espérez-vous donc trouver à Forester's House ? dit Frank au bout d'un moment.

— Nous verrons en arrivant là-bas.

Il rit.

— Vous n'avez pas envie de me donner une idée de ce que vous espérez trouver ?

Elle secoua la tête.

— Il est plus sage de ne pas caresser de vains espoirs. Mais, évidemment, il existe des possibilités.

— Telles que ?

— Mary Stokes doit avoir eu une bonne raison de transférer la terrible scène à laquelle elle a assisté de l'endroit où elle s'est réellement passée au lieu où elle a prétendu la situer. Ce motif doit avoir été extrêmement puissant, tellement puissant, en fait, que même au milieu de sa folle panique, il a réussi à l'empêcher d'en révéler le lieu exact. Que déduiriez-vous de cela ?

Il émit un léger sifflement.

— Vous voulez dire que c'était un lieu où elle n'avait aucune raison de se trouver ?

— Pouvez-vous l'expliquer d'une autre façon ? Moi pas.

— Mais... Forester's House...

— Réfléchissez à ce que nous savons du caractère de la jeune fille. Elle est venue ici non de son plein gré, mais par la force des choses. C'est une fille de la ville qui doit trouver la vie très monotone à Tomlin's Farm. Lorsqu'une femme de ce genre s'ennuie, elle est toujours prompte à faire quelque sottise pour occuper son désœuvrement et, malheureusement, il s'agit presque toujours d'un homme. Je crois que vous feriez bien de vous informer s'il n'y a pas eu quelque commérage de cette nature au sujet de Mary Stokes.

— Vous supposez qu'elle avait un rendez-vous à Forester's House ?

— C'est possible. Réfléchissez un peu à l'extrême commodité du lieu. Elle pouvait y venir par ce sentier et prétendre, si elle rencontrait quelqu'un, qu'elle rejoignait le chemin pour descendre à Deeping. Les villageois fuient cette maison maudite.

— Ne l'aurait-elle pas évitée aussi ?

— C'est une fille de la ville, dégourdie, sophistiquée. J'imagine qu'elle doit se moquer des racontars de village et, comme vous avez pu l'observer, elle n'est ni sensible, ni imaginative. En outre, une jeune femme qui va retrouver un homme ne pense pas aux drames qui ont pu se passer deux siècles auparavant. Elle ne pense qu'à elle-même et à lui.

Frank Abbott approuva.

— Et l'homme, fit-il, est-il trop amoureux pour s'inquiéter des superstitions locales, d'après vous ?

Miss Silver toussa.

— Deux possibilités se présentent : il doit exister quelque raison pour laquelle ils ne peuvent pas se rencontrer ouvertement. S'il s'agissait d'une cour ordinaire, ils pourraient se promener ensemble sans choquer personne. Mais les faits exigent un motif puissant de dissimulation. L'homme peut être marié, ou faire partie d'une classe tellement différente que Mr. et Mrs. Stokes seraient scandalisés de le voir fréquenter leur nièce. Alors, quoi de plus commode pour se rencontrer qu'une maison déserte évitée par tout le monde ?

Frank Abbott rit de bon cœur.

— Vous avez expliqué que Mary ne l'évitait pas parce que primo c'est une dure, secundo, qu'elle n'appartient pas véritablement à la région, et tertio qu'elle est amoureuse.

Miss Silver toussa.

— Je n'appellerais pas cela de l'amour, Frank.

— Vous avez sans doute raison, mais laissant cette opinion de côté, je suppose que nous devons chercher un homme qui est aussi un dur et n'est pas originaire de Deeping.

— C'est en effet mon avis.

Les broussailles étaient moins épaisses à cette extrémité du Hallier : quelques noisetiers, un ou deux buissons de houx, des ronces et quantité de lierre. Il était évident qu'aucun forestier n'avait surveillé le bois depuis fort longtemps. De vieux arbres étouffés par le lierre, abattus par de nombreuses tempêtes hivernales pourrissaient à terre, d'autres étaient recouverts de plantes parasites. Les bosquets s'amenuisaient pour former presque une clairière, un endroit désolé avec d'énormes ifs incurvés de chaque côté de ce qui, autrefois, avait pu être une barrière, et, au-delà, dressée parmi de hautes herbes et des orties géantes, Forester's House.

Frank Abbott siffla.

— Eh bien, je peux imaginer des endroits où je préférerais rencontrer une jeune fille.

La réponse de Miss Silver le saisit.

— Pouvez-vous imaginer un endroit plus propice pour commettre un crime ? demanda-t-elle très calmement.

Il siffla de nouveau. Elle posa la main sur son bras.

— Voyez, Frank, j'avais raison : voici les empreintes de Mary Stokes dans cet endroit humide... Elle courait, c'est visible.

Il y avait trois ou quatre empreintes parfaitement nettes de l'extrémité d'un soulier de femme. Le terrain humide qui les avait conservées avait quelque douze pieds de large mais le talon de ce soulier ne l'avait pas effleuré une seule fois. Il était manifeste que la jeune fille en formant ces empreintes s'enfuyait à toutes jambes.

— Vous avez raison, murmura Frank. D'après leur direction, elle a dû courir à travers bois et en sortir par le fossé où nous avons vu des empreintes. Je suivrai sa piste cet après-midi avec Smith, nous trouverons peut-être d'autres traces de son passage.

Il se releva.

— Que voulez-vous faire maintenant ? Vous feriez peut-être mieux de me laisser vous reconduire à la maison d'où je téléphonerai à Smith. On pourrait trouver quelque chose de très déplaisant dans cette sinistre maison.

Miss Silver toussa.

— Mon cher Frank, je n'ai pas du tout l'intention de rentrer. Trop de temps a été perdu déjà. S'il reste quelque chose à découvrir, il faut le faire sans tarder.

Ils passèrent entre les deux gros ifs et montèrent ce qui avait été autrefois une allée dallée, recouverte maintenant de mousses épaisses et glissantes. La maison carrée s'élevait devant eux avec son toit intact, ses fenêtres à droite et à gauche de la porte, deux en haut, deux en bas et deux petites lucarnes faîtières. Que la légende d'Edward Brand et de la horde venue chasser le sorcier quelque deux cents ans auparavant fût vraie ou fausse, il était exact qu'aucune des fenêtres ne possédait de vitres. Elles fixaient horriblement l'espace de leurs yeux morts. L'une d'elles, à gauche, était fermée par des planches. Frank se souvint que, d'après la légende, les villageois furieux avaient arraché les portes de leurs gonds avant de partir à la recherche d'Edward Brand, qu'ils avaient trouvé pendu et mort. La porte d'entrée de ce qui avait été sa maison était encore là, arrachée de ses gonds et coincée de travers, mais soit hasard, soit dessein, après plusieurs générations elle remplissait encore son office, si tant est que l'office d'une porte consiste à interdire l'entrée de la maison qu'elle avait mission de défendre. S'il fallait en croire l'histoire, la porte d'Edward Brand, ne s'étant jamais ouverte pour accueillir aimablement âme qui vive, n'allait pas le faire maintenant. Il y avait bien quelque espace entre seuil et linteau et entre les chambranles, mais le chêne solide, à l'épreuve des intempéries, ne céderait pas.

Miss Silver soupira en contemplant tristement ces déprimants vestiges du passé. Comme à son habitude, elle cita son poète favori, celui que l'époque victorienne avait acclamé :

— « Fragments et ruines d'un affreux passé », dit-elle.

— Pour un fragment, c'est un fragment ! répondit Frank avec une joyeuse irrévérence.

Ils contournèrent la maison et trouvèrent un espace vide à demi caché par des buissons. Frank y pénétra le premier et les écarta pour laisser passer Miss Silver.

— Prenez garde, il y a peut-être des trous dans le plancher.

Mais le sol était dallé comme l'allée du jardin. L'endroit où ils se trouvaient était une cuisine, avec d'innombrables toiles d'araignée pendant des poutres et une masse de vieux débris disparaissant sous une épaisse couche de poussière accumulée par les ans.

Mais il n'y avait pas trace de poussière sur les dalles entre l'entrée et l'encadrement d'une porte qui n'existait plus. Le sol avait été balayé sur une largeur de trois pieds. Suivant ce passage, ils pénétrèrent dans un couloir si sombre que Frank alluma sa torche. Le couloir aboutissait à la porte d'entrée. A quelque distance de celle-ci, un escalier montait à l'étage entre un mur de pierre et une cloison de bois. Il était couvert d'une épaisse couche de poussière. Dans l'espace compris entre l'entrée et l'escalier s'ouvraient deux portes, l'une à droite, l'autre à gauche. Celle de droite pendait, à demi arrachée, mais celle de gauche était intacte et fermée au loquet. Frank essaya de l'ouvrir en prenant soin de ne pas le faire les mains nues. Elle s'ouvrit facilement.

Il s'arrêta sur le seuil pour diriger le faisceau de sa torche sur les gonds.

— Ils sont neufs ! s'écria-t-il. Regardez ! La porte est ancienne, mais les gonds sont neufs ! Elle a été arrachée comme les autres, mais quelqu'un s'est donné la peine de la réparer.

Il s'avança à l'intérieur qu'il inspecta avec sa torche.

— Ça va, fit-il, il n'y a pas de cadavre ici.

Sans la torche, l'obscurité aurait été totale, la fenêtre ayant été bouchée avec une des portes démolies, et les fentes susceptibles de laisser passer la lumière du jour ou de laisser voir celle de l'intérieur avaient été soigneusement aveuglées avec du papier.

— Quelqu'un a pris soin de rendre cette pièce hermétique, dit Frank.

Il fit le tour de la pièce avec sa torche.

— Regardez, il y a aussi eu du feu dans la cheminée. Ce bois à demi consumé n'est pas là depuis mille sept cent je ne sais plus combien !

La lueur de sa torche accrocha deux sacs alignés en guise de tapis devant la cheminée et, en face de celle-ci, un lourd banc de chêne, vieux, mais solide, dont un des pieds avait été restauré avec du bois neuf. Ils s'approchèrent.

— Mon Dieu ! fit Miss Silver.

Le banc avait été garni d'une épaisse couche de paille et de fougère sur laquelle on avait étendu une étoffe. A la lueur de la torche, ils reconnurent sans doute possible une couverture de l'armée.

9

La perquisition exercée par Frank Abbott dans Forester's House ne révéla aucun cadavre. Il en sortit persuadé que Mary Stokes avait fui cet endroit en proie à une terreur panique, mais sans le moindre indice de ce qui avait pu causer une course aussi longue. En revanche, il était certain que quelqu'un s'était servi de la maison en se donnant la peine de la rendre à peu près habitable et complètement à l'abri des regards indiscrets en aveuglant la fenêtre. Sans autre preuve, il était actuellement impossible de ne pas en conclure que Mary Stokes avait un amoureux qu'elle venait retrouver à Forester's House. C'était très net jusque-là, mais il n'y avait rien de criminel à avoir des rendez-vous illicites avec un amoureux. Bien que moralement condamnable, une telle situation ne concernait nullement un sergent-détective de Scotland Yard. Restait à savoir où l'horrible apparition d'une jeune femme assassinée venait se heurter à ces certitudes, ou dans quelle mesure cette apparition pouvait être identifiée comme la locataire disparue de Mrs. Hopper à Hampstead. La boucle d'oreille perdue était aussi absente que le cadavre de sa propriétaire, du moins dans la perquisition sommaire qu'il venait d'effectuer.

— Cette pièce doit être pleine d'empreintes, et tant qu'on ne les aura pas relevées, je tiens à ne rien déranger. Mieux vaut rentrer à la maison. Je demanderai à Smith d'apporter le nécessaire.

Après déjeuner, Miss Silver se permit une petite sieste dans le très confortable fauteuil de sa chambre. Frank était allé voir Smith à Lenton, et sa charmante hôtesse avait invité quelques personnes à prendre le thé.

— Miss Alvina Grey, la fille de l'ancien recteur. Mrs. Bowse, la veuve de notre docteur. Et Cyril Wingfield.

Monica n'ajouta pas qu'elle avait réuni ces personnes sur l'insistance de Frank :

— Rassemble les meilleures commères du village et force-les à parler si elles flanchent.

— Mon cher Frank, avait dit Monica en riant. Elles ne flancheront pas, elles ne peuvent pas. Et puis, elles ne savent pas. De quoi voulez-vous qu'elles parlent ?

— De tout et de tout le monde, mais plus particulièrement de Mary Stokes et de quiconque elle aurait pu fréquenter. Je ne veux pas croire que personne n'ait rien à dire sur elle dans un endroit comme Deeping.

Monica était restée pensive.

— Eh bien, vous savez, c'est là le plus extraordinaire. Pour autant que je sache, il n'y a pas eu le moindre potin sur elle. Hormis bien sûr, le fait que Joe Turnberry a essayé de lui faire la cour et qu'il s'est cassé le nez.

— Oh, mais elle mérite mieux que Joseph.

— C'est ce qu'elle lui a fait comprendre, et beaucoup moins poliment que cela.

Il la regarda, le sourcil froncé.

— Écoutez, Monica, je suis persuadé qu'elle a un amoureux, et je désire savoir qui c'est le plus vite possible. Je peux vous donner quelques renseignements sur le personnage. Il n'est probablement pas originaire de Deeping et il n'y a pas été élevé. Il a servi à l'armée et a de bonnes raisons de vouloir dissimuler sa liaison avec Mary.

Elle détourna son regard et, avec l'imprécision qui lui était habituelle :

— Mais, Frank, tout le monde est dans ce cas !

— Dans quel cas ?

— Tout le monde a servi à l'armée. Quant au reste, je ne vois pas pourquoi vous m'imaginez au courant des aventures de Mary Stokes, car j'en ignore tout.

— Mrs. Bowse et Miss Alvina seront sans doute mieux renseignées.

— Elles savent beaucoup de choses qui n'arrivent jamais, dit Monica Abbott. Cis fera mieux d'aller jouer de l'orgue... Elle ne peut pas les supporter.

Elle eut un rire désabusé.

— En tout cas, pendant qu'elles parleront de Mary Stokes, elles laisseront en paix Cis et Grant.

La réunion fut un grand succès. Miss Silver montra un point de tricot aux deux invitées et on lui promit en échange de lui fournir la recette de confitures de Mrs. Caddle.

— A condition d'être très gentille avec elle, dit Miss Alvina. Je suis allée à la cuisine pendant qu'elle les faisait, mais vous savez comment c'est : si on ne fait pas les choses soi-même, on ne remarque pas très bien tout. Donc, je ne pourrais pas vous expliquer comment elle fait pour qu'elles soient tout à fait différentes de celles des autres, et tellement supérieures. Elle n'a voulu donner la recette à personne de Deeping et elle n'accepte d'en faire que pour moi. Peut-être se laissera-t-elle fléchir si je lui dis que c'est pour une dame de Londres, mais bien entendu, je ne peux rien promettre...

Mrs. Bowse, une imposante femme d'âge mûr, interrompit les gazouillements de Miss Vinnie en assenant, avec bon sens :

— Promettre ? Je n'y compterais pas, moi. Et quant à extorquer une recette d'Ellen Caddle — elle tendit ses grosses mains abîmées par l'ouvrage vers le feu —, je vous souhaite bon courage. Elle appartient au genre de créatures qui préfèrent mourir plutôt que de céder quoi que ce soit qui leur appartient. D'ailleurs, la pauvre n'a pas grand-chose à elle. Ce fichu d'Albert lui file peut-être entre les doigts, mais en tout cas, elle garde sa recette de confitures.

Miss Silver toussa et fit remarquer qu'Albert était un nom passablement démodé.

— Mais peut-être que dans un village comme Deeping...

Les deux visiteuses protestèrent ensemble : Deeping n'était nullement responsable d'Albert Caddle ni de son nom.

— Il a servi dans les commandos, dit Mrs. Bowse de sa voix de stentor, et il a été engagé comme chauffeur par le vieux Mr. Harlow. Lorsque son neveu Mark a hérité de la propriété, il l'a gardé. L'homme est très adroit de ses mains, mais beaucoup trop beau garçon. Mark aura toujours des ennuis avec lui... Je lui ai dit l'autre jour, il n'a fait qu'en rire. Évidemment, on ne peut pas s'attendre à ce qu'un jeune homme prenne cela au sérieux. La pauvre Ellen Caddle a commis une grosse erreur lorsqu'elle s'est mariée avec lui, elle a bien dix ans de plus que lui et elle n'a jamais été belle. Pour quelle raison s'imagine-t-elle qu'il l'a épousée ? Pour ses économies et ce que lui a légué lady Evelyn ! C'est clair comme de l'eau de roche. Je le lui ai dit moi-même.

— Elle est très bonne cuisinière, dit Miss Vinnie.

— Et il la laisse aller vous faire des petits plats au lieu de rester à la maison et de faire ses repas ! assena-t-elle. Quand un homme laisse sa femme travailler dehors, c'est que le ménage ne va pas fort. J'ai dit à Ellen : « Il gagne de gros gages, et à quoi il les dépense, pour qui ? Posez-vous donc un peu la question, Ellen. »

— Je n'aurais pas pensé que Mark Harlow ait les moyens de se payer un chauffeur, dit Miss Alvina. On disait que le vieux Mr. Harlow était dans une situation assez précaire... et avec les droits de succession...

— Oh, mais il avait une fortune personnelle, dit Mrs. Bowse.

— Je n'ai jamais compris...

— Il ne pourrait pas entretenir la propriété comme il le fait sans avoir quelque chose d'assez substantiel.

Mrs. Bowse se tourna vers Monica Abbott.

— C'est ce que votre gendre a découvert, n'est-ce pas ? Et c'est bien pire pour lui que pour Mark, évidemment, car, n'étant qu'un cousin éloigné, les droits de succession sont beaucoup plus lourds. Dites-moi, Mrs. Abbott, est-il vrai que votre gendre a vendu les diamants de famille ?

Monica sourit vaguement pour dissimuler sa colère, et se consola en constatant que Mabel Bowse n'aurait pas pu trouver moins seyant que la robe en tweed vert et brun qu'elle portait. Elle était trop étroite et elle était trop criarde. Elle soulignait ses formes rebondies précisément là où il ne fallait pas. Apaisée par cette constatation, Monica répondit d'un ton rêveur :

— Je ne sais pas, pourquoi ne lui demandez-vous pas ?

Sans manifester son désappointement, Mrs. Bowse se tourna vers Miss Silver :

— Nous sommes tous très attachés à Grant Hathaway et très désireux de voir réussir ses expériences. Tout est moderne, scientifique et beaucoup trop technique pour moi. Mais, naturellement, ces sortes de choses mangent le capital, et il faut des années pour en récolter les fruits. Je crains qu'il ne passe de mauvais moments. Il a succédé à un vieux cousin qui avait laissé la propriété aller à vau-l'eau.

Monica avait l'impression qu'elle était en droit d'expliquer ce que faisait exactement son gendre, mais se fâcher contre Mrs. Bowse ne menait nulle part : on rebondissait sur elle. Et d'ailleurs, elle s'en prenait maintenant à Mark Harlow.

— Il est arrivé à la Grange presque en même temps que Grant à Deepside, mais il n'essaie pas de cultiver lui-même, cela ne l'intéresse pas. Il déclare qu'ayant passé six ans de guerre à travailler dur sans pouvoir se nettoyer convenablement, il a le droit d'être propre et de prendre un peu de bon temps. Je lui ai répliqué sans mâcher mes mots : « Vous êtes un paresseux, jeune homme. » Il a ri et m'a répondu que c'était vrai. Il est très musicien et fait des chansons qui lui rapportent beaucoup d'argent. Il a aussi composé la musique de la revue qui a eu tant de succès l'an dernier. Comment cela s'appelait — ces choses se ressemblent tellement, je n'arrive jamais à me souvenir. Enfin, je sais qu'il a composé les chansons, parce qu'il me l'a dit.

Miss Silver toussa.

— C'est très intéressant, dit-elle.

Miss Vinnie murmura :

— C'est un charmant jeune homme...

Mais c'est tout ce qu'elle put dire. La grosse voix tonitruante de Mrs. Bowse lui coupa la parole.

— Cela n'a rien à voir avec les travaux agricoles, en tout cas. Il loue ses terres à Stokes, ce qui épargne de la peine, et Stokes est ravi, car les pâturages sont excellents. Il a monté une importante laiterie. Si sa nièce ne faisait pas tant la mijaurée, elle pourrait se rendre très utile là-bas. Je trouve que ses parents sont bien bons de la supporter. J'ai dit à Mrs. Stokes : « Pourquoi ne faites-vous pas travailler cette fille ? » Elle est devenue toute rouge et elle m'a répondu que Mary n'était pas assez forte. J'ai dit : « Elle l'est bien assez pour sortir le soir jusqu'à point d'heure et pour porter les œufs et le beurre dans toutes les maisons où il y a un beau garçon. » Et croyez-moi, on aurait dit qu'elle allait me sauter à la gorge, mais elle s'est calmée et elle m'a simplement répondu qu'elle devait continuer son travail.

Miss Silver posa sa tasse avant de dire :

— Il se passe tant de choses dans un village. C'est un vrai petit monde. Très intéressant. Ainsi Miss Stokes distribue les œufs et le beurre ? Vient-elle chez vous, Mrs. Abbott ?

— Quelquefois, répondit Monica, quand nos poules ne pondent pas. Mrs. Stokes est plus habile que moi avec les siennes. Mais Cicely fait notre beurre. Elle en est très fière.

— Il est délicieux, dit Miss Silver. Vos voisins ont-ils aussi affaire aux Stokes ?

Mrs. Bowse éclata de rire.

— Mark Harlow et Grant Hathaway sont clients. Si ce n'est pas ridicule pour un fermier d'acheter du beurre ! Je lui ai dit que cela faisait ricaner tout le monde, mais cela l'a fait rire aussi et il m'a répondu : « Attendez que mon système marche et vous verrez ce qu'on peut faire, question crémerie ! » Oui, bien sûr, c'est très amusant, et je lui souhaite de réussir. Mais c'est précisément ce que je voulais dire en parlant des beaux garçons. Croyez-vous que Mary Stokes livre tout le village ? Cela ressemblerait trop à un travail qui n'est pas du tout dans ses cordes. Oh ! que non : elle ne va qu'à Deepside, la Grange et Abbottsleigh et si elle ne réussit pas à faire de l'œil à Grant ou à Mark, il y a toujours Albert Caddle.

Elle rit d'une manière que Miss Silver estima particulièrement vulgaire.

— Mary Stokes doit trouver la vie bien monotone ici, fit Miss Alvina en soupirant. Il est naturel qu'une jeune fille s'intéresse aux garçons... Ce n'est pas très charitable de parler d'elle ainsi, Mabel, surtout lorsqu'elle vient d'avoir un tel choc.

Elle se tourna vers Miss Silver.

— Mrs. Abbott a dû vous raconter comment la pauvre Mary à moitié folle de frayeur est venue frapper à ma porte pendant que nous prenions le thé, s'écriant qu'elle avait vu assassiner quelqu'un !

— Il y avait de quoi avoir peur !

— Quelle absurdité ! s'écria Mrs. Bowse. L'histoire de cette fille est ridicule, c'est de l'exhibitionnisme et rien de plus ! J'ai dit à mon frère : « Cyril, Mary Stokes n'a pas plus vu de cadavre que moi. Elle s'ennuie à mourir à la ferme et elle a inventé ce moyen pour faire parler d'elle. Tout ça n'est qu'une comédie. »

Miss Alvina insista, de sa petite voix décidée.

— Évidemment le Hallier du Pendu n'a pas très bonne réputation. Je ne sais si vous connaissez l'histoire.

— Non, dit Miss Silver, j'aimerais beaucoup l'entendre.

Les deux femmes rapprochèrent leurs sièges et commencèrent le récit. Frank Abbott aurait été intéressé de constater qu'il ne variait pas d'une ligne de celui qui lui avait été fait.

Miss Silver l'écouta attentivement et commenta le côté pernicieux des croyances à la sorcellerie.

— Cela conduit à trop de superstitions et de cruautés.

— Certainement, opina Miss Alvina. Mon père était très intéressé par le sujet et a recueilli nombre d'histoires qu'il a écrites. Il en a fait imprimer un petit livre. J'en ai un exemplaire que je peux vous prêter, si cela vous intéresse. Le vieux Mr. Hathaway en possédait un et se passionnait pour la question... Pas Grant, mais le cousin dont il a hérité, Mr. Alvin Hathaway, un ami de mon père qui est mort à quatre-vingt-quinze ans. Il était mon parrain, c'est pour cela que je m'appelle Alvina.

— Un joli nom fort peu commun, dit Miss Silver.

Mrs. Bowse, qui venait de donner à Monica des détails assez pénibles sur la mort d'un ivrogne du village, saisit l'occasion de reprendre la conversation.

— Alvina, s'écria-t-elle en riant aux éclats, ah ! ça, ce n'est certainement pas commun. Je me demandais d'où vous le teniez. Je serais vous, j'en voudrais à mes parents, mais il est trop tard. Grâce à Dieu, les miens ne m'ont pas affublée d'un nom fantaisiste. Mabel est un prénom courant.

A l'étonnement général, Miss Alvina riposta, non pas pour défendre son nom, mais son « cher père ». Un commentaire désobligeant sur le prénom qu'il lui avait donné était un commentaire désobligeant sur lui. La colère monta en elle. Ses yeux étincelaient et ses joues avaient pris un ton rosé. Elle avait toujours trouvé que Mabel était un prénom ignoble, mais elle n'en aurait jamais rien dit si on ne l'avait pas poussée dans ses retranchements. Et elle lui répondit avec toute l'aigreur que lui permettait son éducation :

— Un nom comme le mien a du moins un avantage : les gens ne s'en lassent pas. On a beaucoup abusé du vôtre, ma chère Mabel, et il est démodé actuellement. On ne l'entend plus, même au village.

Mrs. Bowse ne remarqua même pas qu'elle avait été remise à sa place. Elle prit le dernier biscuit et se contenta de répondre qu'on donnait maintenant aux enfants du village des noms de stars.

10

Cicely jouait une toccata et fugue de Bach. Les grandes vagues fracassantes de la musique la submergeaient et lui vidaient l'esprit. Toutes les petites choses qui l'avaient troublée et vexée n'étaient plus qu'une infime poussière balayée par ce flot de beauté. Lorsque les dernières notes s'éteignirent, elle revint sur terre, lentement, comme quelqu'un s'éveillant d'un sommeil profond. Il est un instant, en pareil cas, où la conscience revenue n'a pas encore le pouvoir de blesser. Elle se sentait calme et détendue. En dehors de la lumière de l'orgue, l'église était obscure, l'air vibrait encore des derniers sons.

Quittant le clavier, elle tourna la tête sans savoir pourquoi. Plus tard elle supposa l'avoir entendu bouger, non consciemment, mais avec ce sens plus aigu qui existe à l'extrême limite de la conscience. Il était debout dans l'ombre, à l'endroit où les rideaux qui cachent l'organiste étaient relevés. Bizarrement, sa présence lui parut parfaitement naturelle. Elle enragerait plus tard, mais en ce moment, tout semblait normal : l'église obscure, la musique flottant encore dans l'air... Grant... et tout son chagrin enfui.

Mais cela ne dura qu'un instant. Ils se regardèrent.

— Sainte Cécile...

Comment avait-il dit cela ? Légèrement ? D'un ton moqueur ? Oui, bien sûr ce ne pouvait être que cela, songeait-elle en se remémorant la scène au milieu d'une nuit sans sommeil. Mais pourquoi son cœur avait-il battu si fort ? Elle tourna son visage brûlant sur l'oreiller et trouva elle-même la réponse : « Parce que je suis encore une telle idiote, quand il s'agit de lui. » A l'époque, elle était restée assise, auréolée de lumière, en le regardant, les yeux écarquillés.

— C'était très beau. Vous avez fait de grands progrès.

— Vraiment ?

Peu importait ce qu'elle avait dit. Tout ce qu'il fallait, c'était ne pas rompre ce moment de calme. Cela ne durerait pas, mais elle aurait pu dire comme Faust : *Verweile doch, du bist so schön*[1]. C'était pourtant ce qu'elle était en train de dire, désormais. Mais à voix basse. Les mots étaient trop rebelles. Ils disaient trop ou trop peu. Et il y en avait eu de trop nombreux, déjà. Ceux qu'elle avait dits à Grant par amour, puis ceux prononcés avec une rancune amère ne devaient pas être évoqués maintenant, sans quoi ce moment de paix s'éva-

1. « Demeure encore, tu es si beau. » (*N.d.T.*)

nouirait à l'instant. Mais si elle ne disait rien, il s'imaginerait... Elle fut dangereusement près de tout laisser aller sans s'inquiéter de ce qu'il pourrait penser.

Est-ce un recul définitif devant cette solution ou une impulsion plus simple et plus élémentaire qui lui fit dire :

— Quelqu'un m'a écrit des lettres anonymes.

C'était si peu prémédité que le son de ses paroles la choqua. Elle n'avait jamais eu l'intention de parler de ces lettres à quiconque. Et certainement pas à Grant. Les mots lui étaient sortis de la bouche. C'était effrayant.

Le résultat fut que Grant Hathaway passa sous les rideaux et s'avança en pleine lumière. Il semblait incrédule et un peu fâché.

— Des lettres anonymes ?

Elle acquiesça.

— A notre sujet ?

— A votre sujet.

Elle n'aurait pas dû parler des lettres. La douleur revenait. Mais de toute façon, elle serait revenue. Il fallait la supporter, maintenant.

Il tendit la main.

— Montrez-les-moi !

· Elle ouvrit son sac posé sur le tabouret de l'orgue. Les lettres étaient dans une enveloppe scellée. Elle la décacheta.

— J'avais pensé les brûler, puis je me suis ravisée. Je me suis dit que si cela continuait, il faudrait que j'essaie d'en découvrir l'auteur, alors je les ai mises dans cette enveloppe pour être certaine que l'on n'y toucherait pas.

— Sont-elles arrivées par la poste ?

— Non. Et c'est cela le plus horrible. Elles n'étaient même pas sous enveloppe : on les a glissées dans la boîte aux lettres avec mon nom dessus. Voyez, fit-elle en lui tendant un papier froissé.

— Écrites en majuscules d'imprimerie, je vois.

Il le retourna.

— Et à l'intérieur aussi.

Son visage se durcit lorsqu'il lut :

Voulez-vous un divorce ? Vous l'obtiendriez facilement si vous saviez ce que je sais. Il vous a épousée pour votre argent. Vous le savez, n'est-ce pas ? Pourquoi ne pas vous libérer ?

Une personne qui vous veut du bien.

— On dirait que la personne en question a écouté aux portes, n'est-ce pas ? dit-il enfin. En existe-t-il d'autres ?

— Deux autres, la première est arrivée samedi et celle-ci deux jours plus tard, dit-elle d'une voix durcie par le chagrin.

Elle lui tendit un papier qui portait en majuscules inégales :

Il mène de nouveau la vie de garçon. Cela vous est égal ? Demandez-lui donc qui est venu le voir vendredi soir. Si vous aviez un peu de fierté, vous divorceriez.

Cicely lui passa le troisième billet. Il était encore plus court que les deux autres : ce n'était qu'une simple phrase.

Il y a des gens qui aimeraient bien savoir ce qui s'est passé vendredi soir.

Lorsqu'il les eut lus, il lui prit l'enveloppe, y remit les trois billets et l'empocha.

— Il vaut mieux que je les garde. Voulez-vous m'avertir si vous en recevez d'autres ? Et touchez-les le moins possible. J'aimerais faire relever les empreintes.

Elle éprouva un certain soulagement à en être débarrassée. Refermant son sac, elle éteignit la lumière et alluma sa torche pour descendre. Il marchait à ses côtés dans l'allée du cimetière lorsqu'il dit en riant :

— Voici un nouveau scandale pour le village, si seulement ils pouvaient savoir : « Mr. Grant Hathaway reconduit Mrs. Grant Hathaway chez elle ! »

La riposte ne se fit pas attendre.

— Je préférerais nettement que vous ne veniez pas.

— Et moi je suis décidé à vous suivre, vous pouvez mettre cela dans votre poche et votre mouchoir par-dessus. Et ce n'est pas tout : je n'aime pas beaucoup vous savoir dehors toute seule la nuit en ce moment.

Elle réussit à rire.

— A cause de Mary Stokes ? Vous ne croyez pas qu'elle a réellement vu quelque chose !

— Elle paraît avoir eu très peur.

— Une peur provoquée par un hibou ou un lapin, à tous les coups. Vous savez comme ces grands oiseaux de nuit foncent parfois brusquement dans l'obscurité. C'est saisissant, et elle n'est pas ce que l'on peut appeler une campagnarde. Non, quelque chose l'a effrayée et elle s'est mise à courir en proie à l'hystérie. Et, naturellement, quand on l'a questionnée, un hibou ne lui a pas paru suffisamment excitant, alors elle a inventé cette histoire.

Je ne sais pas pourquoi Frank perd son temps avec elle. J'aurais cru que Scotland Yard aurait une véritable affaire à lui confier pour le rapprocher de la maison.

Il y eut un court silence, puis :

— Je ne savais pas que votre cousin était ici à titre professionnel, dit-il.

— Je croyais tout le monde au courant. Et je n'arrive pas à comprendre que les gens se préoccupent tant de Mary Stokes.

— Je n'y ai pas pensé jusqu'ici. J'ai su qu'elle avait été effrayée, mais rien de plus. Qu'est-ce qui lui a fait peur ?

Cicely se redressa brusquement. Leurs relations ne devaient pas s'engager sur cette pente dangereuse et glissante. Elle répéta d'un ton sec :

— Un hibou, je pense.

Il émit un son qui ressemblait à un rire aussitôt étouffé. Elle crut savoir ce qu'il signifiait : Grant et elle cheminant ensemble dans l'obscurité en parlant de Mary Stokes, comme si l'un et l'autre se souciaient le moins du monde de ce que Mary avait vu ! Grant et elle, seuls dans la nuit sans prononcer un mot, alors que tant de choses demandaient à être dites — c'était absolument intolérable. Épouvantée par le silence, elle cherchait désespérément de quoi le rompre, mais elle ne parvint à dire aucun des mots qui lui brûlaient les lèvres.

Ce fut Grant qui dit d'un ton dégagé :

— Vous voyez souvent Mark ?

Cela lui fit du bien, car cela lui permit de retrouver un petit sursaut de colère.

— Pourquoi ne le verrais-je pas ?

— Rien ne vous en empêche. Il écrit des chansons comiques, vous jouez de l'orgue, c'est forcément un lien.

Elle retint son souffle.

— C'est une méchanceté gratuite, Grant.

— Une simple constatation de faits.

— Ce qu'il compose est très bien, quand on aime ce genre-là.

— D'accord... Personnellement je n'aime pas beaucoup.

— Et moi pas du tout.

— Mais vous aimez bien Mark. Essayeriez-vous, par hasard, de me faire comprendre que vous l'aimez pour lui-même ?

Il la harcelait exprès et elle le savait. Si elle se laissait emporter par la colère, il aurait la satisfaction d'avoir atteint son but. Elle réussit à répondre avec calme.

— Si c'était vrai, cela ne vous regarderait absolument pas.

— Eh bien, cela dépendrait, car vous ne pouvez épouser personne, voyez-vous, à moins de divorcer avec moi et vous n'obtiendrez pas le divorce à moins que je n'accepte.

Il y eut un affreux petit silence.

— Et vous accepterez ?

— Certainement pas.

— Alors j'attendrai simplement trois ans.

— Ma pauvre enfant ! Comment cela, trois ans ?

— Mr. Waterson m'a dit qu'on pouvait obtenir le divorce après trois ans.

— Tout à fait. Il a dit que *moi*, je pourrais l'obtenir au bout de trois ans, pour abandon du domicile conjugal. Mais c'est vous qui êtes partie, pas moi. Or, si j'ai envie de m'accommoder de cette situation, vous ne pourrez absolument rien faire, mais vraiment rien du tout.

Elle se tourna vers lui avec colère.

— Mais vous le demanderez. Vous le ferez. Vous devez !

— Pas du tout. Pourquoi divorcerais-je ? Vous n'imaginez pas que je pourrais désirer me remarier après une aussi pénible expérience ?

— Elle ne l'était pas !

Les mots lui avaient échappé et elle l'entendit rire.

— Pas complètement... Pas tout le temps ? Eh bien, c'est déjà quelque chose ! Merci pour ce souvenir !

Ils étaient arrivés au carrefour. Elle prit une profonde inspiration et s'enfuit à toutes jambes. Le sang lui battait les tempes et son cœur cognait dans sa poitrine. Elle était malade d'humiliation et de colère. Il savait, il savait qu'elle s'était enfuie parce qu'elle ne pouvait supporter de rester à côté de lui. Elle ne put même pas courir assez vite pour qu'il ne la rattrape pas. Elle ne parvint même pas à ouvrir la porte du jardin tellement elle tremblait.

C'est la main de Grant qui, passant par-dessus son épaule, souleva le loquet. Son bras lui entoura les épaules et pendant un bref instant elle sentit sa joue contre la sienne.

— Merci pour la querelle, chérie, dit-il gaiement, puis il la poussa légèrement et partit.

11

Frank Abbott rentra tard. Il avait passé tout l'après-midi à l'intérieur de Forester's House, où il avait relevé nombre d'empreintes, principalement dans la pièce où la fenêtre avait été aveuglée. Elles appartenaient à deux personnes, un homme et une femme. Certaines provenaient du couloir, mais la majorité de la pièce close. A l'étage, il n'y en avait pas la moindre : apparemment personne n'avait foulé la poussière qui couvrait l'escalier.

— Il est clair que deux personnes se sont rencontrées dans cette pièce en y pénétrant par le même chemin que nous et ne se sont pas souciées du reste de la maison. C'est clair comme de l'eau de roche. Il n'y a pas d'empreintes ailleurs, de sorte que deux possibilités se présentent : soit il n'y a pas eu de crime, soit c'est l'homme qui l'a commis. Je me suis demandé si la jalousie en aurait été le mobile... le triangle classique, un homme, deux femmes. Qu'en pensez-vous ? Supposez que Louise Rogers, une ancienne maîtresse, soit tombée sur lui à l'heure de son rendez-vous, il aurait pu la tuer pour éviter que Mary le sache, ou ce serait Mary qui l'aurait tuée par jalousie. Mais, en ce cas, comment se serait-elle arrangée pour ne pas laisser d'empreintes ? Il aurait fallu qu'elle porte des gants.

Debout devant la cheminée, il regardait Miss Silver assise sur une chauffeuse. Ils étaient seuls dans un petit salon avant le dîner. Elle leva les yeux de son tricot.

— Si elle avait été tuée dans la maison, observa-t-elle, il y aurait sûrement des taches ou les traces d'un nettoyage précipité.

Il posa un coude sur la cheminée.

— Je sais, je sais, mais le couloir a été balayé, il y a un balai de genêts dans la cuisine, Smith l'a emporté pour l'examiner au laboratoire. Mais les dalles n'ont pas été lavées, Smith en mettrait sa main au feu.

Miss Silver toussa.

— Et les sacs devant la cheminée ?

— Pas la moindre trace de sang.

Il hésita.

— Il y a bien quelque chose, mais c'est probablement négligeable...

— Cela m'intéresserait de le savoir, cependant.

— Vous vous rappelez le passage entre la cuisine et la porte d'entrée : à droite, il y a un mur de pierre et à gauche le côté lambrissé de l'escalier. Eh bien, assez haut sur la boiserie il y a une tache sombre qui pourrait être du sang — une tache récente qui a pénétré dans le bois. Smith en a emporté un petit fragment au labo. Nous connaîtrons le résultat demain, et nous saurons aussi si les empreintes de femme sont celles de Mary Stokes.

Les aiguilles de Miss Silver cliquetèrent.

— Avez-vous trouvé d'autres empreintes de ses pas ?

Il remit une bûche dans le feu.

— Oh ! oui, une bonne douzaine, elle a couru à toutes jambes à travers le bois, il n'y a pas de doute. Et, à mon avis, elle n'a pas couru juste pour s'amuser. Une jeune femme assez téméraire pour aller retrouver un homme dans un endroit comme Forester's House ne s'enfuit pas comme un animal épouvanté pour rien. Elle avait l'habitude de s'y rendre, car elle y a laissé trop d'empreintes. Il y en a partout : sur la porte qui bloque la fenêtre, autour de la cheminée, comme si elle avait fait du feu, et des deux côtés de la porte. Un événement inhabituel a dû se passer, sans quoi elle ne se serait pas sauvée ainsi. Et, de toute façon, où est Louise Rogers ?

Miss Silver leva les yeux.

— Et la boucle d'oreille manquante, Frank.

— Eh bien, elles ont disparu toutes les deux. Et leur propriétaire aussi. Cela fait une semaine aujourd'hui que celle-ci est partie de chez sa logeuse.

Le lendemain, samedi, Mary Stokes porta du beurre et des œufs dans les trois maisons qui donnaient sur le chemin. Comme elle n'avait ni voiture ni bicyclette, elle faisait ses livraisons à pied. Le médecin lui ayant recommandé des exercices réguliers au grand air, sa tante, Mrs. Stokes, n'avait pas à l'y obliger, et d'ailleurs, Mary n'y rechignait pas du tout. Mais comment elle faisait pour mettre tant de temps, voilà quelque chose que Mrs. Stokes avait du mal à comprendre. Mais comme c'était une femme de bonne composition et qu'elle se disait que ce devait être bien ennuyeux pour Mary de rester à la ferme, elle pensait qu'elle parlait probablement aux domestiques et que ceux-ci l'invitaient peut-être parfois à une collation. Il y avait les deux sœurs qui aidaient Mrs. Mayhew, la femme de charge de Mrs. Abbott, puis Mrs. Caddle au garage de la Grange, devant lequel la jeune fille passait forcément. Ce n'est pas qu'elle était vraiment le genre de Mary, surtout que la pauvre femme était dans un tel état ces derniers temps, mais peut-être que parler avec Mary lui faisait du bien, allez savoir. Et puis il y avait aussi Mrs. Green et sa fille qui servaient le jeune Mr. Harlow comme elles avaient servi son oncle. Des femmes gentilles, toutes les deux, mais un peu âgées pour Mary, évidemment : l'une avait soixante ans et l'autre quarante. Si seulement il y avait eu au village plus de filles de l'âge de Mary, elle aurait pu se faire des amies, mais aussi, elle avait une si haute idée d'elle-même qu'elle ne trouvait personne assez bien pour elle. Ah, ça, ce n'était pas facile.

Poursuivant mentalement le trajet sur le chemin, Mrs. Stokes était arrivée à Deepside. Là-bas, il y avait Mrs. Barton, la gouvernante, qui était l'une de ses amies et une femme bien brave. Elle était là depuis trente ans et avait soigné le vieux Mr. Hathaway jusqu'à sa mort. Mr. Grant Hathaway avait bien de la chance d'avoir une femme aussi capable dans la maison, puisque Miss Cicely était repartie chez elle. Il n'y avait plus qu'à espérer que tout rentre dans l'ordre : quel dommage de voir des jeunes gens se détester comme cela alors qu'ils avaient toute la vie devant eux. Miss Barton n'en parlait jamais, mais elle en était très affectée, cela se voyait. Agnes Croft, la femme de chambre, n'était pas non plus du genre de Mary. D'ailleurs, ce n'était le genre de personne. Bonne travailleuse, ça oui : Mrs. Barton n'y trouvait jamais rien à redire. Mais c'était le genre de fille qui fait constamment la tête — si on pouvait encore l'appeler une fille, avec ses trente ans passés. Et puis elle ne savait pas s'arranger non plus. Ce n'était pas que Mrs. Stokes vît d'un très bon œil tout le maquillage que se mettaient les filles sur la figure, de nos jours, mais on finissait par s'y habituer, et puis, on avait beau dire, mais cela leur donnait quand même de l'allure. Cette Agnes, elle n'était pas mal faite, elle avait de jolis cheveux — quand on aime le genre baguette de tambour. Mais ce teint livide et ces yeux noirs... Et puis cette façon qu'elle avait de vous fixer. Eh bien, Mrs. Barton pouvait se la garder. Mrs. Stokes préférait encore supporter Mary, avec ses grands airs et ses accès d'humeur.

Frank Abbott prit un train de bonne heure à Lenton. « Pour le travail » : ce fut tout ce qu'il consentit à dire à Monica Abbott. Miss Silver eut droit à beaucoup plus de précisions :

— Je désire savoir s'ils ont des renseignements supplémentaires sur Louise Rogers et je tiens à voir l'inspecteur principal. Je n'ai pas réussi à découvrir quoi que ce soit ici, si elle est venue à Lenton par le train personne ne l'a remarquée, il y a trop de voyageurs, elle a pu passer dans la foule. Mais comment est-elle allée à Deeping ? C'est à huit kilomètres de là. Croyez-vous qu'elle ait pu les faire à pied dans l'obscurité ?

— Certainement pas.

— D'ailleurs, comment aurait-elle su quel chemin prendre ? Non, c'est hors de question. Et elle n'est pas venue en car. Tout le monde à Deeping connaît maintenant l'histoire de Mary. S'il y en avait un qui avait voyagé avec la mystérieuse étrangère aux boucles d'oreilles de diamants, il serait ravi de le dire. Elle a dû venir en voiture. Mais alors, où est cette voiture ? De quelque côté que l'on se tourne, c'est le vide. J'ai mis une annonce dans le journal local et la feuille de chou de Lenton : je ne peux rien faire d'autre avant d'avoir les résultats de Smith. Il est quasi certain que les empreintes de femme sont celles de Mary, mais je voudrais consulter le Yard sur la marche à suivre. C'est très difficile de l'intéresser. Le Yard ne se soucie nullement de la conduite de Mary, alors comment la faire parler ? J'y ai pas mal réfléchi et je vais en parler à l'inspecteur principal. Elle est partie précipitamment de cette maison, terrifiée, mais nous ne savons pas ce qui l'a terrifiée. C'est le genre de fille qui aime peut-être allumer un type jusqu'à ce qu'il perde la tête : on voit cela tous les jours. Après, elle prend peur et elle détale. Quand on lui demande de s'expliquer, elle ne peut pas raconter ce qui s'est passé, et c'est pour cela qu'elle monte une histoire. Le seul et unique indice qui la lie à Louise Rogers, c'est cette fichue boucle d'oreille. Or, nous ne savons pas où Louise est allée vendredi dernier. Rien d'impossible à ce que Mary l'ait vue et se soit souvenue des boucles d'oreilles. Il y a des tas de gens qui passent à Lenton, vous savez. Mary peut l'avoir aperçue à n'importe quel moment. Si les boucles d'oreilles lui ont plu, elle s'en est souvenue. Et quand il a fallu qu'elle monte une histoire, et une histoire sensationnelle, vous ne croyez pas que c'est le genre de chose qu'elle aurait pu utiliser ? Enfin, quoi qu'il en soit, je vais expliquer tout cela au chef pour voir ce qu'il en dira. Et vous, qu'allez-vous faire pour vous distraire ?

— J'irai voir Miss Grey au village, dit Miss Silver d'un air pincé. Elle m'a promis de me prêter un livre.

12

Frank Abbott rentra tard le samedi en fin d'après-midi. Il s'était arrêté à Lenton pour voir l'inspecteur Smith. Les empreintes recueillies à Forester's House étaient bien comme prévu celles de Mary Stokes et d'un homme encore inconnu. Smith s'était rendu à bicyclette à Tomlin's Farm pour apprendre que Mary était allée à Lenton, « pour déjeuner avec un ami », lui avait dit Mrs. Stokes. « Elle va au cinéma après. Non, je ne sais pas quand elle rentrera, inspecteur. Les filles ne se pressent jamais quand il s'agit de rentrer, ça, vous pouvez en être sûr. Je me fais toujours du mauvais sang de la savoir revenir toute seule de nuit. Parce que, vous direz ce que vous voudrez, mais cette route est déserte. Cela dit, Joe Turnberry doit prendre le thé avec elle puis la raccompagner. Vous ne voulez rien savoir d'autre ? Vous voudriez quelque chose qu'elle manipule fréquemment ? Eh bien, je ne sais pas trop. Il y a bien le *Picture Post*, elle le feuilletait hier soir et personne ne l'a touché depuis. Mais oui, prenez-le donc, quoique je ne voie pas très bien à quoi cela pourra vous servir. »

Lorsque Frank Abbott arriva au commissariat de Lenton, les empreintes de Mary étaient prêtes. Les pages du magazine en étaient recouvertes et elles étaient identiques à celles relevées à Forester's House.

— Une seule paraît différente, dit Smith en montrant une grande empreinte assez floue. Vous voyez ? C'est le côté d'une main, un morceau de paume, le petit doigt et l'annulaire. Celle d'à côté est trop brouillée pour nous être utile. Je l'ai relevée sur la boiserie du couloir, à Forester's House, à un mètre soixante-dix du sol, juste au-dessus de la tache que vous pensiez être du sang et qui en est effectivement. Elle a dû être à moitié effacée par la manche d'un vêtement.

Frank acquiesça.

— Nous ne pouvons rien faire d'autre ce soir. Le Yard est sur la piste d'un copain de Louise Rogers. Quelques renseignements ne nous feraient pas de mal de ce côté-là. Je vais confronter Mary Stokes avec ces empreintes pour voir ce qu'elle en dira. Je crois qu'il faudra fouiller complètement la clairière, soulever toutes les feuilles. Vous parlez d'un travail ! Mais si Louise a été assassinée, il y a sûrement des traces.

Il rentra dans la nuit en ayant l'impression que chercher une aiguille dans un meule de foin n'était rien à côté de ce qui l'attendait.

Ils étaient tous réunis au salon après dîner lorsque Mark Harlow téléphona. Cicely prit la communication et revint annoncer que Mark viendrait passer la soirée avec eux.

— Il dit qu'il a le cafard. Mrs. Green et Lizie sont sorties. C'est leur jour de congé et elles se sont rendues à Lenton. Le pauvre garçon a mangé un repas froid et il s'ennuie à mourir. Je lui ai dit qu'il n'avait qu'à passer prendre un café bien chaud.

Lorsque Mark Harlow arriva, il semblait de fort bonne humeur. Il but trois tasses du café de Cicely, puis il s'assit au piano et se lança dans un feu d'artifice d'improvisation. Celui-ci eut pour résultat de faire fuir le colonel Abbott dans son bureau afin de pouvoir terminer ses mots croisés en paix.

Cicely, dans une robe d'intérieur rouge vif, s'était appuyée sur le piano, et discutait avec animation. Mark jouait l'un de ses airs et elle chantait avec lui, transformant la chanson en duo. On ne pouvait dire qu'elle avait une voix, et cela donnait un résultat bizarrement artificiel.

Monica faisait de la broderie, les lèvres serrées, les joues rosies, l'air vexé. Frank se reposait paresseusement dans un fauteuil.

De l'autre côté de la cheminée, Miss Silver avait abandonné son tricot et s'était plongée dans la lecture des *Mémoires de Deeping et de ses environs*, du révérend Augustus Grey. L'ouvrage, somptueusement relié en maroquin, était d'un poids assez léger dans ses mains, mais il faut dire qu'elle en trouvait en revanche le contenu un peu pesant. De temps à autre, elle levait les yeux pour observer les jeunes gens.

Mark Harlow était plus mince que Grant Hathaway. Il lui manquait peut-être quelques centimètres pour être aussi de la taille de Grant, et sans être mat pour autant, il avait les cheveux et les yeux beaucoup plus bruns. Son visage, beaucoup plus mobile, aux sourcils plus minces, révélait une fugitive grimace des lèvres quand il riait et passait constamment de la gaieté à la gravité. Il possédait un charme indéniable et était excellent pianiste. Oh, oui, vraiment excellent, même si, selon les critères assez classiques de Miss Silver, ses brillantes improvisations manquaient malheureusement d'un certain sens de la mélodie. Croisant son regard avec celui de Miss Silver, Mark parut deviner sa pensée, car il rit et se lança dans *Le Beau Danube Bleu.*

Miss Silver sourit et Cicely applaudit.

— Frank, venez danser avec moi.

Il secoua la tête.

— Je suis trop paresseux.

— Espèce de flemmard ! lança-t-elle d'un ton méprisant.

Saisissant à deux mains les plis de sa longue robe, elle se mit à valser, seule, légère comme un sylphe, aussi gracieuse qu'une branche de bouleau agitée par le vent. C'était peut-être un petit pruneau, mais elle ne manquait pas de charme.

Sa mère la regarda un instant et baissa de nouveau les yeux sur sa broderie. C'était ainsi qu'était Cicely, ainsi qu'elle devait être... Mais pas pour Mark Harlow. Qu'est-ce qui lui prenait ? Où voulait-elle en venir ? Pourquoi ne pouvait-on pas veiller sur le bonheur de ses enfants comme aux jours de leur petite enfance ? Une petite tête ensommeillée sur votre épaule... Merci, mon Dieu, de m'avoir donné une Maman et un Papa et de faire que je sois une petite fille bien sage. Le coupon de soie posé sur ses genoux se brouilla soudain devant ses yeux. Un poème qu'elle avait lu quelque part lui revint à l'esprit, aussi clair que si elle avait été en train de le lire :

Je t'ai portée et j'ai veillé sur toi, chair de ma
[chair et sang de mon sang.
J'ai souffert pour toi, je t'ai adorée, mais tu m'as
[quittée en grandissant.
Oh, toi, naguère ma petite fille, tu es maintenant
[loin de ma vue,
Car c'est une femme, une femme étrangère que tu
[es devenue.

La valse finie, Monica parut soulagée. Miss Silver revint à sa lecture. Elle tomba sur un long passage relatif à une prétendue apparition dans le cimetière qui n'était rien de plus qu'un agneau égaré. Le révérend Augustus était décidément bien verbeux. Une fois l'anecdote terminée, voilà qu'il se lançait dans l'exposé de la morale de l'histoire. Miss Silver dut attendre dix heures et demie pour qu'au détour d'une page, elle sente son intérêt renaître en tombant sur ce passage :

« Mon excellent voisin Sir Humphrey Peel m'a permis de transcrire cet intéressant passage du journal de son grand-père. En tant que juge de paix, Sir Roger Peel fut un magistrat particulièrement respecté qui montrait une grande mansuétude envers les pauvres. C'est dans l'exercice de ses fonctions qu'il eut affaire à une certaine veuve de cette paroisse dont le nom est donné comme Thamaris

Ball. Ce prénom, selon moi, est une graphie erronée pour Damaris... » Le révérend consacrait ensuite plusieurs passages à la famille Ball dont il racontait l'histoire au travers du registre de l'église. Mariages, naissances, décès et pierres tombales : un exercice de style véritablement ennuyeux.

Miss Silver endura cette lecture et fut soulagée de revenir à la transcription du journal de Sir Roger Peel. Elle commençait à s'y intéresser vraiment, car il était fait mention de Forester's House, et elle était en train de lire une phrase qui commençait par : « La dénommée Thamaris Ball déclara sous serment... », lorsque la porte s'ouvrit et la femme de chambre, encore vêtue de ses habits de sortie, entra, toute rouge et visiblement émue.

— Que se passe-t-il, Ruth ? fit Mrs. Abbott surprise.

— C'est Mr. Stokes, balbutia-t-elle. Il voudrait voir Mr. Frank un instant. C'est au sujet de sa nièce : ils ne savent pas ce qui lui est arrivé. Joe Turnberry est avec lui. Ils nous ont rattrapées dans le chemin. Oh, Mrs. Abbott !

Frank avait bondi avant qu'elle ait fini sa phrase. Alors qu'il fermait la porte, il entendit Monica dire à la domestique :

— Reprenez-vous, maintenant, ma fille !

Josiah Stokes, gros homme rougeaud, vêtu d'un vieil imperméable, l'attendait dans le vestibule. Joe Turnberry, à côté de lui, était en costume de ville, son grand visage crispé comme celui d'un enfant épouvanté. Frank les emmena dans la salle à manger et ferma la porte.

— Qu'est-il arrivé, Mr. Stokes ?

— Eh bien, Mr. Frank, nous ignorons si quelque chose s'est réellement passé et peut-être que je vous fais perdre votre temps pour rien, mais sans les dernières histoires qui courent et dont vous vous occupez je ne vous aurais pas dérangé. Mais ma femme est dans tous ses états.

— Si vous commenciez par le commencement, Mr. Stokes ?

Josiah passa la main dans son épaisse chevelure, jadis blonde comme les blés, et maintenant grisonnante.

— Je suis tout retourné, répondit-il, vexé. Le fait est qu'elle est partie à Lenton et qu'elle n'est pas rentrée.

Frank regarda la pendule de marbre de la cheminée. Elle marquait onze heures moins vingt.

— Il n'est pas si tard, vous savez.

— Si, en un sens. Je me suis mal expliqué. Mary est allée retrouver une amie à Lenton et manger un morceau avec elle. Joe les a retrouvées plus tard et ils sont allés au cinéma. Puis ils sont revenus par le car qui arrive à huit heures moins dix et Joe a accompagné Mary à la ferme.

— Donc...

— Attendez, Mr. Frank. Joe, dis-lui combien de temps ça t'a pris ?

Joe Turnberry rougit.

— Vingt, vingt-cinq minutes.

— Alors continue, enfin ! C'est pour ça que je t'ai amené, non ? Tu n'as pas perdu ta langue ! Raconte à Mr. Frank ce que tu m'as dit.

Joe était cramoisi.

— J'ai ramené Mary à la ferme, comme je l'ai

dit à Mr. Stokes, elle m'a souhaité bonne nuit, elle est entrée et elle a fermé la porte, puis je suis reparti chez Mrs. Gossett, où je loge.

— C'est exact, dit Josiah Stokes, la mère et moi avons entendu la porte, l'horloge marquait huit heures vingt. Elle avance de cinq minutes. Ma femme crie : « C'est toi, Mary ? », mais pas de réponse. Le chien va à la porte mais il n'aboie pas. Il le fait toujours pour un étranger, mais ni pour Mary, ni pour Joe. Ma femme dit : « Elle va venir prendre une tasse de thé », mais au bout d'un quart d'heure, comme elle ne la voit pas arriver, ma femme l'appelle au pied de l'escalier, mais pas de réponse. Elle attend un peu, et puis elle monte, mais Mary n'est pas dans sa chambre. Ma femme redescend toute bouleversée, on la cherche dans toute la maison, mais pas de Mary. Alors je prends ma lanterne et je fais le tour dehors en appelant Mary, mais personne ne répond et on finit par se dire qu'on s'est trompé. C'est une porte ou une fenêtre qu'on a dû entendre battre, ça arrive souvent dans les vieilles maisons. Le car suivant arrive à neuf heures moins dix. A neuf heures et demie, toujours pas de Mary, je pars au village chez Mrs. Gossett et je trouve Joe Turnberry qui écoute la radio. Il me dit qu'il a ramené Mary à huit heures et quart : « Elle a dû sortir de nouveau, qu'il me dit, et elle sera rentrée avant vous. » Nous sommes repartis ensemble, mais Mary n'était toujours pas là. Au bout d'un moment, ma femme a dit : « Allez tous les deux à Abbottsleigh et racontez tout à Mr. Frank, je ne voudrais pas garder sur la conscience que nous n'ayons pas fait notre devoir. » Alors, nous sommes partis et nous avons rencontré les servantes qui revenaient par le dernier car.

— Avez-vous le téléphone à la ferme ? demanda Frank.

— Oui, je l'ai fait installer après la guerre.

— Nous allons appeler Mrs. Stokes pour savoir si votre nièce n'est toujours pas rentrée.

Maggie Bell entendit le tintement qui fit sortir Mrs. Stokes en courant de la cuisine où elle avait attendu, la porte ouverte, avec le chien. Avec la ligne à postes groupés, tout le monde savait quand quelqu'un téléphonait. Maggie était étendue sur le divan qui lui servait de lit la nuit. Elle dormait mal et devait toujours attendre au moins minuit avant de fermer l'œil, même s'il était rare que les gens téléphonent passé onze heures. Elle n'eut qu'à étendre la main pour entendre Mr. Stokes dire :

— C'est toi, Maman ? Mary est-elle rentrée ?

— Mais non ! Qu'est-ce qui peut bien la retenir ?

— Je ne sais pas, dit Mr. Stokes, qui raccrocha.

Maggie entendit le déclic sur la ligne. Elle reposa l'écouteur à son tour. Il n'y avait pas grand-chose à tirer de tout cela, pas même un petit scandale. Onze heures moins le quart, ce n'était pas si tard. On passait un film sensationnel au Rex à Lenton : des tas de gens du village étaient déjà allés le voir. Toutes les domestiques avaient pris leur samedi entier pour pouvoir rentrer par le dernier car. Il ne passait pas les autres soirs, seulement le samedi, et à quoi cela sert de prendre seulement sa journée s'il faut rentrer avant neuf heures ? Maggie se demanda pourquoi les Stokes se faisaient autant de souci. S'il y avait bien quelqu'un susceptible de rentrer le plus tard possible, c'était Mary Stokes. Pas de danger qu'elle rentre précipitamment, surtout si elle était avec un jeune homme. Maggie ne lui aurait pas donné tort. Des faiseurs d'histoires : c'était tout les Stokes. Et vieux jeu, en plus : on aurait dit qu'ils vivaient au Moyen Age. Normal : ils n'avaient jamais eu de jeunes avec eux. Dommage qu'ils aient perdu leurs deux fils pendant la guerre. Et celui qui restait n'était pas intéressé par l'agriculture. Fou d'avions, et il réussissait, en plus. Et puis beau garçon, avec ça. Il aurait sûrement apporté un peu d'animation chez eux s'il était resté à la ferme. Cette Mary était tellement pimbêche qu'elle n'était bonne à rien. Pas la peine d'en faire un drame, elle reviendrait bien toute seule !

Mais lorsque Mary Stokes revint à la ferme, ce fut sur un brancard, les pieds devant.

13

Ils la trouvèrent le lendemain matin sous un tas de foin dans une étable abandonnée de l'autre côté de la cour. Elle avait le cou brisé.

Maggie Bell passa une intéressante matinée à écouter les nombreux messages : au commissaire de Lenton — ce fut ainsi qu'elle apprit la nouvelle. Maggie sentit son sang se glacer en l'entendant. Puis Mr. Frank Abbott appela Scotland Yard pour parler à l'inspecteur-chef Lamb. Mais il ne put l'obtenir directement et dut attendre que l'autre le rappelle, parce qu'on était dimanche.

Maggie ne reposa pas l'écouteur pendant les deux heures qui suivirent, jusqu'au moment où elle entendit la voix de l'inspecteur-chef sur la ligne et celle de Mr. Frank qui lui répondait de Tomlin's Farm. C'était peut-être le sergent Abbott là-haut, à Londres, mais ici, c'était Mr. Frank et rien d'autre. Et c'est avec le plus vif intérêt qu'elle écouta la conversation.

— Ici Abbott, monsieur. J'ai voulu vous avertir immédiatement que la fille a été assassinée.

Il y eut un grognement au bout du fil.

— Celle qui avait raconté l'histoire ?

— Oui, monsieur.

— On a voulu lui clouer le bec ?

— Possible... mais c'est peut-être une coïncidence.

— Il y en a... parfois. Bizarre, cette affaire. Je crois que je vais venir là-bas. On peut prendre un train du matin pour Lenton. Je vous téléphonerai quand nous aurons vu de quoi il retourne.

A Tomlin's Farm, la routine qui suit un crime suivait son train. Médecin, photographe et releveur d'empreintes allaient et venaient. L'ambulance en dernier. Si la morte avait trouvé la vie à Tomlin's Farm monotone, au moins elle la quittait avec éclat.

Dans la cuisine, Mrs. Stokes, les yeux rougis et gonflés par les pleurs, préparait le thé pour tout le monde et coupait de grosses tranches de cake. Ni la moindre bataille, le moindre meurtre ou une mort soudaine ne permettent d'enfreindre les lois de l'hospitalité. Josiah allait et venait, guidant d'un air lugubre la horde des officiels. Chaque fois qu'elle se trouvait seule avec lui, les larmes roulaient sur ses joues et elle répétait la même chose.

— Je n'aurais jamais cru Joe Turnberry capable de cela !

La réponse de Josiah ne variait jamais. Il passait une main rugueuse dans ses cheveux et grognait :

— Qui dit que c'est Joe ?

— C'est sûrement lui. Le chien n'a pas aboyé.

Il l'aurait fait, s'il y avait eu un étranger dans les parages.

Josiah se gratta la tête.

— Ça peut ne pas être un étranger, Maman. Mais pas forcément Joe.

Mrs. Stokes étouffa un sanglot.

— Dire que j'ai été à l'école avec sa mère ! dit-elle en préparant une autre bouilloire pour le thé.

Avant le soir, chacun à Deeping avait sa propre version du crime. La plupart des voisins étaient prêts à croire que Mary Stokes avait poussé Joe Turnberry trop loin et qu'il l'avait tuée. Mrs. Mayhew, la cuisinière d'Abbottsleigh, disserta longuement sur ce sujet avec Ruth et sa sœur Gwen, en leur faisant la morale.

— A la façon dont vous vous conduisez, vous autres, je m'étonne que vous ne vous fassiez pas assassiner. Un jeune homme peut supporter un certain nombre de choses, mais il y a des limites. C'est ce que j'ai dit à mon Emmy quand Charlie la courtisait : « Si tu le veux pour mari, prends-le, mais si tu entends le laisser tomber, dis-le-lui tout de suite. Tu ne fais que l'énerver et c'est comme cela que les malheurs arrivent. Tu ne te plaindras pas de ne pas avoir été avertie. »

Ruth eut l'air effrayée, mais Gwen rit sous cape. Elle avait un amoureux à Lenton et ne se faisait pas faute de l'échauffer un peu... sans pourtant aller jusqu'à risquer un meurtre, cela va sans dire.

La journée passa ainsi. Frank Abbott alla chercher l'inspecteur principal au train de six heures quarante-cinq. Miss Silver termina la pénible lecture du livre du révérend Augustus Grey, et Cicely joua de l'orgue au service du matin et du soir. Grant Hathaway y assista le soir et repartit avec elle et ses parents sous les yeux de paroissiens édifiés. On ne peut dire s'il trouva que cela avait valu la peine. Il conversa avec les Abbott, mais Cicely ne desserra pas les dents. Elle avait beau être fâchée avec Grant comme avec personne, elle n'en suivit pas moins humblement la famille, car elle n'avait pas le courage de remonter le chemin toute seule dans le noir. En tout cas, s'il s'imaginait qu'il parviendrait à ses fins en jouant les protecteurs, il pouvait toujours compter dessus. Elle ne le salua même pas.

Le dimanche s'acheva. Le lendemain, neuf jours s'étaient écoulés depuis que Mary Stokes avait dévalé en hurlant le chemin du Hallier du Pendu. Bien des choses peuvent se produire en neuf jours.

14

L'inspecteur-chef Lamb était assis devant le guéridon dans le salon de Tomlin's Farm. Les deux albums de photographies et la Bible avaient été rangés, ainsi que les napperons sur lesquels ils étaient posés, laissant tout le plateau de noyer étincelant à un sous-main, un encrier, un porte-crayons et un attaché-case ouvert qui dévoilait des piles de papiers.

Frank Abbott, assis en face de lui, crayon en main et calepin prêt, admirait la complète harmonie qui régnait entre son chef et ce décor. L'homme, largement bâti, avec son pardessus, son teint coloré et ses cheveux noirs frisés un peu clairsemés sur les tempes et sur le crâne, aurait très bien pu passer pour un fermier en costume du dimanche. Les parents de Mrs. Stokes, dont les agrandissements photographiques garnissaient les murs, auraient sans peine pu le prendre pour un des leurs. Ces grands pieds posés fermement sur le vieux tapis à fleurs, ces grosses mains carrées, ce visage un peu lourd, tout cela lui aurait permis de passer inaperçu sur n'importe quel marché de province. Il n'y avait d'ailleurs là rien d'étonnant, puis qu'il venait d'une famille de paysans et qu'il avait été à l'école dans un village. Et lorsqu'il parla, l'accent campagnard ne démentit pas le personnage.

— Eh bien, fit-il, ce jeune Joe Turnberry est le suspect tout trouvé. Le malheur avec vous autres garçons sortis des grandes écoles, c'est que plus la chose saute aux yeux, plus votre instruction vous empêche de la voir. Ce n'est pas assez compliqué, alors vous vous mettez à remuer ciel et terre pour trouver autre chose. C'est comme ces mots français contre lesquels je vous ai mis en garde, l'anglais courant est plus que suffisant, mais non, il faut toujours que vous trouviez un de ces mots bizarres à la place ! ricana-t-il. Ça me fait penser au dîner d'hier soir à l'hôtel : des cochonneries avec des noms à la française !

Frank éclata de rire.

— Je peux vous assurer, monsieur, que même des Français en auraient été scandalisés.

Lamb grogna.

— Quand je vois des tas de mots français sur un menu dans un hôtel de province, je sais ce qui m'attend. C'est de la frime et ils sont bien bêtes de croire qu'on puisse s'y laisser prendre. Venons-en à ce Joe Turnberry. C'est mon suspect numéro un et je veux le voir en premier. Faites-le venir.

Joe Turnberry arriva tout tremblant, le visage défait. Une fois devant ce terrible inspecteur de Londres, il essaya de se redresser un peu. Lamb le laissa attendre debout un instant pendant qu'il consultait ses papiers.

— Vous êtes Joseph Turnberry ?

— Oui, monsieur, bégaya-t-il.

— Hum... bonne réputation... âge... vous êtes du coin, n'est-ce pas ?

— Oui, monsieur.

— Avez-vous servi à l'armée, durant la guerre ?

— Oui, monsieur.

— Combien de temps ?

— Deux ans.

— Vous vous êtes engagé à dix-huit ans, je vois. Vous connaissiez cette jeune fille, Mary Stokes ?

— Oui, monsieur.

— Vous la fréquentiez ?

— Non, monsieur.

— Vous le niez, mais d'autres disent le contraire.

Joe Turnberry avala sa salive.

— Ce n'est pas vrai, monsieur. Elle ne voulait pas de moi.

— Ce qui signifie que vous vouliez la courtiser et qu'elle ne s'y prêtait pas. Mais vous êtes sorti avec elle hier après-midi. Racontez-nous ce que vous avez fait. Vous feriez mieux de vous asseoir.

Joe posa d'un air gêné sa grande carcasse de paysan à l'extrême bord de sa chaise, ses grosses mains rouges entre les cuisses. Il avala de nouveau sa salive.

— Mary m'avait dit qu'elle allait à Lenton voir une amie, je lui ai dit que ça n'avait pas de bon sens de rentrer toute seule dans le noir. « Eh bien, nous prendrons le thé ensemble, qu'elle m'a dit, et vous me reconduirez. » C'est ce que nous avons fait.

— En quels termes étiez-vous ?

— Des termes ?

— Vous m'avez compris. Quels étaient vos rapports ? Vous êtes-vous querellés ?

Un flot de sang monta au visage de l'homme et disparut lentement.

— Eh bien ? fit Lamb.

— Non, monsieur, dit Joe d'une voix étranglée.

— Écoutez, mon garçon, mentir ne vous mènera à rien, mieux vaut vous en tenir à la vérité. Vous avez pris le thé avec Mary Stokes et son amie Lily Ammon.

Il prit un papier.

— Voici ce qu'elle a déclaré : « Mary m'a dit que Joe Turnberry devait nous rejoindre pour prendre le thé, ce qu'il a fait. Elle m'a dit qu'il voulait l'accompagner, mais qu'elle ne le voulait pas, parce qu'il était trop jaloux. Pendant que nous prenions le thé, il s'est emporté contre Mary parce qu'elle devait retrouver quelqu'un d'autre. Je n'ai pas très bien compris de qui il s'agissait, car je suis allée rappeler à une jeune fille qui se trouvait dans la salle qu'elle m'avait promis de me donner un patron de tricot. Lorsque je suis revenue, ils se crêpaient le chignon à propos d'empreintes et de ses rendez-vous avec cet autre type, je ne sais pas qui. Il disait qu'elle avait laissé ses empreintes dans tous les coins et il voulait savoir qui elle fréquentait. Elle a dit que ça ne le regardait pas. En entendant cela, je leur ai dit que j'allais retrouver Ernie — c'est mon amoureux — et je les ai laissés. »

Alors, vous persistez à affirmer que vous ne vous êtes pas disputé avec Mary Stokes ?

Il eut un mouvement convulsif de la gorge, comme s'il étouffait un sanglot.

— Je ne l'ai pas touchée, monsieur, je le jure... jamais...

Les yeux de l'inspecteur-chef que Frank Abbott avait irrévérencieusement comparés à de gros bonbons à la menthe, ne s'adoucirent pas, ils maintenaient leur regard inquisiteur.

— Je vous ai demandé si vous vous êtes disputé avec elle.

Joe Turnberry leva des yeux terrifiés.

— On a eu des mots... elle m'a dit que ça ne me regardait pas... que ça lui plaisait d'aller avec un autre type. Que j'étais culotté d'y trouver à redire. Elle m'a demandé pour qui je me prenais.

Sa voix s'étrangla.

Lamb l'aida.

— Et alors ?

— Je lui ai fait des excuses, elle m'a dit « Bon » et on est allés ensemble au Rex.

— Hum ! Vous êtes-vous encore disputés ?

— Non, monsieur.

— Ensuite, vous êtes revenus par le car qui arrive à huit heures moins dix. Des voyageurs qui vous ont vus tous les deux ont déclaré que vous ne vous êtes pas adressé la parole pendant tout le trajet.

— Il n'y avait rien à dire, monsieur.

— Ensuite, vous l'avez accompagnée jusque chez elle par le sentier qui se trouve entre la lande et le Hallier du Pendu ?

— Oui, monsieur.
— Toujours sans parler ?
— Il n'y avait pas grand-chose à dire.
— Vous l'avez embrassée ?
Le visage du jeune homme se crispa.
— Non, monsieur.
— Que s'est-il passé lorsque vous êtes arrivés à la ferme ?
— Rien, monsieur. Elle m'a dit « Bonsoir, Joe ». J'ai répondu « Bonsoir, Mary », elle est entrée, a refermé la porte et je suis parti.
— Avez-vous vu quelqu'un, ou entendu quelque chose pouvant révéler une présence ?
— Non, monsieur.
Lamb, jusque-là adossé à son fauteuil, ses grosses mains sur ses cuisses, se pencha brusquement en avant.
— Vous avez fait la guerre, on vous a appris comment rompre le cou d'un homme sans faire de bruit, n'est-ce pas ?
— Monsieur...
— On vous l'a enseigné. Vous auriez pu facilement le faire quand elle s'est retournée pour entrer dans la maison.
Joe regarda d'un air hébété.
— Pourquoi j'aurais fait cela ? Elle était tout pour moi.
Il redressa la tête.
— Je jure devant Dieu que je ne l'ai jamais touchée !
Lamb le laissa partir. Lorsque la porte se fut refermée, il dit :
— Il est probable que cela s'est passé ainsi,

mais nous n'avons aucune preuve. L'affaire semble bien mince, à moins qu'on ne trouve quelque chose. Ce garçon a l'air gentil comme tout, mais on ne sait jamais de quoi un homme est capable lorsqu'il est poussé à bout. Qu'en dites-vous, Abbott, c'était le genre de cette fille, de faire ça ?

— Eh bien, oui... fit Frank Abbott d'un air réticent.

Lamb le foudroya du regard.

— C'est trop facile pour vous, n'est-ce pas ? Il y manque la pointe de mystère indéchiffrable.

— Non, inspecteur, mais...

— Oui, quoi ?

Frank Abbott passa une main dans ses cheveux.

— Eh bien, monsieur, si Turnberry l'a tuée, pourquoi a-t-il ouvert et refermé la porte ? Cela n'a pas de sens. Quand on tue une femme, on ne va pas attirer l'attention en claquant une porte.

— Qui dit qu'on l'a claquée ?

— On a dû la fermer suffisamment fort, sans quoi les Stokes ne l'auraient pas entendue de la cuisine.

Lamb grogna.

— Supposez que la fille, ayant ouvert la porte, était sur le point d'entrer, il l'aurait refermée de crainte que quelqu'un ne survienne avant qu'il ait fait disparaître le corps.

Frank haussa les sourcils.

— Il ne l'aurait pas claquée, mais la fille aurait pu le faire.

— Pourquoi ?

— Elle pouvait en avoir assez de Joe et de ses bouderies. De toute façon, en genéral, il n'a pas une conversation passionnante. Ou bien, avez-vous pensé à ceci ? Supposez qu'elle ait eu rendez-vous avec un autre, cela aurait pu être un signal pour lui, et une sauvegarde pour elle. Nous ne pouvons pas écarter complètement l'affaire de Louise Rogers. S'il y a quelque chose de vrai dans ce que Mary Stokes prétend avoir vu, il y avait dans le voisinage quelqu'un qui avait intérêt à la réduire au silence. Il est aussi évident qu'elle avait des rendez-vous avec quelqu'un à Forester's House. Et ce n'était pas Joe Turnberry. Nous avons vérifié cela immédiatement d'après les empreintes. Il me semble que nous devrions découvrir le garçon qu'elle retrouvait là-bas avant d'aller plus loin. Il faudrait commencer par relever les empreintes de Grant Hathaway, Mark Harlow et Albert Caddle, et leur demander ce qu'ils faisaient la nuit dernière.

Lamb eut une petite moue pensive.

15

Un peu plus tard, ce matin-là, Maggie fut intriguée par une brève conversation entre Miss Silver et Mr. Frank. D'abord, il y eut le signal qui annonçait un appel pour Tomlin's Farm, puis la voix d'un policier qui répondait. Ce devait être quelqu'un de Lenton, parce que ce n'était pas la voix de Joe Turnberry. A tous les coups, on l'avait arrêté. Maggie frissonna d'impatience lorsqu'elle entendit une femme toussoter puis demander à parler au sergent Abbott.

— De la part de Miss Silver. Seriez-vous assez aimable pour lui demander de venir ? J'ai quelque chose d'important à lui dire.

Mais quand Mr. Frank prit l'écouteur, Maggie n'obtint rien de plus, car Miss Silver lui annonça simplement qu'elle désirait le voir le plus tôt possible.

— De quoi s'agit-il ?

— Je n'en dirai pas davantage avant de vous voir, mon cher Frank.

Maggie grinça des dents. C'était bien le fait d'une vieille fille de faire des mystères tout en voulant fourrer son nez partout. Mr. Frank n'avait pas l'air content en répondant :

— Je ne sais pas...

— Mrs. Abbott m'a priée de vous dire qu'elle espérait que vous amèneriez l'inspecteur-chef à déjeuner.

— Je ne sais pas s'il voudra... Vous avez un atout caché dans votre manche ?

— C'est possible.

Drôle de façon de parler, songea Maggie. Elle dut attendre longtemps avant que Frank Abbott ne vienne donner la réponse.

En apprenant la présence de Miss Silver à Abbottsleigh, la réaction de Lamb fut mélangée. Il désirait en connaître les raisons, d'un ton qui signifiait — s'il n'avait eu l'habitude de s'exprimer dans un langage châtié — « Qu'est-ce qu'elle fiche ici ? » Mais il se détendit en apprenant qu'elle était venue rendre visite à Mrs. Abbott.

— Ma tante a une excellente cuisinière, monsieur. Ce sera nettement mieux qu'à l'hôtel.

Lamb grogna.

— Eh bien, pour ce qui est du déjeuner, nous verrons. Tout dépend si nous avançons. Vous disiez que Miss Silver voulait vous voir ?

— Eh bien, je crois qu'elle a trouvé quelque chose.

Maggie n'en pouvait plus d'attendre lorsque Frank revint enfin au téléphone. Mais elle fut bien déçue car elle n'eut droit à rien de plus qu'à un : « Entendu, je pars tout de suite. »

Miss Silver leva les yeux de son tricot lorsqu'il entra au petit salon.

— J'espère que vous n'imaginez pas que je vous aurais dérangé sans raison, dit-elle d'un ton grave. Je ne pouvais pas vous parler librement au téléphone, on m'a dit qu'une jeune fille du village a l'habitude d'écouter toutes les conversations. Comme elle est infirme, elle a tout son temps et elle doit être particulièrement intéressée dans une occasion comme celle-ci. J'ai pensé que l'inspecteur-chef pourrait se passer de vous un instant. J'espère qu'il va bien ?

Frank rit.

— Je ne l'ai jamais connu autrement. Je crois que là d'où il vient, on les fait tous dans le genre coriace. Enfin, me voici. Qu'avez-vous découvert de sensationnel ?

Elle posa son tricot et lui tendit un livre ouvert.

— Qu'est-ce que c'est ?

— C'est le livre que Miss Grey a eu l'amabilité de me prêter. Il a été écrit par son père, le révérend Augustus Grey, jadis pasteur de cette paroisse, et imprimé à quelques exemplaires en 1868 au début de son ministère, alors qu'il s'intéressait beaucoup aux superstitions locales. Si vous commencez au-dessus de la page de gauche, je crois que vous trouverez quelque chose qui vous donnera matière à penser. Peut-être désirez-vous lire à haute voix ?

Il s'assit auprès d'elle et commença à lire. Une toux légère l'arrêta.

— Je ne vous ennuierai pas avec les préliminaires, mais ce que vous allez lire est la copie du journal de Sir Roger Peel, propriétaire local et magistrat, qui était contemporain d'Edward Brand, le pendu du Hallier. C'est un descendant de Sir Roger Peel qui l'a obligeamment laissé copier par Mr. Grey. Sir Roger avait été contacté par une veuve de la paroisse nommée Thamaris Ball, que le recteur pensait être une graphie erronée de Damaris. Si vous voulez bien commencer...

Frank regarda la page jaunie et lut :

« Cette Thamaris Ball déclara que sa fille Joanna, en ramassant des mûres dans le bois près de la lande, s'aventura jusqu'à la clairière où se trouve Forester's House, et que cette Joanna certifie avoir vu le dénommé Edward Brand fabriquer des mammets d'argile. »

Il la regardait avec un sourire interrogateur.

— Qu'est-ce qu'un « mammet » ?

— C'est une assez intéressante corruption du nom de Mahomet que les Croisés, dans leur ignorance, prenaient pour une idole adorée par les Sarrasins. Ils ont introduit le mot en Angleterre où il a dégénéré en mammet ou mommet et désigne actuellement une petite statue ou une poupée.

— Vénérée préceptrice, murmura Frank entre ses dents avant de reprendre sa lecture.

« Elle vit le nommé Edward Brand fabriquer des mammets ressemblant à divers gentlemen des environs et à leurs femmes et les mettre à sécher au soleil. Peu après, il en ramassa quelques-unes qui étaient sèches et les rentra dans la maison. Au bout d'un instant, il ressortit et s'en alla dans le bois. Ladite Joanna, curieuse de voir ce qu'il faisait des mammets, se faufila derrière la maison et y entra. Ne voyant ce qu'elle cherchait dans aucune des chambres, elle descendit à la cave où elle les vit parmi beaucoup d'autres. L'une représentait un évêque avec sa mitre et sa chape, d'autres étaient semblables au pasteur et au clerc de paroisse. Certaines étaient transpercées d'épingles, d'autres de clous rouillés. L'une était toute noircie d'avoir été brûlée au feu. Joanna épouvantée s'enfuit en courant de la maison, traversa le bois et vint se réfugier en sanglotant dans les bras de sa mère, ladite Thamaris Ball... »

Miss Silver tendit la main et reprit son livre.

— Eh bien, mon cher Frank ?

— Suis-je censé savoir où vous voulez en venir ? demanda-t-il en haussant les sourcils.

— Certainement.

— Je sèche complètement, à moins d'y voir une similitude entre « ladite Joanna » et Mary Stokes... Toutes deux ont filé à travers bois en proie à une terreur panique, mais vous ne me demandez pas de croire que Mary a été effrayée par un mammet, je pense.

— Réfléchissez, Frank.

Il la regarda d'un air déconcerté.

— Vous vous êtes laissé distraire par les détails pittoresques. L'intéressant est ce qu'a fait Joanna. Elle est entrée dans Forester's House pour chercher quelque chose et, ne le trouvant pas dans les chambres, elle est descendue à la cave.

Frank Abbott se leva d'un bond.

— Mon Dieu ! Quel idiot je suis ! La cave... elle est allée à la cave !

Miss Silver toussa.

— Les vieilles maisons possèdent toujours des

caves. J'aurais dû y penser immédiatement. Et si Edward Brand s'occupait d'arts défendus, il est probable que l'entrée de la cave était masquée. Je vous conseille de fouiller immédiatement les lieux et particulièrement le côté lambrissé de l'escalier. C'est là que je m'attendrais à trouver la prolongation de l'escalier au sous-sol.

Ni le sergent Abbott ni l'inspecteur Lamb ne devaient partager l'excellent déjeuner préparé à leur intention à Abbottsleigh.

Forester's House retentissait des pas des policiers et des coups de marteau. Ils finirent par démolir la boiserie à l'endroit où elle rendait un son creux et découvrirent un escalier très raide menant à une cave. Lamb, qui se tenait au pied de l'escalier, observait le faisceau d'une puissante lampe électrique qui parcourait le sol dallé.

— Il y a beaucoup de poussière, dit-il.

L'inspecteur Smith, derrière lui, répliqua :

— C'est ce que vous deviez vous attendre à trouver, monsieur, n'est-ce pas ?

Lamb grommela sans se retourner.

— Descendez la lampe, Frank, je veux qu'elle éclaire de plus près... Ah, fit-il lorsque Frank eut obéi, comme dit Smith, on devait s'attendre à trouver de la poussière, mais pas comme cela. Regardez ! On dirait qu'elle a été balayée. Je ne pense pas que des marques de balai puissent subsister pendant deux cents ans. Elles sont récentes : cela signifie que quelqu'un a voulu effacer la trace de ses pas.

Il remonta l'escalier.

— Nous allons enlever ces dalles. Smith, mettez les hommes au travail tout de suite.

Louise Rogers était sous les dalles dans le coin le plus éloigné. Elle portait le manteau noir décrit par Mrs. Hooper et Mary Stokes. Elle avait le crâne défoncé, ses cheveux blonds encadraient son visage comme Mary l'avait dit et une seule boucle d'oreille brillait dans leur masse tachée de sang. Une boucle d'oreille en forme d'éternité !

16

Le lundi matin, l'inspecteur Lamb interrogea Miss Lily Ammon, sténodactylo, petite créature au nez retroussé, aux cheveux noirs frisottés, qui semblait avoir pleuré. Lamb, qui avait trois filles, ne l'en estima que davantage. Son témoignage en main, il le lui fit répéter : le déjeuner avec Mary Stokes, la réunion avec Joe Turnberry, la scène du salon de thé.

— Vous la connaissiez bien ?

— Oh oui ! monsieur, nous travaillions ensemble jusqu'au moment où elle est entrée au bureau de Mr. Thompson.

— Vous étiez amies ?

— Oh oui !

Une gentille fille, assez séduisante avec son petit air sérieux et sa voix douce. Il se demanda ce qu'elle avait de commun avec Mary Stokes.

— Evidemment, poursuivit Lily, nous nous voyions moins depuis qu'elle était chez Mr. Thompson. Et puis elle a été malade dernièrement, mais elle allait mieux. J'étais si contente quand elle m'a proposé d'aller déjeuner avec elle ! Je n'ai pas pu l'accompagner au cinéma comme elle le désirait à cause de mon petit ami que je devais retrouver à quatre heures, alors nous avons pris notre temps pour déjeuner et nous avons fait quelques courses avant l'arrivée de Joe Turnberry, comme je l'ai dit.

Elle n'était plus du tout nerveuse. L'important policier de Londres qui l'avait tant effrayée au début lui semblait facile à aborder maintenant. Il lui rappelait Oncle Bert. Oui, enfin, ce n'était pas vraiment son oncle, mais tout le monde l'appelait Oncle Bert quand elle était petite. Toujours des bonbons dans les poches, une petite pièce de temps en temps, et il adorait tellement les gosses. C'était drôle que ce policier lui rappelle Oncle Bert. Sûrement à cause de sa façon de vous regarder. Oncle Bert vous regardait comme ça quand il allait faire une blague — l'air sérieux et solennel. Sauf que ce n'était pas une blague. Cette pauvre Mary. Les larmes lui montèrent aux yeux.

— Vous dites avoir prolongé votre déjeuner, Miss Ammon, sans doute aviez-vous beaucoup de choses à vous dire ?

— Oh oui !

— Réfléchissez bien à cette conversation, je voudrais que vous vous rappeliez si quelque chose a été dit qui puisse nous aider à savoir pourquoi elle a été assassinée et qui l'a assassinée. Voulez-vous essayer ?

— Oh ! oui...

A peine le mot était-il prononcé qu'elle retint brusquement son souffle.

— Vous avez pensé à quelque chose ?

— Oh ! je ne sais pas... Elle a dit...

— Allez, racontez-moi tout, sans vous soucier de savoir si cela semble important ou non.

Lily fixa sur lui le regard sérieux de ses yeux bruns.

— C'est juste que je lui ai dit quelque chose au sujet de son chômage forcé pendant trois mois. Je lui ai dit qu'elle serait sans doute contente de gagner de nouveau un peu d'argent, et elle m'a répondu que ça n'avait peut-être pas grande importance. Alors je lui ai dit que je ne comprenais pas et elle m'a regardée comme quelqu'un qui pourrait me donner l'explication, mais qui n'est pas sûr de vouloir...

Elle s'interrompit en le regardant.

— Oui, Miss Ammon ?

— J'ai pensé... Non, je me suis demandé si elle n'allait pas se marier et je lui ai posé la question tout de suite, je n'aime pas les petits secrets. Elle a redressé la tête et elle a dit qu'elle ne se souciait pas de faire des corvées sans être payée et qu'il fallait être une imbécile pour ne pas trouver mieux. J'ai pensé qu'elle faisait allusion à moi et Ernie — nous faisons nos économies pour nous marier —, et je lui ai dit que je ne voyais pas les choses comme elle.

— Qu'a-t-elle répondu ?

Lily rougit jusqu'aux oreilles.

— Elle m'a dit que je serais une imbécile toute ma vie, mais que ce n'était pas son genre. Alors je lui ai demandé ce qu'elle voulait dire. Elle a ri en répondant qu'elle aimait s'amuser avec un garçon, mais qu'elle n'avait pas l'intention de payer son plaisir en s'usant les doigts à frotter et à cuisiner. Et elle a ajouté : « Et je n'aimerais pas non plus qu'un homme m'entretienne ! Du moins pas de cette façon ! » « Qu'est-ce que tu veux dire ? » je lui ai demandé. Elle a ri et elle a répondu : « Eh bien, il se peut que j'empoche une jolie petite somme, mais tu n'as pas besoin de le répéter. »

— Vous êtes sûre qu'elle a dit cela ?

— Oh oui ! Elle avait un drôle d'air et elle a aussitôt changé de sujet. Plus tard, j'y ai repensé... et je me suis demandé...

— Oui... continuez.

— Si... si elle n'allait pas essayer d'en soutirer à quelqu'un et... et...

— C'est précisément ce que nous essayons de découvrir. Autre chose, Miss Ammon, vous-a-t-elle parlé d'une frayeur qu'elle avait eue ?

Les yeux de Lily s'arrondirent comme ceux d'un chaton.

— Oh non !

— Elle ne vous a pas dit qu'elle avait eu très peur dans le bois, et qu'elle s'était enfuie comme une folle au village en proie à une véritable crise de nerfs ?

— Oh non, monsieur.

— Simplement cette allusion à une grosse somme qui pourrait lui parvenir ?

Lily hocha la tête.

— Oui, et en faisant nos courses, nous avons vu un modèle chez Simpson, un manteau hors de prix, et elle m'a dit : « La prochaine nouvelle que tu apprendras, est que je m'en suis acheté un comme ça. »

— Vous êtes sûre qu'elle a dit cela ?

— Certaine.

— Hum !... rien d'autre ?

— Oh si ! monsieur. J'aurais dû en parler dans mon témoignage, mais, sur le moment, je n'ai pas pensé que c'était important. J'étais tellement bouleversée.

— Eh bien, dites-le maintenant. De quoi s'agit-il ?

Elle écrasa une larme.

— Je lui avais demandé si elle restait à Lenton jusqu'au dernier car, et elle m'a dit que non, que Joe et elle rentreraient par celui de sept heures cinquante. J'ai dû avoir l'air surprise, car elle a ri et elle m'a regardée du coin de l'œil en disant : « Je suis une fille convenable. Je rentre de bonne heure, c'est nouveau pour moi, pas vrai ? » Alors je l'ai taquinée un peu à propos de Joe Turnberry, et elle s'est écriée : « Joe Turnberry ! C'est ça ! J'espère bien faire mieux que lui ! » et avec un drôle d'air, elle a ajouté : « Je rentrerai sagement de bonne heure et je ne vais pas embrasser Joe pour lui dire au revoir. Après quoi... » Je lui ai dit : « Oh ! Mary, qu'est-ce que tu vas faire ? » et elle m'a dit : « Tu voudrais bien le savoir, hein ? » Je lui dis que oui, mais elle n'a plus rien dit et je n'ai pas insisté.

Lamb se pencha vers la jeune fille.

— Miss Ammon, que voulait-elle dire, à votre avis ? Franchement, avez-vous une idée ?

Lily répondit sans hésitation :

— J'ai pensé qu'elle avait rendez-vous avec quelqu'un d'autre.

17

L'inspecteur-chef racontait au sergent Abbott son interview avec Lily Ammon lorsque le téléphone sonna. Ils étaient dans le bureau du commissaire de Lenton et on leur passait uniquement les communications qui leur étaient destinées. Frank Abbott décrocha donc.

— C'est pour vous, monsieur. Wilton vous appelle du Yard.

Frank, tout près de l'appareil, put entendre la voix parfaitement distincte de Wilton.

— Bonjour, ici Wilton. On a retrouvé le garçon qui fréquentait Louise Rogers. Un certain Michel Ferrand, de nationalité française. Nous l'avons retrouvé d'une drôle de façon, grâce à une voiture abandonnée dans le Hampshire et à son numéro d'immatriculation. Il dit l'avoir prêtée à Mrs. Rogers, vendredi dernier, le 8. C'est le jour où elle a disparu.

Lamb, penché en avant, un coude sur la table, grommela :

— Que voulez-vous dire par abandonnée ?
— Elle avait été laissée de nuit devant un garage près de Basingstoke. Le garagiste déclare avoir reçu un coup de téléphone disant qu'on viendrait chercher l'auto d'ici un jour ou deux. Il n'y a pas attaché d'importance et il ignore d'où venait l'appel.
— Quel genre de voiture ?
— Une Austin Seven.
— Quel jour l'a-t-on laissée ?
— Vendredi soir. Le coup de téléphone a été passé vers huit heures et demie.
— A-t-on relevé des empreintes sur la voiture ?
— C'est sans espoir, monsieur. C'est un grand garage et tous les mécaniciens ont dû la manier plus ou moins. Vous savez ce que c'est, ils poussent les autos au fur et à mesure des besoins. Il y a tout ce qu'on veut sur les portières et le volant.
— Envoyez-nous ce Ferrand pour voir s'il peut identifier le cadavre. Mrs. Hooper arrive par le train de deux heures trente. Envoyez quelqu'un avec eux.
Lamb lui donna encore quelques instructions avant de raccrocher.
— Vous avez entendu ce qu'il a dit ? Cette voiture explique comment Louise Rogers est arrivée ici, mais... Basingstoke est à plus de trente kilomètres. Quiconque l'a amenée là-bas a dû revenir, la question est de savoir comment. Voyez les horaires de chemin de fer et relevez les trains possibles pour Lenton. A quelle heure Mary Stokes est-elle arrivée en criant pendant que vous preniez le thé ?
— L'horloge de l'église venait de sonner six heures. Mais c'était samedi. Louise Rogers avait

dû être assassinée avant. Nous n'avons découvert personne qui l'ait vue après son départ de chez Mrs. Hooper, vendredi matin. Nous ignorons ce qui s'est passé entre ce départ et le moment où Mary Stokes prétend l'avoir vue morte. Il ne me semble pas que Mary ait assisté au meurtre, je crois plutôt qu'elle était venue à Forester's House pour retrouver l'homme qu'elle avait coutume d'y rejoindre, et qu'au lieu de son amant elle est tombée sur l'assassin en train de transporter un cadavre dans sa cachette. Il ne me semble pas douteux qu'elle ait assisté à la scène qu'elle a décrite, tout colle trop bien. Ses empreintes indiquent qu'elle a fui Forester's House précipitamment, aussi est-il raisonnable de supposer qu'elle a vu le cadavre dans ou près de la maison. Cela ne veut pas dire que l'assassinat venait de se produire, je ne peux pas croire que Louise était encore en vie lorsqu'on a conduit sa voiture à Basingstoke pour l'y laisser. Il est plus probable qu'elle était déjà morte et que son corps avait été dissimulé quelque part jusqu'au samedi soir lorsque, le nécessaire ayant été fait, il était possible de l'enterrer dans la cave. En transportant le cadavre, le meurtrier a découvert qu'une de ses très reconnaissables boucles d'oreilles manquait, et il a dû être pris de panique. Je donnerais beaucoup pour savoir comment et où cette boucle s'est détachée, et s'il l'a retrouvée.

L'inspecteur le regarda d'un air impassible.

— On vous a appris à parler au collège, hein ? A moins que ce ne soit un don naturel. Dites-moi donc exactement quelle part vous revient dans ces déductions, et jusqu'à quel point Miss Silver y a participé.

Frank regarda ses souliers.

— Je ne saurais le dire, monsieur.

Lamb gloussa.

— Descendez de vos grands chevaux et consultez l'horaire comme je vous l'ai dit ! Souvenez-vous que le type avait trente kilomètres à faire avec l'Austin et que, selon toutes probabilités, il devait faire nuit. Il devait parvenir jusqu'aux faubourgs de Basingstoke, abandonner la voiture et attraper un train.

Frank tournait les pages.

— Voilà. Le crime n'a pas dû avoir lieu de jour. Si nous le plaçons vers cinq heures, vendredi, l'assassin devait cacher le cadavre et faire disparaître la voiture. En allant vite, il aurait pu arriver à la gare de Basingstoke à six heures et quart et prendre le train de six heures vingt qui l'amenait à Lenton, avec un seul changement, à sept heures et demie, et il pouvait téléphoner de la gare au garage. Pourquoi, selon vous, a-t-il pris le risque de téléphoner ?

— Pour qu'on ne signale pas la voiture à la police. Il voulait gagner du temps et faire brouiller toutes les empreintes. Même s'il avait essuyé les siennes ou porté des gants, il ne voulait pas qu'on retrouve celles de sa victime.

— C'était tout de même risqué.

— Pas du tout. On ne s'inquiète jamais d'où viennent les coups de téléphone, dans un garage. Il ne voulait pas qu'on pose des questions sur la voiture avant quelques jours. Il lui fallait du temps, le temps nécessaire pour que les gens oublient qu'ils l'avaient aperçu dans le train ou vu acheter son billet. Eh bien, il va falloir que Basingstoke se remue pour savoir si quelqu'un a remarqué un homme qui aurait pris à la dernière minute un billet pour le train de six heures vingt. La police d'ici peut s'informer à Lenton.

Frank haussa les sourcils.

— Si vous comptez là-dessus !

— Pourquoi pas, tout gravite autour de Deeping, mon garçon, et ce second crime va nous aider. Il faut dénicher l'homme que Mary Stokes retrouvait. Qu'il soit ou non le meurtrier, il pourra nous donner des renseignements utiles, et nous avons ses empreintes. Allez-vous me soutenir qu'une fille se conduisant comme Mary Stokes ait pu passer inaperçue ?

— On semble l'ignorer.

— Hum ! Il faut que les villages aient bien changé depuis ma jeunesse !

— On peut envisager la chose sous un autre aspect. Il devait y avoir une raison impérieuse pour garder le secret. L'individu en prenait un soin particulier.

Lamb acquiesça.

— Qui remplit ces conditions ?

— Pas Joe Turnberry.

— Nous savons d'après les empreintes que ce n'est pas avec Joe qu'elle avait rendez-vous. Et ce n'est pas lui qui a transporté le cadavre de Mrs. Rogers samedi, un peu avant six heures, car il était chez lui, Mrs. Gossett l'affirme. Entre nous, je crois Joe complètement innocent. Il n'aurait pas pu conduire la voiture à Basingstoke vendredi soir, car il était de service, vous pouvez le vérifier, avec Smith... En outre, il ne sait pas conduire.

— Oh si ! Il a passé deux ans dans un garage avant de partir à l'armée.

— Bon, alors si Joe est hors de cause, qui est coupable ? Cette Mary Stokes se considérait comme très au-dessus des villageois, n'est-ce pas ? Il y a un certain Mark Harlow qui habite pas loin du Hallier du Pendu. Que savez-vous de lui ? Et l'autre type qui fait de la culture expérimentale... comment s'appelle-t-il... Hathaway ?

Le visage de Frank se ferma.

— Il est marié à ma cousine Cicely Abbott.

— Hum !... Un ménage heureux ? Uni ?

— Non... ils sont séparés.

— Eh bien, prenez ses empreintes, celles de Harlow aussi. L'un d'eux peut avoir fréquenté la fille. Smith est en train de s'informer de ce qu'ils faisaient pendant l'assassinat de Louise Rogers, sur la conduite de sa voiture à Basingstoke le vendredi et le transport du cadavre, le samedi.

18

Mrs. Hooper, dans un flot de larmes, avait identifié sa locataire et, réconfortée par une tasse de thé bien fort, regagnait Hampstead. Au commissariat de Lenton, Michel Ferrand, pâle malgré son teint mat, faisait sa déposition. Le chauffage était allumé dans le bureau du commissaire, mais il ne cessait de frissonner. C'était un jeune homme frêle et maigre, au visage prématurément ridé. Il avait identifié le cadavre en pleurant lui aussi, et répondait en bon anglais, mais avec un fort accent français et des tournures étrangères, aux questions que lui posait l'inspecteur. Le sergent Abbott consignait ses déclarations.

— Vous connaissiez bien Mrs. Rogers ? demanda Lamb.

— Si je la connaissais ! fit Ferrand en étendant ses mains tremblantes. *Mon Dieu* ! Nos parents étaient amis, nous sommes comme frère et sœur. Je l'adorais et je la suivais comme un chien quand nous étions enfants.

Il étouffa un sanglot.

— Je ne vous demande pas de renseignements sur votre enfance, Mr. Ferrand, fit sèchement Lamb.

— Mais vous voulez que je vous dise ce que je sais. Comment voulez-vous que je le fasse sans vous dire comment je le sais ? Laissez-moi vous dire qui je suis : je ne suis pas une vague connaissance, je suis un ami de la famille. Je dois vous dire que Louise est d'une famille très respectable et très riche. Son père est Étienne Bonnard, un grand joaillier de la rue de la Paix.

— Où est-ce ?

— A Paris, risqua Frank Abbott, qui fut gratifié d'un regard réprobateur par son chef.

— Je parle de l'avant-guerre, bien entendu ; Mr. Bonnard est mort, il n'a pu survivre à la défaite de la France et il a succombé à une attaque le jour où le gouvernement a quitté Paris. Sa femme, qui est anglaise, est plongée dans l'affliction, mais les Allemands avancent, elle songe à sa fille, à son avenir, et décide de se sauver en emportant tout ce qu'elles pourraient cacher de leurs biens.

— Comment savez-vous cela, Mr. Ferrand ? Étiez-vous là ?

— Moi ? Oh non ! A l'époque, je me trouvais avec ma mère dans le Midi. C'est Louise qui me l'a raconté quand nous nous sommes retrouvés à Londres. Vous savez peut-être ce qu'a été l'exode, monsieur : les trains ne marchent plus et il n'y a plus d'essence. Louise conduit son auto jusqu'à la panne, les routes sont encombrées de voitures immobilisées, il n'y a plus de nourriture, et les

Boches bombardent les fuyards. Des enfants naissent au bord de la route, des vieillards meurent. Mme Bonnard est dans un état désespéré, Louise est affolée. Elle a une valise pleine de diamants et ne peut lui acheter une bouteille de vin ni un peu de pain pour lui sauver la vie. Le bombardement reprend, il fait nuit, elle est toujours arrêtée au bord de la route. Soudain, elle entend un homme jurer en anglais, elle se lève, court après lui et le prend par le bras : « Vous êtes anglais, monsieur, ma mère aussi, voulez-vous m'aider ? — Que pourrais-je faire pour vous ? lui répondit-il, puisque je ne peux même pas me sauver moi-même ? » Alors, Louise, qui a perdu la tête, lui dit : « Cette valise est pleine de diamants, je vous en donnerai la moitié. » Il répond : « Montrez-les-moi ! » Il sort une torche de sa poche et l'allume. Louise ouvre la valise, les diamants étincellent, il les fait ruisseler dans ses doigts. Soudain, tout est noir à nouveau et la valise n'est plus là, on la lui a arrachée des mains. Sa fortune est perdue et l'homme a fui.

Il écarta les mains.

— Imaginez son désespoir. Elle retourne vers sa mère, mais Mme Bonnard meurt au matin. Louise continue la route à pied et finit par arriver dans un village qu'elle connaît. Une famille la reçoit, elle a tout perdu, sauf le sautoir de perles et le collier qu'elle porte sur elle. Ils ont une grande valeur et elle réussit à les vendre plus tard. La guerre terminée, elle épouse un officier anglais nommé Rogers. Le ménage n'est pas heureux, ils se séparent, Rogers part en Angleterre, Louise reste en France, puis elle apprend sa mort et vient en Angleterre pour régler la succession. Il lui a laissé un peu d'argent, pas beaucoup. C'est alors que je l'ai revue.

Frank Abbott avait tout consigné par écrit.

— Vous étiez en Angleterre à l'époque ? Qu'y faisiez-vous ? demanda Lamb.

— Mon père était hôtelier, monsieur. Quand Louise et moi étions enfants, il dirigeait un hôtel à Paris. Maintenant, il en possède un à Amiens. Il avait pour ami le gérant du *Luxe*, à Londres, et m'avait envoyé là-bas pour perfectionner mon anglais et acquérir une certaine expérience. C'est là que j'ai retrouvé Louise, que je n'avais pas vue depuis dix ans.

Lamb lui lança un regard goguenard.

— Vous voulez me faire croire que vous l'avez reconnue ?

Un sourire éclaira le mince visage et disparut aussitôt.

— Non, monsieur, elle portait une robe noire très chic. J'ai vu les cheveux blonds, les yeux noirs et j'ai pensé qu'elle me rappelait quelqu'un... Soudain, j'ai vu ses boucles d'oreilles et j'ai su que c'était Louise.

— Ses boucles d'oreilles...

Michel agita ses mains pâles.

— Oui, monsieur. C'est M. Bonnard, le père de Louise, qui les avait dessinées et les lui avait données pour ses dix-huit ans. Il y a eu une petite histoire à ce propos. M. Bonnard voulait lui faire une surprise, mais Mme Bonnard dit que Louise est trop jeune — une jeune fille ne doit pas porter des diamants. Mais Louise est ravie. Elle pleure, elle supplie, elle crie et elle finit par les obtenir. Il faut que vous sachiez qu'elles sont d'un modèle unique. En les voyant, j'ai su que c'était Louise. Je me suis approché d'elle et je lui ai dit : « Avez-vous oublié Michel Ferrand ? » Elle m'a aussitôt reconnu et m'aurait embrassé si nous n'avions pas été dans un lieu public. Elle m'a dit qu'elle dînait seule et que nous ne pouvions pas parler dans cet endroit. Nous avons pris rendez-vous et c'est alors qu'elle m'a tout raconté. Ensuite, nous nous sommes vus souvent. Un jour, je l'ai trouvée très pâle, très agitée. Elle était allée à Ledlington, où les parents du capitaine Rogers possédaient une maison. Après leur mort, la maison avait été louée et le mobilier mis au garde-meuble. Louise était allée voir ce qui devait être vendu. Elle était descendue dans un vieil hôtel datant de trois ou quatre siècles, l'*Hôtel du Taureau*. Il y a un portail voûté qui donne dans une cour et l'hôtel est bâti tout autour. Louise a une chambre donnant sur la cour, elle est déshabillée, prête à se mettre au lit. Il n'est pas tard, un peu plus de neuf heures, mais elle est fatiguée. Elle éteint la lumière et s'approche de la fenêtre, la nuit est belle, le ciel plein d'étoiles, soudain elle est pétrifiée. Sous la fenêtre un homme trébuche, il jure, et alors, monsieur, elle m'a juré que les mots étaient les mêmes que ceux entendus dans la nuit pendant l'exode. Elle ne les avait jamais oubliés, l'homme venait de lui faire revivre la scène... même voix, mêmes mots. Elle m'a affirmé que c'était le même homme, qu'elle ne pouvait se tromper.

Lamb considéra le garçon d'un air incrédule.

— Voyons, Mr. Ferrand, c'est une histoire à dormir debout !

Les mains du jeune homme s'agitèrent avec nervosité.

— Ce n'est pas moi, c'est Louise qui m'a raconté cela. Mais ce n'est pas tout. Elle m'a dit que l'homme avait allumé sa torche pour chercher ce qu'il avait laissé tomber. C'était un briquet, il a mis sa main en pleine lumière pour le ramasser et ce n'était pas seulement la voix et les paroles, mais aussi la main de l'homme de l'exode. Cette main avait quelque chose de particulier, Louise ne m'a pas dit en quoi cela consistait, mais elle l'avait remarqué lorsque l'homme avait fait ruisseler les joyaux à la lumière de sa torche avant de les voler. Elle s'habille et descend l'escalier quatre à quatre, mais il n'y a plus personne dans la cour. Elle demande au portier de se renseigner pour savoir qui est venu là et lui donne un bon pourboire. Celui-ci revient lui dire que deux messieurs viennent de partir en auto, ils étaient entrés boire un verre pendant que leur chauffeur changeait une roue. Elle est désespérée et demande si quelqu'un a remarqué le numéro de la voiture. Le portier s'informe sans succès. Louise, à bout de forces, remonte dans sa chambre et pleure. Soudain, on frappe à la porte, c'est le portier, il rapporte une enveloppe que l'un des messieurs a laissée tomber au garage, ce n'est qu'une enveloppe vide, mais Louise la prend et lui donne un généreux pourboire. L'enveloppe porte un nom et une adresse.

— Ah ! enfin ! s'écria l'inspecteur Lamb, nous

aboutissons quelque part ! Donnez-moi ce nom et cette adresse.

Michel Ferrand eut un geste d'impuissance.

— Hélas, monsieur, je ne les connais pas. Louise m'a tout raconté, mais le nom et l'adresse, elle ne me les a pas donnés.

Lamb le considéra, mécontent.

— Comment ça, elle ne vous l'a pas dit ?

— Non, monsieur, dit Ferrand en se penchant en avant. Elle a toujours été ainsi, depuis son enfance, elle dit quelque chose, mais pas ce qui est le plus important. Elle refuse que quelqu'un vienne lui dire : « Voilà, c'est comme cela que tu dois t'y prendre. » Elle se confiait un peu à moi, parce qu'elle était seule et qu'elle m'aimait bien, mais elle ne voulait pas m'entendre lui dire : « Ne faites pas cela, c'est imprudent ! »

Lamb avait la conviction que le jeune homme lui disait la vérité.

— Et la voiture ? dit-il Quand vous l'a-t-elle empruntée ? Combien de temps après l'affaire de Ledlington ?

Ferrand réfléchit :

— C'est au Jour de l'An qu'elle m'a annoncé son départ pour Ledlington. Elle y est restée trois ou quatre jours avant de revenir à Hampstead. Je l'ai vue le 6, nous avons dîné ensemble et c'est là qu'elle m'a demandé de lui prêter ma voiture. Je lui ai dit : « Vous voulez retrouver cet homme ? Ne faites pas cela, je vous en supplie, remettez l'affaire entre les mains de la police. » Elle s'est mise à rire en disant : « Les hommes sont tous les mêmes, chaque fois qu'une femme veut faire quelque chose, ils veulent l'en dissuader. » J'ai répondu très sérieusement : « Louise, je vous en prie, attendez au moins jusqu'à la semaine prochaine, j'obtiendrai un congé pour vous accompagner. » Elle m'a regardé de travers : « Occupez-vous de ce qui vous regarde, mon cher. » Puis elle a ri et m'a dit que je me trompais, qu'elle m'empruntait la voiture pour aller voir une certaine Miss Rogers, tante du capitaine Rogers, qui habite à dix kilomètres d'une gare. « Si j'y vais par le train, cela me prendra toute une journée, il faut changer continuellement. » Je ne sais pas si je l'ai crue ou non, mais je lui ai prêté la voiture. Ce n'était pas la première fois. Quand elle désire quelque chose il faut qu'elle l'obtienne... Louise est comme cela.

Il enfouit son visage dans ses mains.

— C'est tout ce que je sais, monsieur.

19

Plusieurs événements se produisirent cet après-midi-là. Une averse d'une extrême violence se déchaîna au moment où Mrs. Caddle, vêtue de son manteau et de son chapeau, fermait la porte de Rectory Cottage après avoir préparé le thé de Miss Grey et laissé son souper au garde-manger. Les premières gouttes tombèrent au moment où elle fermait la barrière du jardin, puis un déluge s'abattit soudain. Elle continua son chemin pendant quelques minutes. C'est alors que le chagrin qui lui avait fait fuir tout contact humain ces derniers temps céda devant cette pénible situation : elle n'avait ni parapluie, ni imperméable, la pluie glacée lui ruisselait dans les yeux et dans le cou. Elle fit demi-tour et revint s'abriter au cottage.

A peu près au même moment l'inspecteur-chef Lamb, l'inspecteur Smith et le sergent Abbott comparaient les empreintes digitales de Grant Hathaway et de Mark Harlow avec celles relevées à Forester's House. Au grand soulagement de

Frank, ces dernières ne correspondaient à aucune de celles des deux hommes. Lamb grommela.

— Cela ne nous avance pas. Avez-vous vérifié leur emploi du temps ?

Smith, dont le visage rougeaud n'avait jamais été particulièrement expressif, se figea tout à fait. Il avait été très gêné par sa mission et il n'avait guère envie de recommencer. Il aurait donné n'importe quoi pour que quelqu'un se soit acquitté de cette tâche à sa place. Si encore il avait fallu aller, muni de preuves, chez Grant Hathaway pour l'arrêter, il n'aurait qu'accompli son devoir. Mais se présenter dans la maison d'un gentleman pour lui demander ses empreintes ne le réjouissait pas. Il répondit d'un ton embarrassé :

— J'ai commencé par Deepside, mais Mr. Hathaway n'était pas là, paraît-il. Il s'était absenté pour le week-end.

— Ah oui, fit Lamb. Quand est-il parti ?

— Le dimanche matin seulement. Il a déjeuné à huit heures, puis il est parti en voiture à huit heures et demie, à peu près au moment où l'on a découvert le cadavre de Mary Stokes.

— Vous avez une arrière-pensée ?

— Non, monsieur, je voulais simplement faire remarquer qu'il ne pouvait rien savoir du crime, à moins...

— A moins qu'il ne l'ait commis lui-même, c'est bien cela ?

Si le visage de Smith avait été un tant soit peu expressif, il aurait paru choqué. Il se raidit.

— Je ne voulais rien insinuer. Je voulais simplement faire remarquer que le cadavre de Mary Stokes n'a été découvert que bien après huit heures et celui de Louise Rogers le dimanche soir seulement. En tout état de cause, Mr. Hathaway s'étant absenté depuis dimanche à huit heures et demie jusqu'à ce matin onze heures et demie, il n'y a rien d'étonnant à ce qu'il ignore ce qui s'était passé ici.

Frank Abbott vit son chef s'empourprer. Smith tournait autour du pot et il n'aimait pas cela.

— Oh, il a dit ne rien savoir ?

— Voilà ce qui s'est passé. J'ai sonné à Deepside à onze heures vingt-cinq. La gouvernante m'a ouvert et m'a dit que Mr. Hathaway était parti dimanche matin et n'était pas rentré. Mais juste à ce moment, il est arrivé en voiture et il m'a conduit dans son bureau. Il m'a parlé assez sèchement, il voulait me faire comprendre qu'il était pressé. Il m'a demandé : « Que désirez-vous ? » J'ai pensé qu'il ne savait peut-être pas ce qui s'était passé en son absence et qu'il valait mieux ne pas lui en parler le premier. Je lui ai dit que nous faisions une enquête au sujet de l'usage sans autorisation de Forester's House et que cela nous serait fort utile d'avoir les empreintes de tous les habitants du chemin ainsi que leur emploi du temps les vendredi et samedi soir 8 et 9 janvier. Mr. Hathaway a eu un petit rire et a dit : « C'est à propos de l'histoire à dormir debout que cette Mary Stokes fait courir au village ? Une pure invention. Si c'est là ce qui motive votre enquête, il faut que vous ayez du temps à perdre. »

Lamb, lui, ne riait pas.

— Il a dit cela ?

— Oui, monsieur. Alors je lui ai demandé s'il

voulait bien me donner ses empreintes, ce qu'il a fait sans objection. Mais quand j'en suis venu à l'interroger sur son emploi du temps, j'ai moins bien réussi.

Il tira son calepin.

« Vendredi 8 janvier : Mr. Grant Hathaway déclare être sorti de chez lui vers cinq heures du soir et rentré dans la soirée. Il dit s'être promené sans faire attention à l'heure. »

Smith leva les yeux et regarda Lamb.

— Je ne savais pas si vous désiriez que j'insiste. J'étais sur le point de lui demander s'il avait rencontré ou vu quelqu'un sur le chemin.

— Pour faire preuve de tact ?

— Oui, Mr. Hathaway n'est pas très facile à interroger.

— Il vous intimide ?

Smith changea de couleur.

— Je ne dirais pas cela. Je ne l'ai pas trouvé très disposé à nous aider.

Frank, qui examinait les empreintes, le menton dans la main, posa deux doigts sur ses lèvres. L'euphémisme de l'inspecteur lui donnait envie de sourire et il valait mieux ne pas le laisser voir.

— Et le personnel ? demanda Lamb.

— Rien à en tirer. La vieille gouvernante, Mrs. Barton, qui est là depuis trente ans, n'a pas de jour de sortie régulier, mais ce vendredi-là elle est allée au village pour dîner et passer la soirée avec la receveuse des postes. Quant à la femme de chambre, Agnes Ripley, qui sort d'habitude le samedi, elle a changé son jour pour aller à Lenton, dont elle est revenue par le car de neuf heures quarante, puis elle est allée à la poste, où elle a bavardé un instant, et elle est rentrée avec Mrs. Barton. Aucune des deux femmes n'a fait attention à l'heure. Lorsqu'elles sont rentrées, Mr. Hathaway avait mangé le dîner préparé à son intention, mais elles ne l'ont pas vu. Elles sont allées se coucher vers dix heures et demie et l'ont entendu monter une demi-heure plus tard.

Lamb grommela.

— Louise Rogers a probablement été tuée vers cinq heures : le médecin situe le décès trois ou quatre heures après son dernier repas. Nous ne savons pas où elle l'a pris, elle a pu manger des sandwiches dans sa voiture, à moins que nous ne réussissions à trouver quelqu'un qui l'ait vue dans un restaurant. Il n'est pas douteux qu'elle soit venue ici pour découvrir l'homme qui lui avait volé ses diamants. Elle pensait le retrouver grâce à l'enveloppe que le portier lui avait remise à l'*Hôtel du Taureau.* Si elle avait suivi le sage conseil de Ferrand et averti la police, elle serait encore en vie. Je n'ai rien contre les femmes en général, mais elles s'attirent de graves ennuis en s'imaginant pouvoir agir mieux que des hommes de métier ! En voilà une preuve de plus. Donc cette femme possède un nom et une adresse inscrits sur l'enveloppe. Supposons, à titre d'exemple, que ce soit le nom et l'adresse de Mr. Grant Hathaway. Il fallait trouver sa maison. A la campagne, le nom n'est pas inscrit sur la porte, il a bien fallu qu'elle demande son chemin. Il nous reste à découvrir la personne qui lui a indiqué comment se rendre à Deepside — si c'est bien de Deepside qu'il s'agit. Nous demanderons à la B.B.C. de nous aider. En admettant que l'individu recherché soit Mr. Hathaway, voyons si les heures concordent. Il sort de chez lui vers cinq heures sans savoir quand il reviendra. D'après la gouvernante et la femme de chambre, il serait monté se coucher à onze heures. Sauf preuve du contraire, il avait six heures pour agir... Passons à Mr. Harlow.

L'inspecteur Smith consulta de nouveau son calepin.

— Mr. Harlow a été charmant, il s'est montré tout disposé à nous aider. Le vendredi, a-t-il déclaré, il a travaillé à sa musique — vous savez qu'il compose des chansons. Comme l'une d'elles lui donnait beaucoup de mal, il est sorti prendre l'air et s'éclaircir les idées, mais il n'a pas fait attention à l'heure. Il ne faisait pas nuit, mais le crépuscule commençait, ce qui situe le moment entre cinq heures et cinq heures et demie. Il est sorti par-derrière, sur le chemin, qu'il a suivi jusqu'à Deepside en traversant la route, mais pour autant qu'il le sache, sans rencontrer personne.

— Qu'est-ce que ça veut dire, « pour autant qu'il le sache » ?

— Je le lui ai demandé, il dit avoir eu la tête si pleine de sa mélodie qui ne voulait pas sortir, qu'il aurait pu croiser n'importe qui sans s'en apercevoir.

— Ces artistes... murmura Frank Abbott.

Smith hocha la tête.

— C'est ça. Ensuite, voyant les lumières de Lenton, il a eu envie d'aller au cinéma. Après quoi, il a mangé quelque chose au café, et il est rentré à pied chez lui vers dix heures.

— Quel personnel emploie-t-il ?

— Une mère et sa fille... Des femmes très respectables, du nom de Green. Elles disent qu'il leur a téléphoné de Lenton pour annoncer qu'il allait y dîner. Elles l'ont entendu rentrer vers dix heures. Mrs. Green affirme qu'il agissait souvent ainsi quand il avait des difficultés avec sa musique.

Lamb se pencha vers son subordonné.

— A quelle heure a-t-il téléphoné ?

— Peu après huit heures et demie.

— Hum ! En ce qui concerne la question « temps », votre charmant Mr. Harlow aurait tout aussi bien pu faire le coup que Mr. Hathaway. Je crois savoir que l'un et l'autre ont servi à l'armée. L'un d'eux est-il allé en France ?

C'est Frank Abbott qui répondit :

— Hathaway a été fait prisonnier lors de la retraite de Dunkerque et s'est évadé. Je ne connais pas en détail le rôle de Harlow, mais je crois qu'il était en France pendant la retraite. On y a fait allusion devant moi, l'autre jour.

— Ont-ils, l'un ou l'autre, fait partie des commandos ?

— Hathaway... Il a été décoré.

— L'un ou l'autre a-t-il une marque ou une cicatrice sur la main droite ?

Frank allait répondre : « Je ne sais pas », lorsqu'il se souvint que la main gauche — et non la droite — de Grant Hathaway portait une mince cicatrice blanche entre les articulations du pouce et de l'index. D'ailleurs Lamb se trompait, il ne s'agissait pas de la main droite qui devait tenir la torche, mais de la gauche avec laquelle l'homme avait remué les diamants. A moins que... Après tout, cela pouvait être l'une ou l'autre main.

— Mr. Hathaway a une vieille cicatrice sur la main gauche, dit Smith. Et Mr. Harlow a un sparadrap sur le dessus de la main droite. Il dit s'être écorché sur des barbelés.

Lamb se retourna vers Smith.

— Comme je l'ai dit, l'un ou l'autre aurait pu assassiner Louise Rogers, conduire sa voiture à Basingstoke et revenir par ce train à Lenton, mais rien ne prouve qu'ils l'ont fait. Ils en ont eu l'occasion, et l'un ou l'autre aurait pu avoir un motif. Autant pour le vendredi 8. Passons au samedi 9, le jour où Mary Stokes s'est précipitée à Rectory Cottage en hurlant qu'elle avait vu un cadavre. Je crois que nous pouvons tenir pour certain qu'elle a vu ce qu'elle a décrit, mais que la scène s'est passée à l'intérieur ou à l'extérieur de Forester's House. En allant à un rendez-vous, elle est tombée sur le meurtrier qui transportait le cadavre qu'il voulait enterrer. Je suppose que vous avez compris tous deux que ce n'est pas avec le meurtrier qu'elle avait rendez-vous. Autre certitude : le meurtrier connaissait l'existence de la cave. Vous avez mis plus de huit jours à la trouver, et encore, vous ne l'avez découverte que grâce à un vieux livre que Miss Silver s'était procuré. Nous avons été obligés de démolir la boiserie, mais le meurtrier connaissait le secret pour l'ouvrir. Cela indique qu'il s'agit d'un homme originaire du pays ou en situation d'acquérir des renseignements sur lui. Cela s'applique aussi bien à Mr. Grant Hathaway qu'à Mr. Harlow. Les deux familles peuvent avoir un exemplaire du bouquin.

Il se tourna vers Frank.

— Savez-vous si l'un d'eux en possède ?

— Le vieux Mr. Hathaway en avait un, je crois. Ces livres ont dû être assez répandus dans la région.

Lamb hocha la tête.

— Voyons maintenant ce que ces deux messieurs ont fait le samedi 9, entre... mettons cinq heures trente et sept heures du soir.

Smith hésita.

— J'ai posé la question indirectement. Mr. Hathaway est parti à bicyclette pour Deeping vers quatre heures dix. Je lui ai demandé s'il avait rencontré quelqu'un sur le chemin. Il m'a dit avoir échangé quelques mots avec Mrs. Hathaway qui promenait ses chiens.

— Sa femme ? fit Lamb surpris.

— Oui, monsieur.

— Cela me semble bizarre. Ils ne se sont pas séparés ? Alors il a parlé à sa femme et continué sur Deeping ?

— Non, changement d'avis, il est rentré chez lui et il n'est pas ressorti. Il a pris le thé, écrit des lettres et fait ses comptes. Mais, évidemment, personne ne sait s'il est sorti ou non. Les domestiques ne l'auraient pas dérangé.

— Et Mr. Harlow ?

— Il dit avoir pris le thé chez lui, joué du piano un certain temps, puis il est allé faire une petite promenade, comme il le fait presque chaque soir. Il est sorti par la grande porte qui ne donne pas sur le chemin et n'a rencontré personne.

Lamb leva sa grande main et la laissa retomber.

— Nous voilà au même point. L'un ou l'autre aurait fort bien pu filer à Forester's House aussitôt la nuit tombée, mais rien ne prouve qu'ils l'aient fait.

Frank Abbott regarda l'inspecteur Smith et lui dit de sa voix calme :

— Et les autres empreintes ? Les avez-vous ?

Lamb se retourna brusquement.

— Quelles empreintes ?

— Celles que j'avais demandé à Smith de relever.

— Que vous aviez demandées ! En quoi cela vous regardait-il ?

— Je cherche simplement à vous venir en aide. En fait...

— Eh bien, allez-y ! Qu'est-ce que vous aviez en tête ?

Frank réprima une envie de sourire. Il se rendait compte qu'il avait pratiquement devant lui un taureau qui chargeait et cela l'amusait. Il poursuivit.

— J'avais dans l'idée que ces empreintes pourraient être intéressantes.

L'inspecteur Smith ayant quitté la pièce, Lamb n'était plus obligé de refréner sa colère. Il était devenu cramoisi.

— De quelles empreintes s'agit-il ? Et qui a eu l'idée de les prendre ? Vous ou Miss Silver ?

— Oh ! pas moi, monsieur.

Lamb tapa du poing sur la table.

— Quand j'aurai besoin de l'avis d'amateurs, je le demanderai !

— Il ne s'agit pas d'avis, monsieur, mais d'empreintes.

— De quelles empreintes s'agit-il, et comment se les est-elle procurées ?

— Celles d'Albert Caddle, le chauffeur de Harlow. Sur une enveloppe qu'elle a laissée tomber, une enveloppe qu'il a ramassée, je crois.

— Le chauffeur de Harlow ? Pourquoi ? Qu'est-ce qui a pu lui donner l'idée qu'il pouvait être mêlé à l'affaire ?

Jugeant le pire passé, Frank s'efforça d'apaiser son chef avec des faits !

— Il est marié à une femme beaucoup plus âgée que lui, et on dit qu'il est très coureur. Mrs. Caddle a, paraît-il, une mine épouvantable, à croire que le ciel lui est tombé sur la tête. J'avais demandé à ma tante de réunir quelques amies avec Miss Silver pour avoir les potins du village, elles ont beaucoup parlé de Caddle.

L'inspecteur Smith revenait en trombe.

— Ashby vient de les relever, regardez, inspecteur !

Les trois hommes se penchèrent sur une série d'empreintes très nettes que Lamb compara à celles relevées dans Forester's House. Tous trois avaient regardé et tous trois avaient vu.

— Eh bien, dit enfin Lamb, voilà au moins un mystère d'éclairci. Nous n'avons pas besoin de chercher plus loin l'homme qui avait rendez-vous avec Mary Stokes.

20

La pluie diluvienne qui avait fait rentrer précipitamment Mrs. Caddle à Rectory Cottage s'apaisa après dix minutes. Mrs. Caddle, qui avait suspendu son manteau dans le cellier pour ne pas mouiller le plancher de la cuisine, l'endossa de nouveau et, munie d'un parapluie prêté par Miss Alvina, reprit le chemin de son logis.

Un quart d'heure plus tard, Cicely Hathaway, répondant au téléphone, entendit une voix angoissée demander Mr. Frank.

— Il n'est pas là. C'est Miss Vinnie, n'est-ce pas ?

— Oui. Oh ! mon Dieu ! Qu'est-ce que je vais devenir ?

— Que se passe-t-il, Miss Vinnie ?

— Oh ! ma chère, j'ai si peur, terriblement peur, je ne sais que faire, il me faudrait un conseil. C'est une responsabilité trop grande, j'espérais tant que Mr. Frank pourrait venir !

— Mais enfin, de quoi s'agit-il ?

— Impossible de vous le dire au téléphone, avec cette ligne que tant de gens peuvent écouter. J'ai toujours dit que c'était un mauvais système et cela ne sert à rien de dire que personne n'en profite, parce que nous savons tous qu'il y a des indiscrets. Je ne voudrais pas prononcer un nom, mais tout le monde sait...

La phrase se termina par un sanglot.

— Miss Vinnie...

Il y eut un petit cri étouffé à l'autre bout de la ligne.

— Oh, ma chère, je ne sais que faire. J'en ai des vertiges.

— Écoutez, Miss Vinnie, je peux conduire Miss Silver chez vous dans ma voiture. Si vous êtes tourmentée elle pourra sûrement vous aider. Frank la tient en grande estime.

— Il faut que je parle à quelqu'un, sanglota Miss Vinnie.

Miss Alvina n'avait à attendre qu'une dizaine de minutes, mais ce furent les dix minutes les plus affreuses de sa vie. Et sans même faire exception du temps qu'elle avait passé auprès du lit de mort de son père, car le décès paisible d'un bon vieillard n'avait eu aucune raison de soulever en elle la détresse et l'horreur qu'elle éprouvait maintenant. Elle ne s'était rendu compte de toutes les implications de sa découverte qu'en parlant à Cicely au téléphone, mais durant ces interminables minutes d'attente, elle n'en fut que plus consciente.

Elle était blanche comme un linge et tremblait lorsqu'elle ouvrit la porte à Miss Silver. Cicely Hathaway était, paraît-il, allée à l'église. « Elle n'aura pas besoin de moi », avait-elle dit à Miss Silver. « Je veux aller chercher des partitions et j'en profiterai pour jouer une petite demi-heure en attendant. Je laisserai la porte ouverte et la lumière allumée, comme cela, vous pourrez venir me prévenir quand vous en aurez terminé. »

Miss Silver entra dans le cottage avec un air calme et rassurant. Elle avait l'air si normale que Miss Alvina s'en trouva apaisée après toutes les émotions qui l'avaient ébranlée. Les choses affreuses arrivent toujours aux autres, pas à vous. C'est ce que nous croyons tous. Les meurtres, ce sont des histoires qu'on lit dans les journaux. Les assassins, ce sont les gens dont on voit les photos. On les attrape toujours, puis on les juge et on les exécute. Ce ne sont pas des gens comme ceux que l'on voit dans son village. Une meurtrière ne peut pas être celle qui fait votre lit, votre vaisselle et votre dîner. Ce ne peut pas être quelqu'un qui possède une recette de confiture de fraises sans pareille, et qui a été votre élève à l'École du Dimanche. L'affreuse idée s'évanouit et fut remplacée par la pensée désolante qu'elle s'était conduite comme une sotte. Le rouge de la honte envahit le visage de Miss Alvina.

— Vous allez me trouver stupide, dit-elle, mais je suis seule dans la maison et cela m'a donné un tel choc !

— Vous avez très bien fait de téléphoner, dit Miss Silver avec autorité. Si vous me disiez maintenant ce qui vous a causé ce choc ?

— Oui, bien sûr. Comme c'est gentil à vous d'être venue. Mais je ne dois pas vous laisser debout ici.

Elles étaient dans le petit vestibule carré où donnaient deux portes, celle du salon à droite, celle de la cuisine à gauche, toutes deux solides et fermées par un verrou d'acier. L'escalier de bois, au fond, donnait accès aux deux chambres à coucher. Ses marches étaient usées et polies par des générations de pieds et la rampe brillait comme du verre d'avoir été frottée par tant de mains. Miss Alvina ouvrit la porte de la cuisine et alluma l'électricité, confort inattendu dans un pareil décor. La lumière découvrit une cuisinière moderne, toute petite au milieu de l'ancien âtre. Sous la lampe se dressait une table de cuisine victorienne, protégée par une nappe verte. Un tapis recouvrait le plancher. Le tic-tac d'une vieille pendule solennelle retentissait dans l'air chaud de la pièce, où flottait une agréable odeur de cuisine — du bacon, peut-être, avec un soupçon de fromage. On n'aurait pu imaginer endroit qui donne meilleure sensation de confort.

Arrivée au milieu de la pièce, Miss Alvina se retourna, à nouveau toute pâle, effrayée à l'idée de la terrible chose dont elle devait parler. Ses mains tremblantes se raccrochèrent au dossier d'une chaise.

— Je vous en prie, dites-moi ce qui vous a alarmée, dit Miss Silver.

— Il s'agit d'Ellen Caddle, ma femme de ménage. Elle vient tous les jours de neuf à quatre heures, mais elle reste un peu plus longtemps si j'ai des gens pour le thé. Je m'étais toujours félicitée de l'avoir, parce que c'est une excellente cuisinière, et tellement gentille — je la connais depuis sa naissance. Il me semble impossible qu'elle soit mêlée à cela...

Sa dernière phrase avait eu des accents désespérés.

Miss Silver posa une main gantée de laine noire sur l'épaule de Miss Alvina.

— Mêlée à quoi ?

Miss Vinnie frissonna et dit d'une voix tremblante :

— C'est le sang...

— Mon Dieu ! fit Miss Silver. De quel sang s'agit-il, Miss Grey ?

— Celui qui est sur le sol du cellier.

— Mon Dieu ! fit de nouveau Miss Silver. Il y a du sang sur le sol de votre cellier ?

Miss Alvina éclata en sanglots.

— Oh ! oui ! fit-elle. Là, sur le sol du cellier. Elle m'a servi le thé, puis elle est sortie, mais il s'est mis à pleuvoir, et comme elle n'avait pas de parapluie, elle est rentrée ici pour laisser passer l'averse et a suspendu son manteau dans le cellier, car il était trempé. L'averse n'a pas duré longtemps, je lui ai prêté un parapluie et elle est repartie. Après son départ, je suis allée au cellier, je ne sais plus pourquoi, mais j'avais une bougie car il n'y a pas l'électricité et j'ai vu la flaque sous le portemanteau...

— Continuez, je vous prie.

Un nouveau sanglot secoua son épaule.

— J'ai posé la bougie sur une table et suis allée chercher une toile pour essuyer l'eau. C'est un sol de briques, pas des dalles comme ici, c'est pour cela que je n'ai pas vu... Oh ! mon Dieu !... J'ai pensé qu'Ellen était bien négligente, mais elle n'avait pas dû allumer pour reprendre son manteau et elle n'avait pas remarqué la flaque, sinon elle l'aurait essuyée. Elle a dû prendre son manteau à tâtons. Ce n'est pas comme quand on a juste à appuyer sur un interrupteur.

Miss Silver lui pressa légèrement l'épaule.

— Qu'avez-vous fait ensuite ?

Miss Alvina étouffa un sanglot.

— Ensuite ! Oh mon Dieu ! C'était si horrible ! J'ai essuyé le sol. La toile était toute rouge, pas parce que les briques auraient pu déteindre... C'était du sang ! Mon Dieu, mon Dieu ! On ne peut pas s'y tromper, n'est-ce pas ?

Sa voix s'était transformée en un chuchotement horrifié.

— Qu'avez-vous fait alors ?

— Je crains d'avoir agi très sottement. J'ai laissé tomber la toile, sentant que je ne pourrais jamais la toucher à nouveau. Je me suis lavé les mains à l'évier du cellier. Les pensées les plus terribles ne cessaient de me venir à l'esprit à propos de la pauvre Ellen Caddle — car le sang devait être sur son manteau... il y en avait tellement. C'est un vieux manteau noir très usé... On ne pouvait pas le voir s'il n'avait pas été trempé par la pluie. Oh ! Miss Silver, comment ce sang est-il arrivé sur son manteau ? La pauvre Ellen avait si mauvaise mine ces temps derniers, je pensais que c'était dû à son mari... Nous le pensions toutes. Mais tout ce sang... J'ai pensé... Si cela avait quelque rapport avec cette pauvre fille qui a été assassinée... Pas Mary Stokes, mais celle dont Mary disait avoir vu le cadavre dans le bois... Celle qu'on a retrouvée à Forester's House. C'est sans doute stupide de ma part, mais je n'arrive pas à m'enlever cela de l'esprit.

Si Miss Alvina cherchait à être rassurée, elle ne le fut pas. Le fin visage de Miss Silver s'était durci. Elle ôta son gant.

— Voulez-vous avoir l'obligeance de m'autoriser à me servir de votre téléphone ? dit-elle.

21

Le coup frappé à la porte traversa le brouillard qui voilait l'esprit d'Ellen Caddle. Quand elle était au cottage avec beaucoup d'ouvrage à faire et Miss Vinnie qui ne cessait de s'agiter autour d'elle, ce brouillard s'éclaircissait un peu, mais quand elle rentrait sans trouver Albert qui, depuis quelque temps arrivait de plus en plus tard, il s'abattait à nouveau sur elle, dense et lourd : cela faisait quinze jours qu'il ne rentrait plus pour le thé...

Le coup frappé à la porte traversa le brouillard. Elle se leva, alla ouvrir et subitement elle eut mortellement peur. Ils venaient vers elle, sortant des ténèbres, et les ténèbres arrivaient avec eux. Elles entraient et demeuraient, exactement comme elle l'avait entendu à l'église : « Et les ténèbres viendront là où sont les pleurs... » Et c'étaient les ténèbres qui venaient d'entrer. Elles voilaient ses yeux, mais à travers ce voile, elle aperçut Mr. Frank Abbott, le grand qui était un important policier de Londres et la petite dame qui résidait à Abbottsleigh.

Impossible de ne pas les recevoir... Elle s'effaça pour les laisser passer.

— Pourrions-nous vous parler, Mrs. Caddle ?

Elle les fit entrer dans le living-room dont elle avait été si fière quand elle avait épousé Albert et qu'elle avait meublé avec ses propres économies. Il avait fait la tête en voyant le résultat, mais on peut toujours faire la tête, quand on a un beau tapis par terre, de jolis rideaux et un ensemble de salon qui venait du meilleur magasin de Lenton. Il y faisait un froid terrible, car Mrs. Caddle ne l'utilisait que pour recevoir du monde, mais elle sentait monter encore en elle, même maintenant, une sorte de fierté. Tout y était neuf, tout ce qu'on pouvait cirer et frotter brillait — on se voyait dedans.

Alors qu'elle fermait la porte, le grand lui demanda où était Albert. « Où est votre mari ? » — tout simplement. Elle pensa à tous les instants où elle aurait donné son âme pour le savoir et ouvrit ses lèvres exsangues pour lui donner la seule réponse qu'elle eût jamais pu faire.

— Je ne sais pas.

— Il est sorti ?

— Il sort toujours le soir.

— Pour aller au village ?

— Je ne sais pas.

Lamb s'adressa à Frank.

— Allez dire au chauffeur — comment s'appelle-t-il, au fait ? May — d'aller voir au village. S'il le trouve, qu'il le ramène ici.

Frank Abbott fit la commission et revint. Lamb posa son chapeau sur l'accoudoir du canapé et s'assit. Les ressorts ne protestèrent même pas :

c'était bien la preuve qu'il venait du meilleur magasin de Lenton.

Mrs. Caddle resta debout. Elle avait beaucoup maigri. Sa robe noire accentuait ses joues creuses, sa pâleur et ses paupières rougies. Elle tressaillit comme de douleur lorsque Miss Silver lui toucha le bras.

— Vous feriez mieux de vous asseoir.

Peu importait à Ellen de s'asseoir ou de rester debout. Elle se laissa tomber sur le siège qu'on lui désignait. C'était ce que le magasin de Lenton appelait une chaise de salon : petite, droite, avec une rayure jaune sur le dossier et un coussin en rayonne et des clous dorés.

Miss Silver s'assit au bout du canapé et Frank dans l'un des deux fauteuils. Lamb, droit et massif dans son vaste pardessus, attendit que le silence se fasse avant de dire :

— Comment se fait-il que vous ayez tout ce sang sur votre manteau, Mrs. Caddle ?

La question transperça comme la foudre les ténèbres et le brouillard. Pendant un horrible instant elle l'illumina si intensément qu'elle put distinguer tout ce qu'elle avait tant essayé de repousser hors de sa vue. Tout était là, d'une clarté aveuglante, comme si elle le voyait pour la première fois. Cela ne dura qu'un instant, puis tout disparut à nouveau dans le brouillard. Elle ne savait pas si elle avait crié ou non, mais elle sentit sa main sur sa gorge et ses lèvres sèches demander :

— Quel manteau ?

Lamb regarda Miss Silver qui toussa légèrement.

— Votre manteau noir, Mrs. Caddle, dit-elle.

Celui que vous venez d'enlever. Je crois que l'inspecteur Lamb désire le voir. Vous étiez toute mouillée par l'averse cet après-midi et vous l'avez suspendu dans le cellier de Miss Grey. L'eau qui en a coulé a formé une grande flaque sur le sol, il faut qu'il y ait eu beaucoup de sang sur le manteau pour que l'eau soit si rouge.

Le regard fixe, Ellen Caddle ne bougeait pas. Lamb s'impatienta.

— Comment se fait-il qu'il y ait eu tout ce sang sur votre manteau ?

Quelque chose d'extraordinaire arrivait à Mrs. Caddle. Toutes ses sensations semblaient abolies. Cela faisait comme lorsqu'on a un membre engourdi. Ce qui lui avait fait souffrir une agonie mêlée de terreur disparaissait, elle le sentait de moins en moins. C'était une chose incroyable, un soulagement bienfaisant. Raide sur sa chaise comme si son corps se tenait droit tout seul, sans aucune participation de sa volonté, elle dit :

— Ce doit être quand je me suis agenouillée dans le bois.

— Mon Dieu ! murmura Miss Silver.

Lamb se pencha en avant.

— Est-ce un aveu ? Je dois vous avertir que tout ce que vous direz sera consigné par écrit et pourra être utilisé contre vous.

Elle hocha la tête.

— Eh bien, allez-vous nous dire comment c'est arrivé ?

Elle continuait de le regarder fixement.

— C'est Albert...

Frank Abbott griffonnait sur son carnet.

— Vous voulez dire que votre mari a tué la femme qui a été trouvée à Forester's House ? fit vivement Lamb.

Elle secoua la tête.

— Je ne sais pas qui l'a tuée. C'était Albert que je cherchais.

— Quel jour ?

— Vendredi, vendredi soir.

— Le 8 janvier ?

— Oui.

— Dans quel bois le cherchiez-vous ?

— Le Hallier du Pendu.

— Qu'y faisiez-vous ?

— Je cherchais Albert.

— Comment saviez-vous qu'il pouvait s'y trouver ?

Elle porta la main à sa gorge. Rien ne la faisait plus souffrir, mais pendant un instant, elle se souvint de cette horrible douleur.

— Je savais depuis longtemps qu'il allait au Hallier. Il n'y avait qu'une femme pour l'attirer là-bas. Les gens n'aiment pas aller dans cet endroit. Je ne savais pas quelle fille aurait pu y aller. Puis j'ai pensé à Mary Stokes — c'est le genre qui s'en moque. Elle venait apporter le beurre et les œufs chez nous et j'avais bien vu l'œil que lui faisait Albert. Elle était venue le mercredi. Je lui ai pris des œufs, et pendant que j'allais chercher de la monnaie je l'ai laissée seule à la cuisine. En revenant je l'ai vue reposer la blague à tabac d'Albert sur le buffet. Après son départ, j'ai ouvert la blague et j'ai trouvé un bout de papier où il y avait écrit : « Vendredi, même heure, même endroit. »

Elle s'entendit dire les mots qui lui avaient transpercé le cœur et qui, aujourd'hui, la laissaient insensible. Ce n'étaient plus que des mots qu'elle avait lus sur un bout de papier, mais ils l'avaient conduite au Hallier du Pendu.

— Vous avez pensé que ce billet donnait rendez-vous à votre mari pour rejoindre Mary Stokes à Forester's House ? Inutile de répondre à cette question, nous savons qu'ils se trouvaient là-bas. Ils ont laissé leurs empreintes partout.

— Cela m'est égal, dit Ellen Caddle.

Elle secoua la tête. Tout lui était indifférent.

— Vous nous facilitez la tâche. Continuez, simplement, à nous parler de ce vendredi.

— Je suis rentrée de chez Miss Alvina Grey vers quatre heures et demie. Albert avait lavé la voiture, la cour était toute mouillée. Je l'ai appelé pour savoir s'il viendrait prendre le thé... Quand il est là, nous le prenons vers cinq heures et demie. Il m'a dit que non. Je lui ai demandé à quelle heure il reviendrait et il m'a dit que cela ne me regardait pas. Un peu plus tard il a pris sa bicyclette et il est parti.

— Quelle heure était-il, Mrs. Caddle ?

— Plus de cinq heures. J'avais eu le temps de faire du feu et un peu de ménage avant qu'il descende.

— Savez-vous quels vêtements il portait ce soir-là ?

— Oui, son costume de serge bleue. C'est comme cela que j'ai su qu'il allait la retrouver, il ne l'aurait pas mis pour aller au pub.

— Avait-il un pardessus ?

— Oui, son manteau de l'armée. Il faisait froid.

Elle frissonna, mais seul son corps tremblait. Son cerveau était calme, engourdi.

— Continuez, Mrs. Caddle. Votre mari est parti à bicyclette. Qu'avez-vous fait ensuite ?

— Je l'ai suivi. J'ai enfilé mon manteau et j'ai couru sur le chemin. J'espérais voir son feu arrière, mais je ne voyais rien et il faisait si sombre que je suis revenue chercher ma torche électrique.

Elle se tut, le considéra un instant d'un air désespéré, puis :

— Impossible de la découvrir. Elle aurait dû être sur le buffet, mais elle n'y était plus. J'ai regardé en haut, partout, elle n'était nulle part. Cela a dû me prendre une bonne demi-heure.

— Qu'avez-vous fait, alors ?

Elle le regardait toujours avec la même expression.

— Au bout d'une demi-heure, je suis quand même partie sans lumière, et en arrivant au Hallier j'ai mis machinalement la main dans ma poche et la torche y était. Je ne comprends pas comment j'avais pu l'oublier.

— Votre esprit était trop préoccupé. Dites-nous ce que vous avez fait ensuite.

— J'ai allumé la torche pour trouver mon chemin dans les broussailles et je suis entrée dans le bois.

— Un instant, Mrs. Caddle. Avez-vous vu une auto sur le chemin ou quelque part ?

— Non, monsieur, dit-elle d'une voix tremblante.

— Si elle avait été arrêtée, l'auriez-vous aperçue ?

— J'aurais vu ses feux...

— Sûrement. Mais s'ils étaient éteints ? Mais s'il faisait déjà très sombre, l'auriez-vous vue ?

Elle secoua la tête.

— Il y a plein d'arbres, là-bas. Il faisait nuit.

Lamb se renfonça dans le canapé. La lumière du lustre jouait sur ses cheveux noirs et sur son début de calvitie.

— Continuez. Vous êtes entrée dans le bois. Où alliez-vous ?

— Je pensais qu'ils seraient dans la maison, dit-elle d'une voix faible.

— Eh bien, continuez !

— J'avais ma torche à la main, faisceau vers le sol. Le bois est moins dense, une fois qu'on est dedans. J'avais fait un bout de chemin lorsque j'ai entendu un bruit. J'ai éteint ma torche. J'ai aperçu une lumière à travers les broussailles. Puis elle s'est éteinte et j'ai entendu marcher à travers le bois.

— Dans quelle direction ?

— Vers les champs. J'ai pensé que c'était peut-être Albert qui avait laissé sa bicyclette sur le sentier des champs qui aboutit au chemin. Mais je n'étais pas sûre que ce soit lui. Je suis allée vers l'endroit où j'avais vu la lumière. Il y a de gros buissons de houx, j'ai pensé qu'ils avaient pu se rencontrer là et j'ai allumé ma torche pour voir s'il y aurait trace de leur passage. J'ai remarqué un gros tas de feuilles au milieu des houx, je les ai touchées du pied et j'ai senti quelque chose. Je me suis agenouillée près du tas, j'ai écarté les feuilles et j'ai vu une jeune femme avec le crâne défoncé. Il y avait du sang sur les feuilles, j'ai dû m'agenouiller dedans. J'ai cru d'abord que c'était Mary Stokes et qu'Albert l'avait tuée. Mais c'était une étrangère, elle avait une boucle d'oreille en forme d'anneau, incrustée de petits diamants. Je ne voyais pas pourquoi Albert l'aurait tuée, ce n'est pas elle qu'il devait retrouver, mais Mary Stokes. Alors du moment que cela ne concernait pas mon mari, cela ne me regardait pas, j'ai remis les feuilles en place et je suis rentrée à la maison. Mais cette vision ne pouvait pas me sortir de l'esprit.

Lamb fronça les sourcils d'un air réprobateur.

— Votre devoir était d'avertir la police.

Elle ne trouvait rien à répondre. Elle restait assise sur sa chaise, les mains sur les genoux.

— Vous avez très mal agi, Mrs. Caddle, ajouta-t-il sévèrement. Eh bien, nous en avons terminé pour l'instant. On vous relira votre témoignage et vous le signerez. Veuillez aller dans votre cuisine et y rester.

Il se tourna vers Frank Abbott.

— J'entends la voiture, allez voir si May a trouvé Caddle et amenez-le !

22

Albert Caddle entra, l'air désinvolte. Pas très grand, mais bien bâti, c'était incontestablement un très beau garçon. Ses cheveux noirs frisés étaient plus longs maintenant qu'il n'aurait été autorisé à les porter à l'armée. Il posa effrontément ses yeux noirs sur Lamb, puis sur Miss Silver, sans attacher grande importance à leurs personnes.

— Alors, qu'est-ce que ça veut dire, tout ça ? fit-il d'un air de défi.

Lamb le foudroya du regard. Un homme sûr de son autorité qui s'appuie sur dix siècles de solide législation anglaise est quelqu'un et il le sait.

Albert Caddle ne baissa pas les yeux, mais il cilla.

— Vous êtes Albert Caddle, le chauffeur de Mr. Harlow ?

— C'est moi.

— Je désire vous poser quelques questions. Asseyez-vous.

Le regard d'Albert disait clairement : « Vous êtes

chez moi, non ? Vous avez du culot pour me dire de m'asseoir chez moi ! » Avec un sourire qui découvrit ses jolies dents blanches, il traversa la pièce pour aller s'asseoir dans le meilleur fauteuil. S'il y avait jamais eu le moindre doute, il était désormais tout à fait clair qu'il était le maître de maison et qu'il entendait prendre la place qui lui revenait.

Lamb, qui avait déjà eu affaire à ce genre d'individu, dit sèchement :

— Je désire que vous m'exposiez en détail votre emploi du temps du vendredi 8 janvier à partir de quatre heures et demie.

— Vraiment ?

Le ton et l'accent étaient une insolente caricature du sergent Abbott.

— Cette attitude ne vous mènera nulle part, Caddle.

— Et si je n'ai pas envie d'aller quelque part ?

Lamb se redressa.

— Assez ! Il y a eu deux crimes ici et je suis chargé de l'enquête. Chacun a le devoir d'aider la police. Je ne vous force pas à répondre à mes questions, mais si vous êtes innocent, cela vous servira. Vous avez certaines choses à expliquer, je vous en fournis l'occasion et vous pouvez commencer par l'après-midi du vendredi 8 janvier. Si vous refusez, je me verrai obligé de vous arrêter.

Albert Caddle s'était redressé.

— Où voulez-vous en venir ?

— Je vous l'ai dit. Je veux connaître votre emploi du temps du vendredi 8 janvier à partir de quatre heures et demie.

Albert leva le menton.

— Pourquoi ?

— Je vais vous le dire. Vous aviez rendez-vous avec une jeune fille ce soir-là. Vous aviez l'habitude de la retrouver à Forester's House, et vous êtes sorti à cinq heures pour aller à votre rendez-vous.

Albert montra de nouveau ses dents.

— Eh bien, je n'y suis pas allé.

— Mais vous êtes sorti...

Albert rit.

— Et alors, qu'est-ce qu'il y a de mal à sortir ? On vit dans un pays libre. C'est ça, l'ennui, avec vous autres les flics : vous êtes trop malins. Une fille peut me donner rendez-vous — je ne dis pas si elle l'a fait ou non —, ça ne veut pas dire que j'y suis allé. A tous les coups, c'est ma femme qui vous a raconté ça. Elle est jalouse... Une femme jalouse invente n'importe quoi.

— Écoutez, Caddle, vous aviez rendez-vous avec Mary Stokes.

— Et puis après ? Je ne dis pas si c'est le cas ou non, mais je vous demande : et puis après ?

— Votre femme vous a suivi. Elle a vu une lumière dans le Hallier du Pendu et elle a entendu quelqu'un partir. Puis elle a trouvé le cadavre d'une certaine Louise Rogers caché sous un tas de feuilles. Son manteau a été taché de sang. C'est ainsi que tout a été découvert. Je pense que vous comprenez votre situation. Vous n'êtes pas obligé de faire des déclarations susceptibles de vous incriminer.

La colère étincela dans les yeux noirs et un flot de sang monta jusqu'à la racine des cheveux.

— Qu'est-ce que vous voulez dire par incriminer ? Je n'ai rien fait ! Vous avez l'air bien au courant de mes affaires ! D'accord, je vais vous en dire plus. Cette Mary Stokes était une pas grand-chose et je l'avais laissée tomber. Elle m'avait fait marcher assez longtemps. Elle voulait, puis elle ne voulait plus, et ainsi de suite. J'en avais par-dessus la tête. Il y a assez d'autres filles, j'en ai trouvé une à Lenton. Mary Stokes m'avait laissé un mot pour aller la rejoindre vendredi, je ne m'y suis pas rendu et suis allé à Lenton, elle pouvait mettre ça dans sa poche avec son mouchoir par-dessus. Le samedi matin, elle est revenue apporter le beurre et les œufs et m'a glissé un mot dans ma poche en partant, disant qu'elle me donnait encore une chance, que je pourrais la rejoindre dans la vieille maison entre cinq heures et demie et six heures moins le quart. Pas si bête ! A quatre heures et demie j'ai pris mon vélo et je suis allé voir ma maîtresse à Lenton.

Lamb le fixait du même regard impassible.

— Vous vous étiez disputé avec Mary Stokes ?

— J'en avais assez d'elle, c'est tout. Quand je casse avec une fille, c'est fini, je ne reviens pas me glisser derrière elle pour lui casser le cou !

Il rit.

— Je n'ai jamais aimé suffisamment une femme pour risquer la potence, et ce n'est pas avec Mary Stokes que j'aurais commencé. Je plains le pauvre diable qui lui a fait son affaire et j'espère qu'il s'en tirera, mais ce n'était pas moi. Si vous croyez pouvoir me mettre ça sur le dos, vous vous trompez. Joe Turnberry l'a raccompagnée vers huit heures, n'est-ce pas ? Ils sont revenus par le car de huit heures moins dix. Moi, j'étais à *la Rose et la Couronne* de Lenton, en train de jouer aux fléchettes. J'y suis resté avec mon amie de huit heures à dix heures ; vingt personnes seront capables de vous le dire, si vous le leur demandez. Alors, à quoi bon m'arrêter, maintenant ?

— Montrez-moi vos deux mains, Caddle, dit Lamb. Posez-les à plat.

— Où voulez-vous en venir ?

— Posez-les.

— Vous jouez la comédie, ou quoi ? fit Albert, mais il étendit ses mains.

La première phalange de l'index gauche manquait.

23

Mrs. Barton était fort troublée et passablement en colère. Elle n'avait pas été gouvernante à Deeping depuis trente ans sans avoir appris à tenir sa langue et à se maîtriser. Le vieux Mr. Hathaway n'était pas très facile. Il y avait eu des moments pénibles, comme quand sa femme était morte, ou quand Mr. Roger, son fils unique, avait été tué dans un accident de chasse. Et puis il y avait autre chose. Des choses dont on ne parle pas, mais que tout le monde savait sûrement. Il n'y a pas grand-chose que les gens ignorent, dans un village. Mais que Mr. Hathaway, ce pauvre vieil homme si solitaire, passât son temps à boire jusqu'à ne plus pouvoir monter l'escalier de sa chambre, cela, elle ne l'avait jamais dit à personne du village ! Et quand cette femme de chambre voleuse, qui avait de si bonnes références et un air si convenable, avait emporté les candélabres d'argent et la boîte en or à laquelle Mr. Hathaway tenait tant... Elle avait été donnée à son grand-père par un Français qu'il avait sauvé pendant une de leurs affreuses révolutions... Cela pouvait compter comme ennui, mais on n'avait jamais rien eu de pareil à ce qui se passait maintenant...

Le rouge lui monta au visage en se remémorant la scène à laquelle elle avait assisté. Comme elle montait dire à Agnes qu'elle ferait bien de mettre une bouillotte dans le lit de Mr. Grant, qui s'était absenté deux jours, pour réchauffer les draps car il faisait très froid, elle aperçut la femme de chambre dans l'entrebâillement de la porte et n'en crut pas ses yeux : Agnes penchée sur le lit couvrait l'oreiller de Mr. Grant de baisers en pleurant à chaudes larmes ! Elle en fut bouleversée de honte... Sangloter en embrassant l'oreiller de Mr. Grant ! Elle ne savait pas comment elle avait réussi à se retenir, elle le fit pourtant, tira la porte sans bruit et rentra dans la cuisine. Mais quand Agnes était venue prendre une collation à onze heures, elle l'avait congédiée sans explications. Bizarre que la fille soit restée plantée là sans mot dire avec un drôle de sourire et un drôle de regard. Pas une parole ne fut échangée.

On aurait pu croire que Mrs. Barton et Agnes auraient eu d'autres choses en tête ce lundi matin. Un double crime avait été commis, les cadavres des deux jeunes femmes avaient été découverts et cependant Agnes pleurait sur l'oreiller de Grant Hathaway et Mrs. Barton ne pensait qu'à la conduite scandaleuse de la femme de chambre. Le fait est que ce qui arrive à nous-mêmes est beaucoup plus important que ce qui arrive aux autres. Agnes avait pourtant éclaté en sanglots quand le laitier leur avait appris le dimanche matin que Mary avait été assassinée et son cadavre découvert dans une grange, et Mrs. Barton s'était émue tout autant, bien qu'elle eût toujours été persuadée qu'une fille de mœurs légères ne pouvait que mal finir. Louise Rogers, n'étant qu'une étrangère venue se faire assassiner à Deeping, ne l'avait guère plus impressionnée qu'un fait divers des journaux. Mais un scandale dans une maison qui avait eu le privilège de sa présence et l'exemple de sa vertu pendant trente ans, c'était une autre affaire ! La seule idée qu'un scandale pût éclater dans la maison où habitait Mrs. Barton était si inconcevable que chaque fibre de son être se raidissait en protestant.

C'est dans cet état d'esprit qu'elle alla après déjeuner trouver Mr. Grant dans son bureau, pour lui demander de bien vouloir lui accorder un entretien.

Il était en train d'écrire et leva les yeux.

— J'espère que c'est important, Mrs. Barton. Je suis assez occupé.

Solide comme un roc, corps massif, cheveux bien lissés, robe noire boutonnée jusqu'à un col d'une blancheur immaculée, piqué d'un camée représentant une femme échevelée. C'était incroyable que Mrs. Barton pût porter une tête de Méduse, car la mythologie lui était parfaitement inconnue, mais c'était pourtant le cas, et la broche lui avait été léguée par une respectable grand-tante. Avec ses traits réguliers, ses beaux yeux et ses manières pleines de dignité, elle avait une belle et imposante prestance.

Grant, résigné, posa sa plume.

— De quoi s'agit-il ?

— Je ne vous importunerai pas longtemps, monsieur, mais j'ai estimé nécessaire de vous annoncer que j'ai renvoyé Agnes.

— Ah ? fit Grant.

Il s'aperçut qu'elle l'observait, les yeux gris de Mrs. Barton le fixaient avec insistance et il comprit que sa réaction irréfléchie de surprise et d'indifférence constituait l'expression la plus satisfaisante qu'elle eût jamais pu contempler. Jamais Mrs. Barton n'aurait voulu admettre qu'elle soupçonnait Mr. Grant de s'oublier au point d'encourager Agnes. Mais voilà : il était séparé de sa femme sans que personne en sache la raison. Et c'était vraiment dommage ! Il n'existait pas plus charmante créature que Miss Cicely Abbott ni couple plus heureux. La maison était devenue terriblement silencieuse depuis son départ, elle qui l'avait tellement animée quand elle était là. Elle et ce chien Bramble, qui fouinait et courait partout comme un petit diable et qui vous regardait avec ses petits yeux noirs quand il voulait un os. C'était un drôle de vide qu'ils avaient laissé. Et quand un homme est tout seul, on ne sait jamais ce qu'il peut faire... Elle ne se serait pas permis d'aller plus loin.

Ces pensées l'assaillirent entre le « Ah ? » surpris de Grant Hathaway et sa question :

— Que s'est-il passé avec Agnes ?

— Je n'ai aucune faute de service à lui reprocher.

— Eh bien ?

— Je préférerais ne pas en dire davantage, Mr. Grant.

— Bon, cela vous regarde.

— Oui, monsieur.

Il se remit à sa lettre interrompue.

Lorsque Agnes apporta le thé dans son bureau à quatre heures et demie, il écrivait toujours. Elle alluma l'électricité en entrant et l'observa un instant. Elle n'apercevait guère que le tweed rugueux de sa veste, ses larges épaules, l'arrière de sa tête et la main qui courait sur le papier, mais elle le dévorait des yeux. C'était une femme mince, aux cheveux noirs et raides, au teint d'une pâleur maladive.

Conscient de l'intensité de son regard, Grant dit sèchement, sans se retourner :

— Bien, posez le plateau quelque part. Je veux terminer cette lettre.

Après un moment d'hésitation, Agnes sortit sans bruit et referma la porte. Il acheva sa lettre, la mit sous enveloppe et l'adressa à James Roney, Esq., Passfield, Ledstow, par Ledlington.

Tout en buvant son thé, il pensait à la décision qu'il venait de prendre : James était disposé à verser une coquette indemnité pour l'apprentissage du jeune Stephen et l'argent viendrait bien à point. En outre, le garçon était sympathique, intelligent, et désirait s'occuper d'agriculture. Il faut faire preuve d'intelligence aujourd'hui, si l'on veut cultiver avec profit. Mais, évidemment, on ne peut rien faire sans argent.

Il se mit à élaborer des plans. Finalement, avec une petite grimace pleine d'amertume, il se demanda ce que Cicely dirait. Dans le jeu étrange et compliqué qu'ils jouaient, Stephen Roney représentait un petit atout fort utile. Il se réjouissait de voir la tête que ferait sa femme quand il le jouerait.

Agnes revint pour fermer les rideaux et emporter le plateau. Elle s'approcha de la table.

— Puis-je vous parler, monsieur ?

Jusqu'à cet instant, il n'avait guère eu conscience de sa présence. L'habitude de la voir aller et venir, le bruit léger des rideaux qui glissaient l'avaient à peine troublé. Lorsqu'elle parla, il comprit qu'elle allait faire un drame.

— De quoi s'agit-il ? fit Grant d'un ton plus dur qu'il ne l'aurait voulu.

Agnes restait plantée là, sans mot dire, en le regardant fixement. La lumière du lustre accentuait cruellement les ombres sur son visage, creusant son regard sous l'arcade sourcilière et soulignant bizarrement ses lèvres. Une atmosphère d'intense émotion se répandit dans la pièce.

Grant, se sentant étrangement vulnérable, se leva et la scène éclata.

— Mrs. Barton m'a renvoyée, je veux savoir pourquoi, dit Agnes d'une voix étranglée.

— C'est à elle que vous devez le demander.

Agnes joignit les mains.

— Allez-vous la laisser me renvoyer ?

Quelle situation impossible ! Il fouilla dans sa poche, alluma une cigarette, rangea l'étui... Il aurait fait n'importe quoi pour se donner une contenance.

— Je regrette, Agnes, mais je laisse ce genre de choses à Mrs. Barton.

Elle le regarda d'un air bizarre, ouvrit les lèvres pour dire quelque chose et se ravisa. Lorsqu'elle parla, il eut l'impression qu'elle disait autre chose que ce qu'elle avait d'abord pensé.

— Mr. Grant... Ne la laissez pas me renvoyer ! Je n'ai pas de famille.

Elle étouffa un sanglot.

— Je n'ai nulle part où aller. Je n'ai rien fait pour être congédiée comme ça... Elle ne m'a même pas dit pourquoi... Si c'est parce que j'ai fait quelque chose qui vous déplaît, je comprendrai.

C'était extrêmement embarrassant. Toute cette émotion en surface... Mais qu'y avait-il en dessous ? Il soupçonnait que c'était quelque chose de gênant et cela rendit sa voix plus sèche.

— Écoutez, Agnes, cela ne sert à rien. Il y a quantité de bonnes places, et il m'est impossible de contrecarrer les décisions de Mrs. Barton. Vous ne faites que vous bouleverser.

Elle le regarda dans les yeux.

— Je puis bouleverser d'autres que moi.

La colère commençait à monter à la tête de Grant. Il détestait les scènes, et celle-ci lui déplaisait tout particulièrement. Il commençait à trouver que Mrs. Barton avait fait preuve de bon sens en se débarrassant de cette névrosée. Il revint à son bureau et lui dit d'un ton sans réplique :

— Il n'y a rien à faire. Veuillez emporter le plateau.

Elle le suivit d'un pas sournois qui lui donna la chair de poule. Une fois arrivée devant son bureau, elle saisit la table à deux mains et le regarda fixement.

« Cette femme est folle », songea-t-il. Il en fut d'autant plus convaincu lorsqu'elle répéta :

— D'autres que moi pourraient être bouleversés si je répétais ce que je sais.

— Cessez ces absurdités et emportez ce plateau.

Penchée sur la table, elle dit en pleurnichant :

— Vous me croyez capable de vous faire du mal ? Je ne dirai pas un mot, mais il faut me garder. Si on me renvoie, je ne sais pas ce que je ferai, ni qui je pourrai atteindre, tout me sera égal.

Il s'approcha de la cheminée et leva la main pour tirer la sonnette.

En se retournant, il vit qu'Agnes lui faisait face. Ses yeux étincelaient dans un visage couleur de cendre.

— Si vous tirez cette sonnette, vous le regretterez ! Et vous ne serez plus capable d'empêcher ce qui suivra, même si vous le désirez. Je le jurerai sur la Bible. Si vous sonnez, j'irai voir la police.

Il n'avait pas bougé la main et dit avec un calme absolu :

— Je suppose que vous savez de quoi vous parlez. Moi pas.

Agnes répondit dans un souffle :

— Ils l'ont trouvée... Ils les ont trouvées toutes les deux.

— Je ne sais toujours pas à quoi vous faites allusion.

— Personne ne vous l'a dit ? Elle ne vous l'a pas dit ? Ils n'en parlent pas encore dans les journaux, mais vous le verrez demain. La fille que Mary Stokes disait avoir vue assassinée, ils l'ont trouvée dans la cave de Forester's House, hier soir.

Grant ne répondit pas. Il s'était raidi pour accuser le choc. Il ne répondit rien, mais sa main retomba.

— Tout le monde croyait que la pauvre Mary Stokes avait inventé cette histoire. Quel dommage qu'ils ne l'aient pas crue avant qu'elle soit elle-même assassinée !

Il s'écria d'un ton où se mêlaient la colère et l'incrédulité :

— Mary Stokes a été assassinée ?

— Samedi soir après que Joe Turnberry l'a raccompagnée chez elle. Mais ils ne l'ont retrouvée que dimanche matin et vous étiez parti de bonne heure. Je pensais bien que vous ne saviez pas qu'on les avait trouvées... Elle et l'autre.

— Non, je l'ignorais. Comment l'aurais-je su ?

Elle le fixait toujours intensément.

— Ils étaient obligés de découvrir Mary, mais pas l'autre... C'est pas de chance. S'ils ne l'avaient pas découverte, *elle*, ils auraient cru que Joe Turnberry avait tué Mary. Tout le monde l'a cru jusqu'au moment où on a trouvé l'autre dans Forester's House. C'est là qu'ils ont compris que Mary avait été tuée à cause de ce qu'elle avait vu. Elle avait vu la main du meurtrier à la lumière de sa torche, cette main avait peut-être quelque chose de particulier qu'elle pouvait reconnaître. Tant qu'elle aurait vécu, l'assassin ne se serait pas senti en sûreté.

— Taisez-vous ! s'écria Grant d'un ton impérieux.

Elle cessa de parler, appuyée contre la table, elle fixait toujours le visage de Grant, crispé, lourd de pensées. Elle eut un sursaut d'orgueil insensé à la pensée de ce qu'elle venait d'accomplir. Elle avait arrêté sa main prête à sonner et lui avait donné à réfléchir. Jamais elle n'avait éprouvé un tel sentiment de puissance.

— Eh bien, fit-il, cela suffit. Vous pouvez emporter le plateau.

Ah vraiment, il voulait se débarrasser d'elle et laisser cette maudite vieille femme la renvoyer ? On allait bien voir !

— Vous ne pouvez pas vous débarrasser de moi comme ça ! J'en sais trop long !

Grant s'était rapproché de la sonnette.

— Non ! Ne sonnez pas ! Pourquoi m'obligez-vous à dire des choses pareilles ! Je ne veux pas vous faire de mal ! Mais je sais que vous l'avez vue... qu'elle est venue ici... J'ai entendu ce qu'elle a dit.

Il se retourna lentement.

— Expliquez-vous.

— Je désire seulement que vous ne me chassiez pas, fit-elle d'une voix tremblante.

— Ne recommencez pas avec cela. Expliquez-vous.

— Je l'ai vue.

Il eut un petit rire.

— Et c'est cela que vous appelez vous expliquer ?

— Oui, bien sûr, vous ne me laissez pas parler. Je ne veux pas vous faire de mal.

— Allez-vous parler, si vous avez quelque chose à dire ?

— Oui, monsieur. Ça s'est passé vendredi dernier. Mrs. Barton était sortie et m'avait fait changer mon jour pour que je m'absente aussi. Elle ne vous laisse jamais rien faire, cette vieille peau... Elle me fait toujours sortir la première avant de partir elle-même. Mais j'ai claqué la porte. Elle a cru que j'étais sortie et elle est partie. Mais moi, je suis revenue, je n'aime pas être menée comme ça, et en sortant sur le palier de la chambre, j'ai entendu sonner le téléphone.

Le visage de Grant ne reflétait plus que la colère.

— Alors, vous avez eu l'idée d'écouter, coupa-t-il.

Elle eut un sanglot étouffé.

— Ce n'est pas cela. Je voulais savoir si c'était elle. Mrs. Hathaway. Je voulais savoir si elle vous téléphonait... ou quelqu'un d'autre. J'aime vous entendre parler.

— Ah, parce que vous l'aviez déjà fait ? Qu'avez-vous entendu, cette fois ?

Elle redressa la tête.

— J'ai entendu une voix de femme dire : « Mr. Hathaway... Je désire parler à Mr. Hathaway. »

24

Mark Harlow assis au piano se retourna.

— Qu'en dites-vous ? C'est bien ?

Cicely, assise devant le feu, portait une courte jupe brune et un pull-over assorti. Seule la lampe du piano éclairait la pièce. Cicely était dans l'ombre, sauf lorsque la lueur des flammes venait caresser son visage. Elle avait les cheveux ébouriffés. Bramble, le museau posé sur une patte, s'étirait à ses pieds. Il avait débusqué un lapin qu'il avait mangé et dormait du sommeil du juste.

La maison était silencieuse. Mrs. Abbott et le colonel prenaient le thé au presbytère, seul endroit du village où il consentait à ce qu'elle l'entraîne. Il devait faire sa partie d'échecs avec le pasteur. Frank Abbott et l'inspecteur Lamb, après leur visite au cottage de Miss Vinnie, avaient disparu en compagnie de Miss Silver. Cicely était rentrée seule en voiture et avait trouvé Mark à sa porte. Puisque tout le monde faisait des mystères, elle avait été beaucoup plus heureuse de le trouver là qu'elle n'aurait voulu lui en donner l'impression en temps ordinaire. Ils avaient pris le thé et il venait de lui dire qu'il composait la musique de la nouvelle revue de Leo Tanfield.

Cicely, sortant d'un rêve, répondit :

— Quoi ?

— Chérie, quelle brusque réponse !

— Je n'écoutais pas.

S'il fut vexé, il n'en laissa rien paraître et sourit.

— M'écouterez-vous maintenant, si je recommence ?

— Entendu.

Il posa ses doigts sur le clavier et se lança dans une brillante improvisation, notes étincelantes, habilement rythmées et accentuées non sans esprit, mélodie négligeable, exécution parfaite. Il frappa le dernier accord.

— Eh bien ?

— C'est habile, dit Cicely.

— Que voulez-vous dire par là, mon ange ?

— Vous ne devez pas m'appeler « mon ange ».

Il haussa les sourcils.

— Même quand nous sommes seuls ?

— Certainement pas quand nous sommes seuls.

— C'est prudent quand les bonnes langues du village peuvent nous entendre, mais c'est ridicule quand nous sommes entre nous. Vous êtes une drôle de petite fille...

— Je ne tiens pas à ce que vous usiez de ces familiarités devant quelqu'un, mais elles ne rimeraient à rien si vous le faisiez.

Quittant le piano, il s'approcha d'elle et dit, cessant de la taquiner :

— Écoutez, Cis, combien de temps cela va-t-il durer ?

— Qu'est-ce qui va durer ?

— Votre mariage. Pourquoi ne pas vous en affranchir ?

— C'est si facile, n'est-ce pas ?

— Les gens le font tous les jours.

Cicely ne répondit pas.

— Eh bien ! Vous ne dites rien ?

Elle redressa la tête.

— Je ne parlerai pas de mon mariage. Cela ne regarde personne, excepté moi.

— Attention au refoulement, Cis ! Quand on garde pour soi ses soucis, ils vous rongent. Les gens civilisés en parlent, ils n'en font pas une tragédie. Je ne sais pas ce qui vous a séparés, Grant et vous, mais c'est un fait... vous habitez une maison et il vit dans une autre. Vous refusez de parler mais vous ne pouvez empêcher les gens de s'en apercevoir. Si vous voulez vous remettre avec lui, faites-le, je resterai votre ami à tous deux comme auparavant. Mais si vous ne voulez pas reprendre la vie commune, cela n'a pas de sens de continuer ainsi. Libérez-vous de ce qui n'est qu'une comédie et donnez-nous, à vous et à moi, une chance.

Cicely haussa les sourcils et répondit d'un ton glacé :

— Est-ce une proposition ?

— Cis !

— Répondez.

— Mon Dieu, que vous êtes dure ! Je vous ai demandé pourquoi vous ne demandiez pas le divorce.

— Eh bien, je vais vous répondre. C'est très simple... Grant s'y oppose. Je ne peux pas divorcer à moins qu'il me fournisse un motif et il ne le veut pas. Il pourrait, lui, obtenir le divorce au bout de trois ans pour abandon de domicile conjugal, mais il ne veut pas en entendre parler. Voilà où nous en sommes.

Il la regardait, surpris et abasourdi.

— Et il n'y a aucun moyen d'en sortir ?

— Aucun.

Elle enchaîna :

— Je pense que votre dernière modulation se termine trop brusquement. Je préférerais ainsi.

Elle s'approcha du piano et plaqua quelques accords.

— Comme cela... c'est beaucoup mieux.

Il l'avait suivie.

— Je ne sais pas... Je désirerais plutôt finir brusquement, en fait je pourrais accentuer la discordance... Cis, n'y a-t-il aucun espoir... vous et moi ?

— Aucun, et ne me le faites pas répéter, ou je me fâcherai. Si vous désirez vraiment une fin discordante, faites-la, mais je crois que vous avez tort. La musique est trop légère pour s'en accommoder, il faut lui laisser son caractère

25

On peut parcourir un long et dur chemin sans que le corps fasse le moindre mouvement. Grant Hathaway, toujours près de la cheminée, avait glissé dans sa poche la main qui avait failli tirer la sonnette. Agnes Ripley n'avait pas bougé. Elle agrippait toujours la table et s'y appuyait comme si elle refusait de la lâcher. Son esprit était trop troublé, trop tourmenté pour éprouver une sensation physique quelconque. Dans le bref laps de temps qui venait de s'écouler, ses relations avec Grant s'étaient radicalement transformées, elles n'étaient plus celles d'un maître et de sa domestique, même plus celles d'une femme éprise et d'un homme qui la dédaignait... Le vieil antagonisme fondamental qui existe implicitement entre un homme et une femme flambait entre eux. Les civilisations ont beau établir des codes de conduite, la religion le dompter, la poésie le sublimer, il existe toujours, prêt à surgir dans toute sa sauvagerie une fois les barrières tombées.

Elles l'étaient. Les mots prononcés par Agnes ne pouvaient être effacés. Elle les avait criés effrontément en y prenant un horrible plaisir. Se tenir en face de lui et dire : « Vous les avez tuées toutes les deux, mais je vous aime, peu importe combien de gens vous avez tués, je vous aime », c'était le soulagement auquel tout son être aspirait. Ce n'était ni son amour, ni sa colère qui avait parlé, mais quelque chose surgi du fond d'elle-même, qui l'enivrait de toute sa puissance. Elle s'entendait dire des mots comme s'il n'étaient pas les siens.

— Louise Rogers... c'était son nom. Comment je le saurais, si je ne l'avais pas entendue le dire ? La police ne le sait peut-être même pas encore. Mais je pourrais le lui dire et beaucoup d'autres choses aussi... Je pourrais raconter tout ce que qu'elle a dit au téléphone. Et puis comment vous avez guetté sa venue, comment vous l'avez fait entrer. Je pourrais même raconter des choses qu'elle vous a dites parce que je les ai entendues.

Grant, qui l'observait, dit d'un ton très naturel :

— Vous êtes folle.

Un nouveau flot de paroles lui vint aux lèvres.

— Oui, c'est vrai, je suis folle... de vous. Depuis le premier jour, mais vous n'avez jamais fait attention à moi. Qu'est-ce qu'elle avait donc de si remarquable, *elle*, pour que vous ne fassiez attention à personne d'autre ? Une petite bonne femme brune que personne n'aurait trouvée jolie ! Quand elle vous a quitté, j'ai pensé : « Il va peut-être faire attention à moi, maintenant », mais ça n'est *jamais* arrivé !

— Agnes, vous êtes folle !

La colère qui l'animait vacilla comme une flamme qui baisse et se ranime. Sa voix se brisa.

— Je ne demande pas grand-chose. Vous pourriez être bon pour moi. Pourquoi vous ne l'êtes pas ?

Une expression de dégoût se peignit sur le visage de Grant. Le feu se ranima soudain. Elle se mit à hurler :

— Je pourrais vous faire pendre ! Si j'allais raconter à la police ce que je sais, ils vous pendraient. Parce que vous avez tué Louise Rogers ! Et vous avez tué Mary Stokes parce qu'elle le savait. Vous les avez tuées... vous les avez tuées !

Soudain, il lui cria, aussi furieux qu'elle :

— Taisez-vous, nom d'un chien !

Il s'avança vers elle et la vit tressaillir, puis il ouvrit la porte toute grande.

— Sortez d'ici, allez-vous-en ! Vous quitterez cette maison demain matin !

Elle s'était redressée. Elle avait les mains engourdies maintenant qu'elle lâchait la table. Elle ne les sentait plus. Les mots lui avaient échappé, ils avaient fait quelque chose, elle ne savait pas quoi. La colère vous donne une merveilleuse sensation. Mais toute cette colère était partie avec les paroles brûlantes. Elle se sentait glacée, maintenant. Il la regardait comme si elle était moins que rien... Le froid et l'amertume l'avaient envahie maintenant comme la furie l'avait envahie.

Il lui avait dit ce qui lui restait à faire. Elle passa devant Grant sans le regarder et sortit de la pièce pour le faire.

26

L'inspecteur-chef Lamb attendait, assis dans le bureau du commissariat de Lenton, avec l'inspecteur Smith pour lui tenir compagnie et le sergent Abbott pour consigner ce que la dernière conquête d'Albert Caddle déclarerait, une fois que l'agent May l'aurait ramenée. Albert Caddle n'était pas encore inculpé, mais il avait été arrêté : on attendait de savoir ce que Miss Maisie Traill avait à dire.

En attendant le témoin, l'inspecteur Smith tenait la vedette. Il devint bientôt évident que Scotland Yard n'avait pas le monopole des idées brillantes. L'inspecteur Smith en avait, lui aussi. Il n'avait pas cessé d'en avoir de tout l'après-midi. Avec un visage impénétrable qui dissimulait son opinion que Harold Smith était décidément un garçon brillant destiné à aller très loin, mais tout en sachant très modestement qu'il valait la peine qu'on l'écoute, il déclara :

— Une idée m'est venue, monsieur. Peut-être

que vous y avez pensé, mais c'est au sujet de ce Mr. Ferrand.

— Oui, laquelle ? demanda l'inspecteur Lamb d'un ton tout ce qu'il y avait de moins encourageant.

Frank Abbott s'adossa doucement à sa chaise, croisa négligemment les jambes et s'apprêta à savourer ce moment. L'inspecteur-chef n'aimait pas cette affaire. Il naviguait en plein brouillard, pour employer l'une de ses expressions imagées favorites. Et quand tel était le cas, il fallait qu'il passe ses nerfs sur quelqu'un. Cette fois, ce ne serait pas sur le sergent Abbott. Smith, sans le savoir, était en train de marcher sur des œufs. Il continua, d'une voix tout aussi terne que son visage :

— Ce Mr. Ferrand, je ne sais pas si cela vous a frappé, mais nous n'avons que sa parole au sujet des bijoux dérobés à Mrs. Rogers et sa venue ici pour retrouver son voleur. Cela me paraît assez mince.

Lamb fixa sur lui un regard sans aménité, mais il se retint.

— Êtes-vous allé à l'*Hôtel du Taureau*, à Ledlington ?

— Oui. Louise Rogers y a bien séjourné comme il le dit. Il ne l'aurait pas inventé, sachant que nous irions le vérifier. Elle y est descendue du 2 au 5 janvier. Le portier ne se rappelle pas lui avoir donné une adresse ou une enveloppe. Si elle en avait laissé tomber une, il la lui aurait remise, mais ne lui aurait jamais donné une enveloppe appartenant à une autre personne. Quant aux deux messieurs venus boire un verre, il se souviendrait plutôt d'un jour où ils ne seraient pas venus, car cela n'arrive jamais. De sorte qu'il n'existe aucune confirmation des dires de Mr. Ferrand et je me suis demandé s'il n'aurait pas inventé cette histoire ?

— Pourquoi ?

— Eh bien, voici ce que j'ai pensé. Supposons qu'il ait tué la femme, par amour, par jalousie... cela arrive tous les jours. Qu'est-ce qui prouve qu'elle a emprunté sa voiture pour partir seule ? Nous n'avons que la parole de Mr. Ferrand. Supposons qu'il l'ait accompagnée ou rejointe quelque part, qu'ils se soient disputés et qu'il l'ait tuée. Il n'avait qu'à mener sa voiture à Basingstoke, à l'y laisser et à prendre un train pour Londres.

Lamb eut un regard de mauvais augure.

— Et qui aurait transporté le cadavre à Forester's House, le samedi soir, pour l'enterrer dans le cellier ? Vous croyez que Ferrand serait revenu ? Et comment aurait-il su qu'il existait une Forester's House et qui plus est, une cave au-dessous ? Nous avons mis assez longtemps à la découvrir, comment voulez-vous qu'un étranger avec un cadavre sur les bras l'ait trouvée comme un rien dans l'obscurité. C'est idiot !

Au même instant le bon visage rond de l'agent May parut dans l'entrebâillement de la porte.

— Miss Traill est ici, monsieur.

Maisie Traill, vêtue d'un manteau étroitement serré à la taille, d'une jupe qui découvrait ses genoux et de souliers à talons hauts qui lui donnaient une démarche sautillante, entra dans la salle. Sa blondeur presque albinos avait été soigneusement accentuée par le maquillage. Ses cils blonds étaient presque noirs à force de mascara et un trait de crayon soulignait ses sourcils au-dessus de ses yeux gris clair. Une bouche écarlate dessinée en forme de cœur masquait mal ses lèvres minces. Elle allait tête nue et la lumière jouait sur sa chevelure blonde. Elle roula les yeux, s'assit dans un fauteuil et dit :

— Alors, qu'est-ce qui se passe ?

Frank Abbott se redressa et prit son calepin.

— Nous désirons simplement vous poser quelques questions, Miss Traill.

— Pas de problème, répondit-elle d'une petite voix à l'image de sa personne.

Lamb, qui avait un faible pour le sexe féminin, ayant lui-même trois filles, se sentit porté à la sévérité. Il lui fallut faire un effort pour continuer à parler aimablement.

— Auriez-vous l'obligeance de nous dire ce que vous faisiez entre neuf et dix heures du soir, le vendredi 8 janvier ?

Miss Traill gloussa.

— Je n'ai pas de calendrier dans la tête. Vendredi... Voyons un peu... Vendredi de l'autre semaine... Je travaille chez Brown et Felton. Ils ferment à cinq heures et demie en hiver, alors je suis sortie à cette heure-là et j'ai rejoint mon petit ami... vous voyez ?... On a dîné ensemble et on est allés au cinéma.

— Je crains d'être obligé de vous demander le nom de votre ami.

Elle le regarda fixement.

— Pourquoi ? Il n'a rien fait de mal, j'espère ?

— Son nom, Miss Traill.

Miss Traill n'était pas née de la dernière pluie. Si Albert était dans le pétrin, pas question de l'y suivre. Il n'avait qu'à pas se mettre à dos la police.

— Albert Caddle. Vous le connaissez ?

— Vous dites l'avoir retrouvé à cinq heures et demie le vendredi 8 ?

— C'est ça.

— Combien de temps est-il resté avec vous ?

Maisie gloussa de nouveau.

— On est allés au cinéma, comme je vous l'ai dit, on a mangé un morceau avant, et on en est sortis à dix heures et demie.

— Il est resté avec vous tout le temps ?

— Oui, sauf cinq minutes par-ci par-là.

— Vous le connaissez depuis longtemps ?

— Deux semaines.

— Vous savez qu'il est marié ?

Elle le fixa effrontément de ses yeux gris.

— Qu'est-ce que ça a à voir avec moi ?

Lamb grommela. Il détestait voir une fille se conduire ainsi. Elle avait dû être élevée n'importe comment. Elle méritait des claques. Il tambourina nerveusement sur la table.

— Et le lendemain, le samedi 9. Vous l'avez vu ?

— Oui, il est venu me retrouver chez moi à cinq heures. Je suis de congé l'après-midi.

— Il est resté longtemps ?

— Un certain temps.

— Et ensuite ?

— On est allés à l'autre cinéma jusqu'à dix heures et demie.

— Et avant-hier, samedi 16, vous l'avez vu ?

— Pourquoi pas ? Je vous ai dit que c'est ma demi-journée de congé. Il est venu chez moi, puis on est allés à *la Rose et la Couronne* jouer aux fléchettes.

— A quelle heure y êtes-vous arrivés ?

— Vers huit heures. On est repartis à dix heures.

Il poursuivit l'interrogatoire et reçut les mêmes réponses brèves, sèches. Parfois, elle levait les yeux au ciel, parfois elle gloussait. Mais il n'y eut ni incohérence, ni contradiction. Si Maisie Traill disait la vérité, Albert Caddle ne pouvait avoir tué Louise Rogers au crépuscule, le vendredi 8, et conduit ensuite sa voiture à Basingstoke. Il n'aurait également pas pu transporter le cadavre et l'enterrer le samedi 9. Ni étrangler Mary Stokes après que Joe Turnberry l'eut quittée à huit heures quinze le samedi 16.

A en croire Maisie, Albert avait trois solides alibis. Malheureusement pour lui, sa parole ne semblait pas valoir grand-chose.

27

Aussitôt après le départ de Maisie Traill, l'agent May revint.

— J'ai amené une femme de Deeping, elle prétend savoir qui a commis les crimes. Une certaine Ripley.

Frank Abbott siffla entre ses dents. Il avait dactylographié le nom quelques heures auparavant et avait un pénible souvenir de sa signification. Il regarda Lamb et murmura :

— C'est la femme de chambre de Hathaway.

Elle portait encore son tablier blanc et avait jeté un manteau sur ses épaules. Elle avait fait les six kilomètres entre Deepside et Lenton à bicyclette. Comme Maisie Traill, elle était tête nue, mais on n'aurait pu imaginer contraste plus saisissant entre les deux femmes ! L'air humide de la nuit avait collé les cheveux raides et plats d'Agnes Ripley et recouvert sa peau terne de répugnantes gouttelettes. Elle avait un visage livide où ressortaient sous ses yeux noirs des cernes violacés comme des bleus.

Elle s'assit et dit d'une voix dure :

— Je sais qui a tué les deux filles. Vous voulez que je vous le dise ?

Lamb la toisa. Elle était venue précipitamment : souliers d'intérieur, tablier, manteau boutonné de travers. Elle avait quitté la maison sous l'impulsion du moment, sa tenue le prouvait. Il prit un temps avant de dire :

— Vous désirez faire une déclaration ?

— Je sais qui les a tuées.

— D'accord, vous pouvez faire une déposition. Votre nom et votre adresse.

Elle eut un geste d'impatience.

— Agnes Ripley... Deepside... près de Deeping.

— C'est la maison de Mr. Hathaway, n'est-ce pas ? Je crois me souvenir de votre nom. Vous êtes la femme de chambre, n'est-ce pas ?

— Je l'étais...

Sa bouche se crispa. C'était du passé. On ne pouvait plus revenir en arrière, il fallait aller de l'avant.

Le sergent Abbott griffonnait sur son calepin.

— Eh bien, Miss Ripley ? demanda l'inspecteur-chef.

— Vendredi de l'autre semaine — les mêmes mots que Maisie mais avec toute la différence qui existait entre elles —, une dame étrangère a appelé Mr. Hathaway. Il était quatre heures dix...

Lamb l'interrompit.

— Comment savez-vous qu'elle était étrangère ?

— Ça s'entendait.

— Vous avez répondu au téléphone ?

— Non. On me croyait sortie. J'ai écouté sur l'autre téléphone.

— Pourquoi ?

— Je voulais savoir qui appelait. C'était peut-être Mrs. Hathaway.

— Et pourquoi, au juste, cela vous intéressait-il ?

Son regard lui répondit : un éclair suivi d'inquiétude.

— Je voulais savoir si elle lui téléphonait.

— Mais c'était une étrangère... Vous en êtes sûre ? A-t-elle dit son nom ?

— Elle a dit : « Mr. Hathaway... Je désire parler à Mr. Hathaway. » Et avant qu'il ait pu parler : « Je m'appelle Louise Rogers, mais ce nom ne vous dira rien. Je voudrais vous rapporter quelque chose que vous avez laissé tomber. »

— Vous êtes sûre du nom ?

— Comment je le connaîtrais, autrement ? Ça n'est pas paru dans les journaux. Pas encore.

— Continuez.

— Elle a dit : « Vous étiez à l'*Hôtel du Taureau*, à Ledlington, le soir du 4 janvier, et vous avez laissé tomber votre briquet. » Mr. Hathaway lui a dit qu'elle devait se tromper, parce qu'il n'avait pas perdu son briquet et elle a dit : « C'était peut-être autre chose, une lettre, par exemple. » Elle a ajouté qu'elle téléphonait de Lenton, qu'elle était en voiture et qu'elle voulait qu'il lui dise comment se rendre chez lui. Il a répondu qu'elle devait se tromper mais il lui a indiqué le chemin.

Agnes s'arrêta court en fixant Lamb, comme si elle ne le voyait pas.

— C'est tout ? dit-il.

— J'ai entendu la voiture arriver à quatre heures et demie. Il est allé lui ouvrir. Mrs. Barton, la gouvernante, était absente... Nous étions censées être de sortie toutes les deux. Il l'a fait entrer dans son bureau, je suis descendue et j'ai entrebâillé la porte pour entendre ce qu'ils disaient.

Lamb grommela.

— Pourquoi écoutiez-vous à la porte ?

Elle eut à nouveau cette même lueur dans le regard.

— Elle ne le connaissait pas. Elle ne l'avait jamais vu à l'*Hôtel du Taureau*. N'importe qui aurait compris qu'elle cherchait un prétexte pour le voir. Il fallait que j'entende ce qu'il dirait.

Lamb agacé tambourinait sur son genou. Elle était folle de jalousie, voilà tout. Parfois une femme jalouse dit la vérité, mais si celle-ci ne cause pas suffisamment de mal, elle ne recule pas devant un mensonge.

— Continuez, dit-il sèchement.

— Je n'ai pas très bien pu comprendre ce qu'elle disait, elle parlait trop vite... il s'agissait de diamants. Mais ça m'était égal, c'est lui que j'écoutais. Il la remettait à sa place, il lui disait qu'il ne voyait pas de quoi elle voulait parler. Elle était énervée, elle parlait très vite, et puis tout à coup, elle a dit : « Montrez-moi votre main... alors je serai fixée ! », comme ça. Il a répondu : « Vous faites erreur. » Alors elle a crié : « Votre main ! » et Mr. Grant est venu près de la porte, j'ai cru qu'il allait l'ouvrir, alors j'ai filé.

Et voilà : c'était dit. Mr. Frank Abbott, qui était

le neveu du colonel Abbott et qui habitait à Abbottsleigh, l'avait noté par écrit, pas moyen de revenir en arrière. Elle se sentit tout à coup vide, glacée et très lasse. Sa main crispée se détendit. Le grand policier de Londres lui demanda si c'était tout. Elle acquiesça, et se sentit soudain très faible. Elle ne savait pas si elle pourrait refaire tout ce chemin à bicyclette. Et puis soudain, elle se rendit compte qu'elle n'allait pas rentrer, qu'elle n'avait nulle part où aller. Elle se sentit comme morte. Mais quand on est mort, quelqu'un prend soin de votre cadavre et l'enterre. Personne n'en ferait autant pour elle. Elle resta là, assise, le regard fixe.

— Vous avez dit savoir qui a assassiné Mary Stokes et l'autre femme dont nous avons découvert le corps. Insinuez-vous qu'il s'agit de Mr. Hathaway ?

Elle le fixa.

— C'est une insinuation très grave, Miss Ripley.

— Il les a tuées.

— Qu'est-ce qui vous le fait penser ?

— Ses diamants. Elle ne cessait d'en parler, elle disait qu'on les lui avait volés. Je n'ai pas tout compris, suffisamment pourtant pour me rendre compte qu'elle pensait que c'était Mr. Grant... pendant la Guerre, en France, quand elle fuyait les Allemands.

— L'avez-vous entendue accuser formellement Mr. Hathaway ?

— Je n'ai pas tout entendu. Pourquoi elle serait venue le voir si elle ne pensait pas que c'était lui ? Tout le monde sait qu'il a vendu des diamants pour payer les droits de sa propriété.

— Vous avez trouvé cela suffisant pour en conclure qu'il avait tué cette femme ? L'avez-vous entendue partir ?

— J'ai entendu la porte se refermer et l'auto partir peu avant cinq heures.

— Avez-vous entendu des voix ? L'avez-vous entendue dire quelque chose, bonsoir, par exemple ?

— Non.

— Avez-vous entendu Mr. Hathaway après le départ de la voiture ? Faites attention, Miss Ripley, c'est important.

Pourquoi était-ce important ? Elle réfléchit et comprit soudain : si elle avait entendu Mr. Grant dans la maison après le départ de l'auto, il n'aurait pas pu tuer Louise Rogers. Elle fixa Lamb droit dans les yeux et répondit :

— Non, je ne l'ai pas entendu du tout.

On lui posa d'autres questions, mais cela n'avait plus d'importance. Plus rien n'en avait. On lui demanda où elle se trouvait le jour suivant entre cinq heures et demie et sept heures et demie du soir, et où était Mr. Grant. Chacun savait que c'était après six heures que Mary Stokes était accourue en criant à Rectory Cottage, il fut facile de répondre qu'elle se trouvait dans la cuisine avec Mrs. Barton. Mais elle ne savait pas si Mr. Grant était sorti ou s'il se trouvait à la maison. Peut-être qu'il était en train de déplacer le corps de Louise Rogers après l'avoir tuée la veille, peut-être qu'il était en train de travailler dans son bureau. Elle ne l'avait pas vu entre cinq heures et sept heures et demie, elle ne pouvait rien dire. Pas plus qu'elle ne savait où il se trouvait le samedi 16 au soir, lorsque Mary Stokes avait été tuée : impossible de le dire, car elle était allée à Lenton par le car de trois heures et elle était revenue à dix heures avec les domestiques des Abbott. Mais elle n'avait pas pris le chemin avec elles, parce qu'elle devait passer à la poste pour Mrs. Barton, qui n'aimait pas sortir seule tard dans le noir. Elle pensait qu'il devait être dix heures et demie quand elle était rentrée. Et elle ne pouvait dire si Mr. Grant était là ou pas. Elle ne l'avait vu ni entendu jusqu'à onze heures, où il était monté se coucher.

Il y eut un silence. Elle crut l'interrogatoire terminé. Soudain le grand policier lui posa une nouvelle question.

— Quelles étaient vos relations avec Mr. Hathaway ?

Comme ça. De but en blanc.

Son cœur battit et un flot de sang lui monta au visage. Elle bégaya :

— Mes relations ?

— Vous savez très bien ce que je veux dire. Faisiez-vous l'amour ? Étiez-vous sa maîtresse ?

Elle tressaillit comme s'il l'avait frappée. Son visage se crispa, elle éclata en sanglots.

— Non... Je ne suis pas sa maîtresse ! Croyez-vous que je serais venue ici si je l'étais ? Il ne m'a jamais regardée... Il m'ignorait et j'aurais fait n'importe quoi pour lui. Je l'aurais aidé s'il me l'avait demandé ! Mrs. Barton m'avait renvoyée et il allait la laisser faire. Je l'ai imploré, je l'ai supplié en vain, mais il n'a pas voulu m'écouter. On ne peut pas supporter une chose pareille. Je lui ai dit que je savais qu'il avait tué ces deux femmes, et il m'a répondu que je devrais quitter la maison demain matin. Mais je n'ai pas attendu demain, je n'ai pas pris le temps d'emballer mes affaires, je suis venue directement ici...

Elle s'arrêta court et fixa Lamb avec une expression horrifiée.

— Et cela ne sert à rien ! ajouta-t-elle dans un murmure.

28

Il était sept heures lorsque Mrs. Barton, l'air angoissé, entra au bureau.

— Mr. Grant, je ne sais pas ce qui s'est passé, mais Agnes est partie.

Il leva les yeux du catalogue de machines agricoles qu'il consultait — certaines étaient trop chères pour qu'il les achète cette année, mais il pourrait s'en offrir quelques-unes grâce à la prime qu'allait lui donner James Roney pour son fils.

— Partie ?

Mrs. Barton répondit d'un ton vexé et désespéré :

— Je vous assure que je ne sais que penser. Elle est descendue en hâte après le thé, son manteau sur le dos et elle a filé à bicyclette. Je pensais qu'elle était allée à la poste, mais il est sept heures et elle n'a pas fait la vaisselle du thé, ni quoi que ce soit. Je ne sais pas ce qui lui est arrivé, et je suis inquiète, Mr. Grant, avec tous ces crimes affreux qu'il y a eu. Je ne sais pas ce qui peut la retenir.

Grant Hathaway le sut immédiatement. Il resta assis un moment, à demi tourné sur sa chaise, la lumière du lustre sur lui. Puis, lorsque Mrs. Barton s'approcha pour débarrasser le plateau du thé :

— Je ne crois pas qu'Agnes ait été assassinée, mais je suppose qu'elle ne reviendra pas, dit-il sèchement. Elle était dans tous ses états parce que vous l'aviez renvoyée. A-t-elle des amis chez qui elle aurait pu se rendre ?

Mrs. Barton comprit qu'Agnes avait fait quelque scène inconvenante et parut extrêmement choquée.

— Je ne connais pas ses amis, Mr. Grant. Il y a une Mrs. Parsons chez laquelle elle prend de temps en temps le thé quand elle va à Lenton. Désirez-vous que je vous serve votre dîner ici, monsieur ? Vous aurez bien chaud devant le feu.

Il acquiesça et elle sortit en emportant le plateau du thé. Dès qu'elle fut partie, il téléphona à Abbottsleigh. Ce fut Cicely qui répondit.

— Frank est-il rentré ?

— Non, pas encore. Je vous avais dit que ce serait moi qui vous appellerais.

— Désolé de vous déranger.

— Grant, que se passe-t-il ?

— Je voudrais bien le savoir.

Il crut entendre un sanglot étouffé.

— Que voulez-vous dire ? reprit Cicely.

Au même instant une voiture s'approcha, puis il y eut un bruit de voix et de pas.

— Bonsoir, dit-il avant de raccrocher. Je crois que j'ai de la visite.

En allant ouvrir, il se demanda quand et où il pourrait parler de nouveau à Cicely. En une sorte de cauchemar, résonnèrent lugubrement en lui deux vers qui l'avaient fait frémir étant petit :

Et Eugène Aram s'avança entre eux
Les fers aux poignets.

Le fait qu'il ignorât à l'époque ce que c'était que ces fers avait sans doute contribué à sa fascination d'enfant. En ouvrant la porte à l'inspecteur Lamb, il se demanda s'il n'allait pas avoir le droit à une démonstration pratique de ce que les fers étaient devenus de nos jours : des menottes.

Un air humide et glacé pénétra dans la pièce en même temps que le massif inspecteur, suivi de l'élégant cousin de Cicely, Frank Abbott. Eh bien, eh bien, les menottes ne lui seraient sans doute pas passées sans conversation préliminaire. La vie était pleine d'imprévu. Qui donc disait que les années d'après-guerre étaient monotones ? Même au plus fort de la grande pagaille qu'avait connue l'Europe, un esprit blasé aurait peut-être trouvé une certaine excitation dans un moment comme celui-ci. Il ne doutait pas qu'Agnes avait craché le morceau, auquel cas il allait falloir trouver quelque chose de particulièrement convaincant comme explication.

C'est l'esprit ainsi occupé qu'il les introduisit dans son bureau. Lamb se débarrassa de son manteau et de son chapeau et, refusant un fauteuil, s'assit d'un air austère au bureau :

— Je me demande si vous nous attendiez, Mr. Hathaway ?

Grant, resté debout, répondit d'un ton très naturel.

— Oui, je vous attendais. J'ai téléphoné deux

fois à Abbottsleigh pour savoir si Abbott était rentré, car je désirais prendre contact avec vous.

— Asseyez-vous, Mr. Hathaway, grommela Lamb. Nous arrivons de Lenton. Comme vous l'avez sans doute deviné, nous avons eu la visite de votre femme de chambre, Agnes Ripley. Elle a fait une déposition très grave et je suis venu voir si vous seriez disposé à vous en expliquer.

Grant avait approché une chaise. Ils étaient maintenant tous assis autour de la table, l'inspecteur-chef avec son air sérieux, Frank froid et impassible et Grant Hathaway sur la défensive. Il avait vraiment l'impression d'être au banc des accusés, mais beaucoup plus près — et sans avocat. S'il ne réussissait pas à être assez convaincant, ils allaient l'emmener et que se passerait-il ensuite ? Son contrat avec James Roney tomberait à l'eau, on ne paie pas une lourde prime pour placer son fils chez un homme arrêté pour deux assassinats. Or, il avait besoin de cet argent, il le désirait d'autant plus que ce serait une leçon pour Cicely.

— Puis-je voir le témoignage si je dois m'en expliquer ? dit-il.

Il prit le document des mains de Frank Abbott et le lut en fronçant les sourcils.

— Je crois qu'elle est complètement timbrée, dit-il enfin. Ma gouvernante l'a congédiée ce matin. Elle est venue me faire une scène... Elle voulait que je lui dise de rester.

— Pourquoi votre gouvernante l'a-t-elle renvoyée ?

— Demandez-le à Mrs. Barton. Je lui laisse le soin de ce genre de choses.

— Vous ignorez la raison de son renvoi ?

— Oui. J'ai vu que Mrs. Barton désirait ne pas en parler.

— Eh bien, Mr. Hathaway, vous avez lu la déposition d'Agnes Ripley. Qu'avez-vous à dire ?

— Tout d'abord, savez-vous que je me suis absenté ?

— Du dimanche matin huit heures et demie au lundi matin onze heures. Oui, nous sommes au courant.

— Exact. Je dois vous dire que j'ignorais ces deux crimes jusqu'au moment où Agnes elle-même m'en a parlé vers cinq heures cet après-midi.

— L'inspecteur Smith est venu vous interroger sur votre emploi du temps, le vendredi 8, et a relevé vos empreintes. Pour quelle raison avez-vous supposé qu'il l'ait fait ?

— Je savais — j'avais entendu dire — qu'une histoire à dormir debout courait dans le village. Du moins, c'est ce que je pensais que c'était : une histoire selon laquelle Mary Stokes avait vu ce qu'elle prétendait être une morte. Comme aucun cadavre n'avait été retrouvé à l'endroit indiqué, j'en avais conclu que c'était une invention de sa part.

— Hum. Vous aviez entendu parler de l'histoire ?

— Oui, Mrs. Barton m'en a parlé, puis ma femme y a fait allusion, mais sans s'attarder, voyez-vous, comme à une fable sans importance.

— Et vous avez pensé que l'inspecteur Smith vous interrogeait à propos de cette histoire ? Vous ne saviez donc pas à ce moment-là que Mary Stokes avait été assassinée ?

— Je n'en avais pas la moindre idée.

— Ni que le corps de Louise Rogers avait été retrouvé à Forester's House ?

— J'ignorais qu'on avait découvert un cadavre là-bas.

— Qu'avez-vous fait après le départ de l'inspecteur Smith ?

— Je suis sorti dans la propriété où j'ai passé la plupart du temps avec mon vacher. Après déjeuner, je suis allé travailler à une grange que nous réparons... Il y a beaucoup à faire dans une ferme. Puis, en rentrant, j'ai mis mon courrier à jour. J'écrivais encore quand Agnes est venue faire sa scène.

— Personne ne vous a mis au courant des crimes ?

— Non, ni le vacher, ni les deux ouvriers auxquels j'ai parlé. Ni Mrs. Barton. Vous pouvez le leur demander.

Lamb pianotait sur la table.

— Revenons à la déposition. Reconnaissez-vous que ce qu'elle dit est exact ?

Grant examina de nouveau le document.

— La conversation téléphonique, oui.

— Cette Louise Rogers vous a téléphoné et elle est venue vous voir ?

— Oui.

— Avez-vous un commentaire à faire sur la déclaration d'Agnes Ripley en ce qui concerne ce qu'elle a entendu ?

— Certainement. Elle a tout confondu. Mieux vaut que je vous raconte exactement ce qui s'est passé. La femme qui est venue me voir paraissait très agitée... Elle parlait couramment l'anglais, mais avec un fort accent étranger. Je ne suis pas surpris qu'Agnes ne l'ait pas comprise. Elle m'a raconté une longue histoire sur son exode sous les bombes au moment de l'invasion allemande. Elle a dit avoir emporté quantité de bijoux de grande valeur qui lui auraient été volés par un Anglais. Lorsqu'elle m'a permis de placer un mot, je lui ai dit en y mettant les formes que c'était très regrettable, mais que je ne voyais pas en quoi cela me concernait. Elle m'a alors sorti une histoire extravagante, selon laquelle elle aurait vu la main du voleur au moment où il s'emparait des bijoux et m'a affirmé qu'elle la reconnaîtrait. Je lui ai dit que je ne comprenais toujours pas pourquoi elle s'adressait à moi. Elle a demandé à voir mes mains, je les lui ai montrées. Elle les a examinées de près, cela a semblé la calmer et elle est partie.

Le visage aussi impassible que le portrait de lady Evelyn d'Abbottsleigh, Frank Abbott consignait toutes ces paroles. Le récit lui paraissait bien faiblard... si faiblard qu'il était peut-être être vrai.

Lamb se redressa. Jusque-là, il était resté adossé à sa chaise. Il se pencha en avant et posa une main sur le bureau.

— Qu'avez-vous fait après le départ de cette femme ? reprit-il.

Grant sourit.

— A partir de cinq heures ? Vous avez la réponse par écrit, je crois. L'inspecteur Smith m'a posé la question ce matin, si j'ai bonne mémoire. Je suis sorti vers cinq heures et suis resté dehors un certain temps.

— Avez-vous quitté la maison avec Louise Rogers ?

— Non.

— Quand êtes-vous sorti ?

Grant Hathaway haussa légèrement les épaules.

— Quelques minutes après.

— Comment expliquez-vous qu'Agnes Ripley ne vous ait pas entendu ?

— Je crains de ne rien pouvoir expliquer de ce qu'Agnes a dit ou fait.

— Êtes-vous sorti à pied, à bicyclette ou en auto ?

— A pied.

— Où êtes-vous allé ?

Lamb, dont le regard sans expression observait tout, remarqua une légère crispation des traits de Mr. Hathaway. Si légère qu'elle était presque imperceptible.

Grant, conscient de son involontaire tension, prit une décision rapide et se détendit : mieux valait passer pour un imbécile que de se faire arrêter comme assassin et tant qu'à passer pour un crétin, autant le faire de bonne grâce.

— Je suis allé jusqu'à la croisée des chemins et j'ai fait le tour par Tomlin's Farm pour aller à Deeping.

— Avez-vous vu Mary Stokes ?

— Non, certainement pas, je n'ai vu personne. Je voulais simplement me promener.

— Vous avez vu quelqu'un à Deeping ?

— Non.

— Combien de temps êtes-vous resté dehors, Mr. Hathaway ?

— Je suis rentré... à sept heures et demie.

— Hum ! Il ne faut pas si longtemps pour parcourir cinq ou six kilomètres.

Grant eut un grand sourire.

— Je suis allé à l'église.

— Un vendredi après-midi ?

— Oui, en passant près de l'église, j'ai entendu l'orgue, j'ai su que ma femme s'y exerçait... Elle joue remarquablement. La porte de côté étant ouverte, je suis entré pour l'écouter.

— Pendant une heure et demie ?

— A peu près. Elle est sortie à sept heures et j'ai mis environ vingt-cinq minutes pour rentrer.

— Mrs. Hathaway peut-elle confirmer vos dires ?

— Non, car elle a ignoré ma présence.

— Quelqu'un d'autre peut-il les corroborer ?

— Je crains que non. Mrs. Barton et Agnes étaient sorties... C'est-à-dire qu'Agnes était censée l'être. Est-elle partie après avoir écouté aux portes ?

— Oui.

— En ce cas, je crains que vous soyez obligé de me croire sur parole — ou de ne pas me croire.

Lamb frappa du poing sur la table. Ce Mr. Hathaway ne manquait pas de sang-froid. Son histoire de l'église pouvait être le meilleur alibi qu'il pouvait inventer. Un jury pourrait l'accepter si on en venait là. Et, après tout, c'était peut-être vrai. Il fronça les sourcils et lui demanda ce qu'il avait fait le samedi soir, 9, entre cinq heures et demie et neuf ou dix heures.

Mr. Hathaway lui répondit bien volontiers, mais

ce ne fut guère utile. Il s'en tenait à ce qu'il avait déjà dit à l'inspecteur Smith : il était sorti à quatre heures à bicyclette pour aller à Deeping, avait rencontré sa femme qui promenait ses chiens, lui avait dit quelques mots, après quoi, renonçant à aller à Deeping, il était rentré chez lui.

— Vous êtes rentré à quatre heures et demie ?

— Je crois bien, oui.

— Vous n'êtes pas ressorti ?

— Non, j'avais à travailler à mon bureau.

— Votre gouvernante pourrait-elle le certifier ?

— J'ai dîné à sept heures et demie. Agnes et elle pourront toutes deux vous le confirmer. Puis-je vous demander pour quelle raison cette heure vous préoccupe particulièrement ? Je suppose que personne d'autre n'a été assassiné ce soir-là ?

Le regard de Lamb restait impénétrable.

— Le corps de Louise Rogers a été transporté à Forester's House entre cinq heures et demie et six heures. Mary Stokes l'a vu et a couru en hurlant se réfugier à Rectory Cottage. Si elle avait dit la vérité, le meurtrier aurait pu être arrêté et elle n'aurait sans doute pas été assassinée. Mais elle n'a pas voulu admettre qu'elle était allée à Forester's House et a prétendu avoir vu le corps ailleurs. Pendant ce temps, le meurtrier l'a descendu à la cave et l'a enterré aussitôt ou plus tard.

Grant avait pâli.

— Je n'ai pas changé de vêtements pour dîner, Mrs. Barton s'en souviendra, j'espère, et vous dira que j'étais raisonnablement propre. Je n'ai certainement pas creusé une tombe dans une cave abandonnée, ce qui doit être un travail particulièrement salissant... Évidemment, j'aurais pu me munir de vêtements exprès et aller faire le travail plus tard. C'est bien cela que vous allez dire, n'est-ce pas ?

Il se rendit compte qu'une attaque pouvait le desservir. Les nerfs vous jouent parfois des tours.

— Je ne crois pas que j'aurais fait cette remarque, dit Lamb d'un ton amène.

Grant rit.

— Mais vous l'avez pensé, n'est-ce pas ? Alors ?

Lamb reprit.

— Pouvez-vous me dire ce que vous avez fait le samedi 16 à partir de six heures du soir ?

Pendant tout ce temps, Grant était resté négligemment assis, jambes croisées. Il se leva, comme s'il avait brusquement eu conscience d'un malaise. A moins qu'il en ait eu assez. Il prit un ton agacé pour répondre.

— Je crains de ne pouvoir vous renseigner utilement. Mrs. Barton et Agnes étaient toutes deux sorties. Elles ont dû rentrer vers neuf heures et demie, mais je ne les ai pas vues et elles ne m'ont pas vu. Agnes m'a appris que Mary Stokes avait probablement été assassinée après huit heures et quart. Les alibis ne sont pas mon fort, vous le voyez. J'étais ici, dans cette pièce, mais je ne puis le prouver. Alors, qu'en concluez-vous ?

— Rien pour le moment, Mr. Hathaway, mais j'aimerais vous poser encore quelques questions. D'après la conversation téléphonique surprise par Agnes Ripley et que vous avez reconnue exacte, vous étiez à l'*Hôtel du Taureau* de Ledlington dans la soirée du 4 janvier. Veuillez me donner votre propre version de ce qui s'y est passé.

— En ce qui me concerne, rien ne s'est passé. J'étais allé voir un ami, James Roney, à Passfield, qui m'a conduit à la gare de Ledlington pour le train de huit heures vingt. Il m'a déposé et je me suis rendu compte que j'avais manqué mon train. Sa montre devait retarder. Le train suivant ne partait pas avant une heure et demie et je me suis dit que j'allais passer au *Taureau*. En sortant de la gare, j'ai rencontré un de mes amis qui revenait de Londres et attendait sa voiture. Il m'a proposé de me ramener. Puis son chauffeur est venu lui dire qu'un pneu avait éclaté et qu'il devait changer de roue. Alors nous sommes allés à l'*Hôtel du Taureau*. Sa voiture était là-bas.

— Qui était cet ami, Mr. Hathaway ?

— Mark Harlow, mon voisin de la Grange.

L'atmosphère reçut une légère décharge électrique. Le visage de Frank Abbott resta impassible, mais ses pensées volaient... Donc Albert Caddle était là... Il était à l'*Hôtel du Taureau*, lorsque Louise Rogers, penchée à sa fenêtre, avait reconnu la main qui fouillait ses bijoux.

Lamb, qui pensait sans doute la même chose, dit plus posément :

— Combien de temps êtes-vous resté à l'*Hôtel du Taureau* avec Mr. Harlow ?

— Environ une demi-heure.

— Vous ne vous êtes pas quittés ?

— Presque pas. Nous avons pris un verre, puis j'ai aperçu quelqu'un qui avait fait la guerre avec moi en France et je suis allé lui parler. Harlow m'a dit qu'il allait voir si la voiture était prête. Je suis allé le rejoindre dans la cour quelques minutes plus tard.

— Possédez-vous un briquet ?

— Oui, mais je ne l'ai pas laissé tomber dans la cour de l'*Hôtel du Taureau*...

— Vous en êtes certain ?

— Tout à fait. Je suis allé à la voiture qui était prête. Harlow m'attendait. Il m'a ramené chez moi.

— C'est Mr. Harlow qui conduisait ?

— Non, son chauffeur, Albert Caddle.

— Mr. Hathaway, vous avez reçu Louise Rogers dans la pièce où nous sommes, elle est bien éclairée. Voulez-vous me donner une description de sa personne aussi détaillée que possible.

Grant parut surpris.

— Manteau et chapeau noirs — si on peut appeler chapeau une petite toque très élégante. Chevilles fines, bas très fins, jolis souliers...

— Le tout noir ?

— Pas les bas.

— Mais autrement, elle était tout en noir, sans rien pour l'éclaircir ?

— Oh si ! des boucles d'oreilles, assez remarquables, semblables à ces alliances incrustées de brillants dont les femmes sont folles, je ne sais pourquoi.

— Hum... une paire de boucles d'oreilles. Vous êtes sûr ?

Grant parut de nouveau surpris.

— Oh ! certainement, une paire de ces Éternité qui sont très remarquables.

Lamb continua à questionner Mr. Hathaway. Quel itinéraire avait-il suivi lorsqu'il s'était évadé de France ? Où avait-il rejoint la route de Paris ?

Où l'avait-il quittée ? Les réponses soigneusement notées ne pouvaient guère servir, puisque Michel Ferrand ignorait où le vol des bijoux avait eu lieu. Hormis le fait que son chemin et celui de Louise auraient pu coïncider, les réponses de Mr. Hathaway n'apportèrent rien de nouveau.

— Qu'a dit Louise Rogers quand elle a demandé à voir vos mains ?

— Qu'ayant vu celles du voleur manier les bijoux dans sa valise, elles les reconnaîtrait. Je lui ai montré les miennes.

— Cela vous ennuierait-il de le faire maintenant ?

— Pas le moins du monde.

Il les étendit sur la table. La lumière éclaira de grandes et belles mains rendues calleuses par le travail. Une mince cicatrice blanche barrait les articulations des deux premiers doigts de la main gauche. Si la peau n'avait pas été si brune, elle aurait été presque invisible.

— D'où vient cette cicatrice, Mr. Hathaway ? demanda Lamb.

— D'avoir fait l'imbécile avec un couteau lorsque j'avais quatorze ans. Il aurait fallu que votre Mrs. Rogers ait de bons yeux pour la voir dans la cour de l'*Hôtel du Taureau*, si c'est là votre idée.

Lamb resta imperturbable.

— Elle a dû vous dire que l'homme qui avait laissé tomber son briquet a allumé sa torche pour le chercher et qu'elle a vu sa main. Cette cicatrice serait parfaitement visible avec une bonne torche.

Grant commençait à s'amuser. Il sourit.

— Mais elle n'a pas parlé de cicatrice, dit-il, elle

a seulement voulu voir mes mains et quand je les lui ai montrées, elle s'en est complètement désintéressée et s'en est allée. Je vous ferai remarquer, inspecteur, qu'il y avait foule à l'*Hôtel du Taureau* ce soir-là, vingt personnes au moins au bar, n'importe laquelle aurait pu laisser tomber un briquet sous la fenêtre de Louise Rogers.

Lamb riposta. Et sans pitié.

— Mais c'est *vous* qu'elle a suivi à Deepside, Mr. Hathaway. Il est prouvé qu'elle est venue vous voir dans cette pièce-ci, prouvé qu'elle a été assassinée ce soir-là, probablement peu après votre entrevue, que son cadavre, caché dans le Hallier du Pendu, a été transporté le lendemain soir à Forester's House et enterré dans la cave. Oseriez-vous suggérer que les autres clients du bar auraient pu être englobés dans cette suite d'événements ? Vous n'avez aucun alibi pour les moments qui nous intéressent.

Grant mit les mains dans ses poches et joua avec son trousseau de clés.

— C'est une grave négligence, n'est-ce pas ? Mais je ne me doutais pas que quelqu'un allait être assassiné, et je suppose que vous-même n'avez pas d'alibi pour toutes les heures du jour et de la nuit. Enfin, c'est ainsi. Alors, qu'en concluez-vous ?

Lamb se leva.

— Nous attendons d'autres preuves. En attendant, veuillez ne pas quitter la région, Mr. Hathaway.

Grant fut surpris de son propre soulagement.

29

Maggie Bell, l'oreille tendue, n'avait jamais rien entendu de plus excitant que le coup de téléphone de Mrs. Abbott annonçant à Miss Cicely qu'ils ne rentreraient pas dîner, car le colonel avait engagé une partie d'échecs avec le pasteur qui menaçait de durer toute la nuit ; elle n'aurait qu'à faire le dîner pour Frank et Miss Silver.

Mr. Frank n'était pas rentré. Maggie Bell aurait pu le dire à Mrs. Abbott, parce que Mr. Hathaway avait appelé deux fois Cicely pour demander à lui parler. D'ailleurs, tiens :

— Frank n'est pas rentré.

— Alors, dîne avec Miss Silver, et mange un peu, chérie, je t'en prie.

L'appel suivant vint de Mr. Frank. Il annonça qu'il serait en retard et qu'il ne fallait rien garder pour lui.

— C'est absurde, il faut bien que vous mangiez quelque chose.

— Je dois reconduire mon chef à Lenton. Je dînerai là-bas.

Maggie Bell pensa que cela manquait d'intérêt, mais Mr. Mark Harlow appela Miss Cicely. Maggie les écoutait toujours avec la plus grande attention. Il était évident qu'il lui faisait la cour, cela s'entendait dans sa voix. Et elle répondait très sèchement... Mais si elle divorçait, on ne sait jamais, il pourrait avoir une chance. Miss Cicely n'était pas femme à agir en cachette. Bien trop fière ! Toujours est-il que Mr. Harlow disait :

— Cis...

Et elle, apparemment agacée, comme on est toujours quand le téléphone n'arrête pas de sonner :

— Que voulez-vous ?

— Je peux venir passer chez vous ?

— Non, mes parents sont sortis.

— Qu'est-ce que ça peut vous faire ? Je veux vous parler.

— Vous seriez obligé de parler à Miss Silver qui est avec moi. C'est ce que vous voulez ?

— Nous pourrions aller ailleurs.

— Non.

Manifestement, Mark Harlow n'était pas content.

— Comment vous me parlez ! On dirait un roc.

Elle rit.

— Pourquoi devrais-je m'attendrir ?

— Cis, je suis bouleversé... Avec ces maudits crimes et la police qui fouine partout. Figurez-vous qu'ils sont même venus ici ! Ils voulaient savoir tout ce que j'ai dit, fait ou pensé les quinze derniers jours ! Comme si on pouvait s'en souvenir ! Résultat, mon travail est à l'eau. Et moi qui commençais à tenir mon quatuor !

Il se mit à chantonner un petit air que Maggie trouva très médiocre. Miss Cicely aussi, car elle dit :

— Ça ne me plaît guère.

Mr. Mark se mit en colère.

— Rien ne vous plaît, mais j'aurais fait quelque chose de bien sans toutes ces histoires. Si on n'obtient pas la paix à la campagne, à quoi bon y rester ? C'est humide, sombre, froid et mortellement triste. Le seul avantage serait qu'on vous fiche la paix. Pourquoi les gens ne se font-ils pas assassiner dans leur pays au lieu de venir ici pour infester la région avec les détectives de Scotland Yard !

Miss Cicely prit un temps avant de dire d'un ton détaché :

— Vous êtes un peu égoïste, Mark.

Mr. Harlow éclata.

— C'est grotesque et vous le savez ! Tout commence par soi-même, un artiste doit travailler d'après son propre « moi » ou il se perd.

— Ça, ça me paraît grotesque.

Il éclata de rire. Maggie ne s'attendait pas à cela après son explosion de colère.

— Vous êtes la personne la plus égoïste que je connaisse.

— Sûrement pas.

— Oh si, et comment !

Miss Cicely raccrocha brusquement. Jamais Maggie n'avait entendu une conversation aussi divertissante.

Cicely revint au salon où Miss Silver tricotait. Le cardigan de laine bleue qui l'avait occupée pendant les deux premiers jours était maintenant rangé dans le tiroir de la commode d'acajou de sa chambre et un second, de laine rose, cette fois, commençait rapidement à prendre forme. L'enthousiasme de Frank pour sa chère Miss Silver avait exaspéré Cicely au début, mais elle avait changé d'avis. C'était facile de reléguer dans un coin cette visiteuse indésirable sous prétexte qu'elle était fagotée comme une vieille gouvernante. Au début. Ensuite, on ne pouvait continuer qu'à condition d'être une idiote incapable de se débarrasser d'une idée préconçue. Et Cicely n'était pas une idiote. Miss Silver l'impressionnait malgré elle. Elle s'apercevait qu'elle possédait une intelligence qu'elle ne pouvait que respecter et elle avait remarqué que Frank non seulement respectait cette petite dame âgée, mais que, curieusement, il avait pour elle une humble affection. Elle trouvait cela étrange, distrayant et très étonnant.

Lorsque Miss Silver la regarda en souriant, Cicely s'entendit dire d'un ton perplexe :

— Diriez-vous que je suis égoïste ?

Miss Silver garda son amical sourire.

— Quelqu'un vous l'aurait-il dit ?

Cicely acquiesça.

— Oui, Mark Harlow. Il prétend que je suis la personne la plus égoïste qu'il connaisse. Êtes-vous de son avis ?

— Qu'en pensez-vous vous-même ?

Cicely s'était assise par terre devant le feu, les mains entre les cuisses, la tête levée, les yeux grands ouverts, un peu inquiète, comme une enfant qui ne sait pas très bien sa leçon.

— Je ne sais pas. Je n'y ai jamais pensé jusqu'ici.

— Et maintenant ?

— Eh bien... peut-être que oui. C'est difficile de ne pas l'être, quand tout va de travers, on ne peut pas s'empêcher d'y penser constamment, ce qui revient à penser à soi-même.

Miss Silver avait l'habitude de recevoir des confidences. Au cours de sa carrière, les gens les plus inattendus lui avaient confié les choses les plus improbables. Cela ne la surprit pas que Cicely, qui ne parlait à personne, se mette maintenant à lui parler. En revanche, c'est Cicely qui en fut surprise, quand elle y repensa. Sur le moment, cela lui avait semblé tout à fait naturel et cela l'avait soulagée du chagrin qui lui pesait.

Miss Silver ne dit rien. Elle se contenta de regarder gravement la jeune femme avec bonté. Le moindre mot aurait arrêté l'impulsion de Cicely.

— Penser uniquement à moi, c'est ce que j'ai fait depuis que tout est allé si mal, et je suppose que cela a été terrible pour mes parents.

— Il est dur de voir souffrir quelqu'un que l'on aime sans pouvoir l'aider, dit Miss Silver.

Les yeux bruns se troublèrent.

— Maman adore Grant. Cela ne semble pas juste.

Miss Silver toussa.

— Pour lui, ou pour elle ?

— Pour les deux, je crois. Et pour moi aussi. Une belle-mère convenable aurait dû le détester et me soutenir. Mais elle ne fait jamais rien comme tout le monde. Quant à Papa, je ne pouvais pas le mêler à cela. Il déteste les querelles. D'ailleurs, les hommes donnent toujours tort aux femmes. En outre, Papa aime beaucoup Grant, il aurait pensé que je faisais des embarras pour rien.

Les aiguilles cliquetèrent.

— Ne serait-ce pas la vérité ?

Cicely tressaillit, rougit jusqu'aux oreilles et dit d'un ton désespéré :

— Non, ce n'est pas pour rien ! Quoi de plus horrible que de se croire aimée et de découvrir que l'on en veut seulement à votre argent ?

Elle refoula ses larmes.

— On m'avait pourtant avertie. Grand-mère m'avait dit que mon grand-père l'avait épousée pour sa fortune, et voyez ce que cela a fait d'elle ! Je crois qu'elle avait une certaine affection pour moi, je ne sais pas pourquoi, car elle n'en éprouvait pour personne. Elle s'était disputée avec ses deux fils et elle détestait leurs femmes. Comment peut-on ne pas aimer Maman ! Mais c'était ainsi, elle croyait que tout le monde en voulait à son argent, excepté moi, car j'étais trop petite. Son testament stipule : « Je lègue mes biens à ma petite-fille Cicely qui est encore trop jeune pour être mercenaire », puis elle m'a avertie que tout le monde essaierait de s'en emparer.

Cicely pâlit soudain.

— Elle a ajouté que je n'étais qu'une créature très ordinaire, un petit pruneau dont les hommes ne deviendraient jamais amoureux, mais qu'ils me feraient la cour et voudraient m'épouser pour mon argent.

Miss Silver toussota.

— Dire une chose pareille est inexcusable.

— C'est le genre de souvenir qui vous ronge. Ça revient quand on ne le désire pas... On croyait l'avoir oublié et il se glisse hors de quelque horrible trou pour vous avoir.

Elle soupira.

— Grand-mère a légué cinq cents livres à la pauvre Ellen Caddle, et cet Albert, qui, manifestement, se fichait pas mal d'elle, a réussi à l'épouser. Elle a quinze ans de plus que lui.

Miss Silver hocha la tête.

— C'était bien imprudent. Une femme devrait avoir plus de fierté.

— Elle n'en a pas eu, ce qui a fait sortir de son trou le serpent venimeux de Grand-mère, mais j'ai cru m'en être débarrassée, car lorsqu'elle est morte, je voulais que Papa prenne l'argent et en donne une partie à Frank. Je voulais qu'ils me promettent de l'accepter quand je serais majeure... Je ne pouvais rien faire jusque-là. Mais ils ont refusé, et j'ai cru alors m'être débarrassée du serpent, pensant que si Grand-mère avait eu des torts, je n'avais plus à m'en soucier. Nous sommes venus habiter ici, j'ai fait la connaissance de Grant qui venait d'arriver à Deepside et j'ai cru qu'il était vraiment amoureux de moi. J'étais terriblement heureuse et ne pensais plus à Grand-mère. Nous nous sommes mariés et mon bonheur a duré trois mois. Puis, j'ai découvert que c'était l'argent qui l'avait attiré. Grand-mère avait raison... Alors je suis revenue ici.

Elle se leva d'un bond, les joues en feu.

— Je n'en ai jamais rien dit à personne et je ne sais pas pourquoi je me suis confiée à vous. Il faut sans doute que cela sorte... un jour ou l'autre.

Elle s'approcha du piano.

— Cela vous ennuierait-il que je passe mes nerfs sur le clavier ?

30

Il était plus de dix heures lorsqu'en rentrant, Frank Abbott trouva Miss Silver tricotant dans son fauteuil et Cicely en train de mener grand tapage au piano. Elle plaqua un retentissant accord et se leva.

— Est-il arrivé quelque chose ?

— Non.

Bramble s'était levé de devant le feu pour faire fête à Frank.

— Avez-vous mangé ?

— Oui, merci.

— Je vais vous faire du café.

— Oh, ne vous donnez pas cette peine.

— Si, je vais aller le faire.

Cicely sortit, suivie de Bramble. Frank s'assit près du feu, il était glacé, fatigué et il avait très mal dîné. Jamais affaire ne lui avait autant déplu. Il commença à mettre Miss Silver au courant des événements, apaisé par le tranquille cliquetis de ses aiguilles et la perspective d'un café bien chaud.

Cicely, qui apportait le café, entendit le murmure

de leurs voix de l'autre côté de la porte. Elle posa le plateau sur l'une des inconfortables chaises qu'on avait eu la bonne idée de reléguer dans le vestibule. Puis, imitant Agnes, elle tourna tout doucement la poignée pour entrouvrir la porte. S'ils le remarquaient, elle apporterait le café, sinon, elle voulait savoir ce qui se passait. Quand on est bien élevé, on n'écoute pas aux portes, c'est un procédé révoltant. Mais elle allait le faire quand même. Quelque chose de plus fort que son éducation l'obligeait à agir ainsi. Il se passait quelque chose et elle devait savoir ce que c'était. Elle le sut presque aussitôt, car Frank disait :

— Je vais m'en aller d'ici demain matin, ils n'ont pas pu me trouver une chambre à l'hôtel ce soir. L'inspecteur-chef m'a offert de me renvoyer à Londres et de me faire remplacer, mais je préfère aller jusqu'au bout.

Miss Silver toussa délicatement.

— Je trouve cela très judicieux. Vous retirer de l'affaire équivaudrait à reconnaître publiquement que Mr. Hathaway est coupable.

Cicely se cramponna à la porte pour ne pas défaillir.

— Je ne peux pas rester ici, poursuivit Frank. C'est le mari de Cicely. Si c'est lui qui a commis le crime, quelle épreuve pour elle et pour Monica !

— Le croyez-vous coupable ?

— C'est possible. Je ne me suis pas encore fait une opinion. Albert Caddle aurait pu les tuer, lui aussi. Sa petite poule lui a fourni trois merveilleux alibis, mais je ne crois pas qu'un jury en tiendrait compte... pas après avoir vu Maisie. Et puis, il y a

Mark Harlow. Tous trois se trouvaient à l'*Hôtel du Taureau* le soir où Louise Rogers a reconnu la main de son voleur. Le malheur est que nous ignorons à quoi elle l'a reconnu. Ce Ferrand qui nous a renseignés n'en sait rien non plus. Il a seulement pu nous dire qu'elle était certaine de pouvoir reconnaître la main du coupable. Le type en question a laissé tomber son briquet et a allumé une torche pour le chercher. Louise a vu sa main dans la lumière et l'a formellement reconnue. Mais elle était déshabillée. Le temps de mettre ses vêtements et de descendre, les deux hommes et le chauffeur étaient partis. L'un d'eux avait laissé tomber une enveloppe adressée à Grant Hathaway. C'est pour cela qu'elle est venue ici. Nous savons maintenant que son entrevue avec Grant a eu lieu entre quatre heures et cinq heures, le 8... c'est-à-dire peu avant qu'elle soit assassinée. Agnes avait surpris une partie de leur conversation, et quand Mrs. Barton l'a congédiée aujourd'hui, elle a fait une scène à Hathaway et a couru le dénoncer. Il est évident qu'elle était folle de lui et...

Miss Silver toussa et lui fit remarquer qu'il n'y avait pas pire furie qu'une femme dédaignée.

— Comme vous dites. Or, Grant n'a aucun alibi pour les trois périodes importantes. Il aurait pu tuer Louise dans son bureau, ce qui aurait été bien risqué. Agnes n'a surpris qu'une partie de la conversation, mais de l'endroit où elle s'était cachée, elle a entendu le bruit de la porte d'entrée s'ouvrant et se refermant et celui de l'auto qui s'éloignait. Grant aurait pu prendre le volant et emmener Louise, morte ou vivante. Ou bien son histoire est vraie. Il dit que Louise est partie en voiture, qu'il est sorti peu après à pied et qu'il a fait le tour par Tomlin's Farm pour aller à l'église où il a écouté Cicely jouer de l'orgue pendant une heure et demie. Après quoi, il est rentré chez lui.

Cicely, pâle comme un linge et les yeux étincelants, ouvrit la porte, posa le plateau de café à côté de Frank et déclara :

— J'ai écouté ce que vous venez de dire. Si cela concerne Grant, cela me concerne aussi. Je veux savoir ce qui m'a échappé.

— Ma chère enfant... dit Frank.

— Je ne suis pas votre chère enfant, dit-elle d'une voix tranchante. Je suis la femme de Grant. Ce que vous pouvez dire à Miss Silver, vous pouvez me le dire. Je sais tenir ma langue, mais il faut que je sache.

Frank regarda involontairement Miss Silver, qui lui fit un léger signe d'assentiment.

Cicely frappa du pied.

— Si vous ne parlez pas, j'irai à Lenton voir l'inspecteur Lamb.

Il lui prit la main et s'aperçut qu'elle était glacée.

— Entendu, Cis... Asseyez-vous. J'ignore ce que vous avez pu entendre, mais voici la situation.

Cicely, assise très droite, ne quittait pas des yeux le visage de Frank. Miss Silver tricotait et ses aiguilles cliquetaient régulièrement. Elle avait déjà entendu l'histoire de Frank, mais c'était intéressant de l'entendre à nouveau. Ses pensées allaient et venaient aussi méthodiquement que ses aiguilles, notant un trou par-ci, une incohérence par-là, une possibilité évidente ailleurs. Frank avait un esprit ordonné et s'exprimait clairement.

Cicely écoutait, non seulement avec ses oreilles, mais de tout son être. Pour elle, plus rien n'existait. La pièce familière, ses occupants, Bramble pelotonné — alors que cela lui était interdit — dans le fauteuil de Monica Abbott, le feu, la chaleur, Frank qui se servait du café qu'elle avait apporté et qui le buvait, le cliquetis des aiguilles de Miss Silver, plus rien de tout cela n'existait. Aucun son, aucune image, aucune sensation ne l'atteignait plus. Seule lui parvenait clairement la voix de Frank et ce qu'il disait.

Il en arriva au point où elle était entrée dans la pièce.

— Nous avons donc Caddle avec trois alibis qui peuvent être vrais ou faux et Grant qui n'en a aucun. Et Mark Harlow n'en a pas non plus.

Cicely parla pour la première fois.

— Mark ?

— C'était un des trois hommes présents à l'*Hôtel du Taureau*. Nous sommes allés le voir après Grant. Eh bien, il prétend s'être promené ce vendredi sans avoir vu personne. Mais il aurait évidemment pu rencontrer Louise et la tuer. Il dit être allé au cinéma à Lenton. Le samedi 16, il a déjeuné avec des amis à Lenton et, après avoir vu un film avec eux, il est revenu en auto sans son chauffeur : domestiques absents, dîner froid, il dit être rentré à sept heures et demie, ce qui lui aurait laissé tout le temps de filer à bicyclette à Tomlin's Farm et de tuer Mary Stokes. Je ne crois pas qu'il se serait risqué à y aller en voiture. Pour vous résumer, Grant et Harlow auraient eu l'un et l'autre l'occasion de tuer Louise et de transporter son cadavre le samedi et de se débarrasser de Mary Stokes le samedi suivant. Seule Maisie Traill prétend que les occasions de Caddle n'étaient pas aussi favorables. Des trois, c'est Grant qui est le suspect numéro un, car nous savons qu'il a eu un entretien avec Louise, et rien ne prouve que les autres l'ont vue. Mais si on considère les mains, c'est Caddle, je crois, qui arrive en tête, car il a perdu la première phalange de l'index... c'est un détail caractéristique que l'on ne peut oublier. Grant a une petite cicatrice blanche, mais Harlow n'a rien de remarquable si ce n'est un sparadrap sur la main. Il l'a enlevé devant nous, il ne cachait qu'une assez profonde écorchure, provenant, nous a-t-il dit, d'un fil de fer barbelé. Mais il a des mains bizarres : l'index est plus long que ses autres doigts, et les pouces...

— C'est ce qui lui donne un grand écart pour jouer du piano... ils sont désarticulés.

— Le tout est de savoir si cela pouvait impressionner suffisamment Louise Rogers à la lumière d'une torche. Non, je crois que Caddle est le premier du lot. Une phalange de moins, cela saute aux yeux.

Cicely se leva.

— Merci, Frank, dit-elle avant de sortir de la pièce.

Après un court silence, Frank reprit.

— C'est un sale imbroglio. Il s'agit forcément d'un homme du pays. Personne d'autre n'aurait connu l'entrée secrète de la cave de Forester's House. C'est nécessairement l'un des trois hommes qui se trouvaient à l'*Hôtel du Taureau* : Albert Caddle, Grant Hathaway ou Mark Harlow.

Miss Silver cessa de tricoter.

— Que pensez-vous de Mark Harlow ?

Frank lui lança un regard aigu.

— Oh ! Rome peut brûler pourvu que personne n'entrave sa création... seule sa musique importe. Il compose pour une revue et ces vilains crimes l'ont empêché de travailler. C'est trop malheureux ! Quand bien même il serait Beethoven, Bach et Brahms réunis, j'aurais trouvé qu'il prenait cette catastrophe trop au sérieux. Quand nous sommes arrivés, il tirait des sons épouvantables de son piano. Il avait une crise de furie artistique, mais il s'est suffisamment remis pour nous assurer de sa coopération. Mais comme c'est le genre qui ne sait jamais l'heure qu'il est ni ce qu'il a fait la veille, cela n'a pas abouti à grand-chose. J'aurais voulu que vous voyiez Lamb. Il était cramoisi, les yeux hors de la tête, quand Harlow a déclaré ne pas se souvenir dans quel cinéma il était allé le fameux vendredi 8. Il prétend que très souvent il ne regarde pas le film, mais qu'il écoute seulement la musique. Lamb m'a demandé très sérieusement après si je pensais que Harlow avait vraiment toute sa tête. Je lui ai dit qu'il y en avait des tas comme lui là où il habite, mais que c'était le plus souvent un genre qu'ils se donnaient. C'est vraiment le cas en ce qui le concerne, parce qu'il a suffi de l'asticoter un peu pour qu'il nous dise qu'il était allé au Rex et qu'il se souvienne d'une bonne partie du film, y compris qu'il y avait une nouvelle actrice avec des jambes superbes. Vous ne la connaissez pas, mais je peux vous dire qu'il a raison !

Miss Silver sourit.

— Perdita Payne ?

Il éclata de rire.

— Décidément, vous savez tout ! Eh bien, il a daigné se souvenir des jambes de Perdita, et elles en valent la peine !

Un léger froncement de sourcils remplaça le sourire de Miss Silver. Elle jugeait qu'on s'était suffisamment attardé sur les jambes en question.

— Au moment où je rentrais, j'ai entendu le message de la police après les nouvelles du soir, dit-elle.

Frank se redressa.

— Ah oui ! j'allais vous en parler. Un café de Ledlington a téléphoné aussitôt après. Louise y a déjeuné assez tard et n'en est sortie qu'à deux heures et demie... Elle a demandé le chemin de Lenton. Elle était seule. Du coup, envolée l'hypothèse de Smith, selon laquelle le malheureux Ferrand l'aurait accompagnée pour la tuer à Deeping.

— Comment est-il, ce Mr. Ferrand, Frank ?

— Allez-vous rejoindre Smith ? C'est un garçon inoffensif qui adorait Louise Rogers. Il était très affecté. Je crois qu'il n'est pour rien dans l'affaire.

— Non, peut-être pas.

Elle allait poursuivre lorsque la porte s'ouvrit. Cicely entra tête nue, en manteau de fourrure, une petite valise à la main. Bramble sauta du fauteuil pour courir à sa rencontre. Elle le laissa lui mordiller la main, et :

— Voulez-vous avertir mes parents, lorsqu'ils arriveront, que je suis rentrée chez moi, dit-elle.

— Mon Dieu ! fit Miss Silver.

Frank se retourna.

— Cis !

Elle se redressa, les joues en feu, le regard étincelant.

— Vous m'avez bien entendue... Je rentre à la maison.

La surprise passée, Frank affecta un ton détaché :

— Peut-on savoir pourquoi ? Monica va le demander ! Retour de la tigresse... où est mon petit ?

Cicely tapa nerveusement du pied sur le tapis.

— Vous lui direz que je suis partie chez moi.

— Vous nous l'avez déjà dit, je crois. Ne vaut-il pas mieux l'attendre et le lui dire vous-même ?

Elle s'approcha de la cheminée et mit une bûche dans le feu.

— Non, je ne pense pas. Je ne veux pas de scène.

Elle se releva et les regarda l'un après l'autre.

— Vous pouvez le lui dire. C'est tout simple. Grant et moi avons eu un différend. Cela ne regarde personne. Mais s'il est soupçonné de ces crimes, je retourne près de lui. Nous viderons notre querelle plus tard. Je ne veux pas que les gens s'imaginent que je le crois coupable.

Miss Silver continua de tricoter et dévida un peu de laine rose.

Frank se leva. On n'avait jamais pu contraindre Cicely. Même quand elle était petite. Mais Monica s'attendrait à ce qu'il essaie. Il maudit le recteur, la partie d'échecs et Oncle Reg.

— Cis, l'un de ces trois hommes est coupable. Ne feriez-vous pas mieux d'attendre ?

— Ce n'est pas Grant, fit-elle en le regardant

droit dans les yeux. Voulez-vous nous aider, Miss Silver ?

— Ma chère enfant...

— Frank dit que vous savez toujours. Vous vous occupez professionnellement des affaires criminelles. Voulez-vous vous charger de celle-ci pour moi... et pour Grant ?

Les aiguilles s'étaient arrêtées. Miss Silver leva les yeux tandis que Cicely baissait les siens sur elle.

— Ma chère enfant, je ne m'occupe jamais d'une affaire pour des raisons personnelles, mais uniquement pour découvrir la vérité.

— C'est exactement ce que je désire.

— Vous êtes bien confiante.

— Oui.

— Et si votre confiance était mal placée ? Supposez que la vérité soit... très désagréable.

Cicely avait pâli sous sa peau brune.

— Les mensonges ne valent rien. Je veux la vérité. Acceptez-vous de vous charger de cette affaire ?

— Oui, dit Miss Silver.

31

Frank Abbott regarda l'auto disparaître et revint au salon.

— J'ai un rapport à faire pour l'inspecteur-chef, dit-il. Je vais dans le bureau. Voulez-vous avertir Monica du départ de Cis ?

Miss Silver sourit.

— Je crois qu'elle sera contente, dit-elle.

— Elle l'aurait été... Mais en ce moment ? Oh ! inutile de se tourmenter. Je n'aurais pas pu l'arrêter.

Il sortit.

Miss Silver continuait à tricoter. Bramble et Cicely semblaient avoir laissé la maison bien silencieuse. Le vieil épagneul avait dû se rendre à la cuisine. Il était interdit de lui donner des restes, mais peut-être que la règle n'était pas toujours respectée.

Il devait être dix heures et demie lorsque la porte d'entrée s'ouvrit et une voix d'homme prononça :

— Ne vous dérangez pas.

Suivit la théâtrale entrée de Mark Harlow, les

cheveux ébouriffés par le vent, l'air égaré. Derrière lui, Ruth, la femme de chambre, murmurait et s'en fut déclarer à sa sœur et Mrs. Mayhew qu'il était passé devant elle, ce qui n'était pas bien.

Mark Harlow referma la porte derrière lui.

— Où est Cis ? dit-il.

En temps ordinaire, Miss Silver se fût formalisée et l'aurait fait savoir par un imperceptible changement d'attitude qui, si léger soit-il, laisse entendre sans aucun doute qu'on a commis un manquement aux manières. Mais pour le coup, si quelque chose lui avait déplu, elle n'en laissa rien paraître. Elle se contenta de sourire légèrement et dit :

— Entrez et asseyez-vous, Mr. Harlow.

Il s'avança et répéta sa question.

— Où est Cis ? Je veux lui parler.

Miss Silver leva les yeux sur lui. La crise artistique à laquelle Frank avait fait allusion durait apparemment encore. Elle déclara d'un ton calme et aimable :

— Mrs. Hathaway est rentrée chez elle.

— *Quoi* ? s'écria-t-il.

— Elle est rentrée à Deepside.

La nouvelle sembla le priver de ce qui lui restait de bonnes manières.

— *Quoi* ? répéta-t-il. Vous ne savez pas ce que vous dites !

— Mr. Harlow...

Quelque chose dans son attitude l'arrêta net. Cela alla même jusqu'à l'amener à formuler d'impatientes excuses.

— Oh ! Pardon ! Mais il y a sûrement une erreur, elle n'irait pas à Deepside quand bien même ce serait le dernier endroit sur terre... surtout en ce moment !

Miss Silver toussa.

— Pourquoi dites-vous cela, Mr. Harlow ?

Il se jeta sur le fauteuil que Frank avait occupé.

— A quoi sert donc Abbott ? Pourquoi ne l'a-t-il pas empêchée ? Savez-vous que Grant Hathaway est compromis jusqu'au cou dans cette affaire ? Frank Abbott le sait bien. Elle ne devait pas retourner là-bas ! Il aurait dû la retenir !

Miss Silver tricotait toujours. Depuis ses cheveux retenus par un filet jusqu'à ses pantoufles, elle offrait l'image parfaite de la vieille fille anglaise dont les moyens, comme les idées, sont strictement limités et dont la position sur l'échelle sociale est telle qu'on ne peut que l'ignorer. Pour Mark, c'était tout au plus quelqu'un sur qui il allait pouvoir passer son irritation.

— Mon Dieu ! murmura-t-elle.

— On n'aurait jamais dû lui permettre d'y aller ! Supposez qu'il soit arrêté en sa présence !

Miss Silver, surprise, le regarda.

— Y a-t-il une raison de supposer qu'il peut être arrêté ?

— Je trouve qu'il y a toutes les raisons du monde ! fit-il avec colère.

Elle le considéra d'un air qu'il prit pour de l'incrédulité.

— Je pense qu'il est susceptible d'être arrêté d'un instant à l'autre. A quoi pensent donc ses parents ?

— Ils dînent dehors et ne sont pas encore rentrés.

Il eut une exclamation de colère.

— Et ce bon à rien d'Abbott... Il doit savoir mieux que quiconque ce que la police a contre Hathaway.

— Oh ! fit Miss Silver. Et qu'a-t-elle donc retenu contre lui, Mr. Harlow ?

Le plateau du café était encore sur la table. Machinalement, Mark Harlow remplit une tasse et avala ce qui devait être un infect breuvage tiède sans lait ni sucre, puis il reposa brusquement la tasse.

— De tas de choses, dit-il. Non que je tienne à dire quoi que ce soit... mais le fait que Cis soit retournée près de lui... Cela me rend fou. Vous a-t-elle dit que j'ai téléphoné ? Je voulais venir la voir mais elle a refusé et comme un imbécile j'ai obéi... Je ne voulais pas l'irriter.

Il fixa Miss Silver.

— C'est que je suis amoureux d'elle, voyez-vous, mais je ne pense à moi... c'est Cis qui importe... et ce maudit Grant !

Miss Silver tricotait. Au bout d'un moment elle releva la tête.

— Qu'est-ce qui vous fait supposer que Mr. Hathaway peut avoir commis ces deux crimes ?

— Ce n'est pas moi qui le pense, mais la police. La seule chose qui m'importe, c'est que Cis ne soit pas compromise.

— Et que pense donc la police ?

Il haussa les épaules.

— Ils ne l'ont pas dit, mais c'est évident. J'ai eu la malchance de rencontrer Grant à l'*Hôtel du Taureau* et je n'ai pu que le reconduire chez lui, et voyez les ennuis que cela m'a apportés ! J'ai dû dire à la police que je l'avais laissé au bar et que nous l'avions attendu. En nous rejoignant, il a mis quelque chose dans sa poche. Je ne doute pas que c'était le briquet que cette Louise Rogers l'a vu chercher dans la cour. Et par là-dessus, elle est arrivée ici à sa suite. Eh bien, je vous demande un peu ?

— Elle est arrivée ici à sa suite ?

— Ça en a tout l'air. Je suppose que Caddle et moi avons eu de la chance que son nom se trouve sur l'enveloppe trouvée par le gardien, sans quoi on aurait pu nous accuser l'un ou l'autre. Nous étions tous les deux en France avec un million d'autres individus et tous deux à l'*Hôtel du Taureau* cette nuit-là. Mais c'est Grant qu'elle est venue voir... et cela nous met hors de cause.

— C'est affreusement choquant !

En effet, Miss Silver avait l'air de quelqu'un qui a reçu un choc. Elle avait cessé de tricoter et ses mains étaient immobiles sous le léger nuage de laine rose pâle.

— Vous comprenez pourquoi je suis si inquiet au sujet de Cis ?

Malgré les pénibles pensées qui l'assaillaient, Miss Silver fut choquée par ce diminutif employé constamment. Que les jeunes gens d'aujourd'hui s'appellent à tout bout de champ par leurs prénoms, c'était la mode qui le voulait, mais oser un diminutif aussi intime, voilà qui l'offusquait. Monica Abbott elle-même ne l'utilisait pas aussi librement.

— Mon Dieu, fit-elle. Croyez-vous réellement que Mr. Hathaway...

— Les affaires de Grant ne me regardent pas, c'est de Cis que je me soucie.

— Croyez-vous que Mr. Hathaway a réellement vu cette Mrs. Rogers quand elle est venue par ici ?

Il la considéra sans chercher à déguiser son dédain.

— Il faut bien qu'il l'ait vue, sans quoi il n'aurait pas pu la tuer.

— Mais vous n'êtes pas certain qu'il l'ait vue ?

Il eut un rire coléreux.

— On peut le deviner et je suis assez intelligent pour cela !

32

Cicely remontait le sombre chemin en auto. Elle conduisait lentement, car maintenant qu'elle avait quitté Abbottsleigh, elle n'était pas tout à fait prête à arriver à Deepside. Elle avait voulu partir avant l'arrivée de ses parents et, d'ici peu, elle allait retrouver Grant... et, malheureusement, Mrs. Barton aussi. On a beau essayer de garder le secret sur ses affaires intimes, la domesticité est pleine d'yeux et l'endroit où vous habitez plein d'oreilles, surtout dans un village. Les connaissances et les amis s'attendent à ce qu'on leur donne des explications, et quand on a une gouvernante, il faut bien lui dire où l'on a l'intention de coucher.

Cis essayait de se donner du courage, sans accorder la moindre pensée aux crimes récents qui avaient eu lieu dans les parages où elle se trouvait.

Seul Bramble, juché les pattes de devant à la portière, détournait parfois son attention en manifestant sa joie et son agitation par ses aboiements. De temps en temps, elle lui disait : « Non, Bramble ! »

et il se retournait pour flairer l'air dans sa direction avant de recommencer un manège qui résumait son opinion. Il était inutile de lui expliquer qu'ils retournaient chez eux. Sa niche et ses couvertures étaient posées sur la banquette arrière. Il n'avait aucun doute sur leur destination et il en frémissait d'impatience.

La barrière était ouverte comme toujours. Elle remonta lentement sur le côté de la maison et s'arrêta. Il lui fallait trouver la clé du garage. Elle remonta sa glace et descendit vivement en enfermant Bramble dans l'auto sans tenir compte de ses gémissements. Elle ne tenait pas à le voir bondir autour d'elle en aboyant, car elle venait soudain de penser qu'il devait être tard et que Mrs. Barton serait sans doute couchée. A supposer qu'elle soit endormie et Grant aussi, il serait trop humiliant d'avoir à rentrer à Abbottsleigh. Elle avait bien son passe-partout, mais les verrous étant poussés, il ne lui servirait à rien.

Longeant la façade, elle passa devant la porte principale avec son porche et les trois marches qui y montaient et contourna la maison du côté opposé à celui où elle avait laissé son auto. Si Grant n'était pas couché, il serait dans son bureau et elle apercevrait de la lumière entre les rideaux. Elle pourrait même apercevoir une partie de la pièce, car ces diables de rideaux n'étaient pas assez larges, et quand on les faisait se joindre au milieu, ils laissaient toujours un espace vide sur le côté.

Elle poussa un soupir de soulagement. Le bureau était éclairé. Les deux fenêtres laissaient passer une lueur, et celle de gauche comportait une longue fente lumineuse. Son cœur battait, c'était une sensation étrange de considérer de l'extérieur sa propre maison. Elle eut l'impression d'être un fantôme. Puis une chaleur la pénétra et elle fut de nouveau Cicely Hathaway et bien vivante.

Grant était là. Il venait sans doute d'arriver, car il portait encore son vieil imperméable. Elle venait d'apercevoir la manche comme il traversait la pièce. Dans l'étroit espace entre les rideaux, elle ne pouvait voir qu'un peu du vieux papier peint sombre, le bord d'un cadre doré, le bout de la cheminée de marbre, et, juste au milieu de la fente, la coupe chinoise de porcelaine bleue qu'elle avait remplie de pot-pourri. Elle se souvenait qu'elle avait cueilli les roses et les avait fait sécher. Elles étaient toutes de la même espèce, des Hugh Dickson, parce que leur parfum durait plus longtemps. Elle avait rempli deux coupes et en avait posé une de chaque côté de la cheminée, parce qu'il fallait quelque chose pour l'égayer, avec ce papier peint sombre et le portrait bien sévère du vieux Mr. Hathaway. Soudain, elle ne vit plus la coupe que lui cachaient une épaule, un bras et un grand morceau d'imperméable. L'épaule remua, le bras aussi. Il y avait une grosse pièce cousue sur la manche juste au-dessus du coude... Une pièce très récente qui ressortait sur l'étoffe délavée. Elle se demanda comment il se faisait que Grant avait cette pièce sur son imperméable et ce qu'il faisait devant la cheminée. Soudain, il leva le bras comme s'il touchait la coupe de pot-pourri, mais elle ne vit pas sa main.

Tout à coup, une impression horrible la fit frissonner. Elle ne voulait pas que Grant sache qu'elle l'avait épié, elle se retira doucement et marcha sur le bord d'une plate-bande pour étouffer le bruit de ses pas. A cette heure, Mrs. Barton devait être couchée, elle ouvrit son sac pour chercher sa clé... et ne la trouva pas.

Une surprise intense la saisit, cette clé se trouvait toujours dans la pochette extérieure qui ne servait pas à autre chose. Elle éprouvait la sensation désagréable que l'on a en manquant une marche dans l'obscurité et celle non moins déplaisante d'être un fantôme... un fantôme qui ne pouvait pas rentrer chez lui.

Eh bien, il lui restait deux solutions. Si Mrs. Barton n'était pas couchée, il y aurait de la lumière quelque part, derrière la maison, dans sa chambre ou à la cuisine... Et si elle était en bas, elle entendrait la sonnette. Si c'était en haut qu'il y avait de la lumière, ou si tout était éteint, Cicely devrait aller frapper à la fenêtre du bureau, mais, inexplicablement, elle ne le voulait pas. Elle ne tenait même pas à repasser devant la fenêtre, mais elle s'y résigna pourtant, car si elle tournait par l'autre côté, Bramble ne manquerait pas d'aboyer. Elle revint sur ses pas comme elle était venue en ayant soin de marcher dans l'herbe.

Comme elle passait devant le bureau, la lumière s'éteignit. Elle fit le reste du chemin en courant. C'est stupide d'être effrayé par une lumière qui s'éteint dans votre propre maison. Courant toujours, elle passa sous un arceau couvert de lierre qui donnait dans le jardin potager et ouvrit à tâtons la barrière afin de pouvoir se reculer suffisamment pour voir la maison. La cuisine était éteinte, mais il y avait de la lumière dans l'office des domestiques. Cicely poussa un soupir de soulagement et fit le tour du bâtiment pour aller chercher sa valise et Bramble.

Le chien bondit joyeusement hors de la voiture en aboyant à toute gueule et se précipita vers la porte d'entrée.

Mrs. Barton n'hésita qu'un instant. Seule dans la maison quand deux crimes affreux avaient eu lieu dans les environs, on y regarde à deux fois avant d'ouvrir la porte en pleine nuit. Mais si ce n'était pas ce diable de Bramble qui aboyait et grattait sous la porte, c'est qu'elle avait perdu le sens commun. Elle ouvrit la porte et fut éberluée, en partie par la joie débordante du dachshund noir qui mordillait ses chevilles, tirait sa jupe et menait grand tapage, mais aussi par l'étonnante apparition de Mrs. Grant Hathaway, sa valise à la main. Elle resta sans voix.

Ce fut Cicely qui dit avec toute la dignité de la jeunesse :

— Comment allez-vous, Mrs. Barton ? Il est bien tard pour arriver, mais je viens seulement d'apprendre ce qui s'est passé avec Agnes et j'ai pensé qu'il valait mieux que je rentre à la maison.

Mrs. Barton remercia le Seigneur et ne sut jamais si elle ne l'avait pas fait à haute voix. Rien ne pouvait mieux faire cesser les commérages que le retour de Mrs. Grant. C'était une belle réponse au comportement insensé d'Agnes. Avant qu'elle ne pût proférer un mot, Cicely poursuivit :

— Mr. Grant ira chercher le panier de Bramble

et garera la voiture. Je vais aller lui dire que nous sommes là.

Mrs. Barton parut désolée.

— Mais il n'est pas là, c'est pour cela que je ne me suis pas couchée.

Cicely stupéfaite, la fixa.

— Mais, Mrs. Barton, il y avait de la lumière dans le bureau, il y a un instant, j'ai fait le tour par là.

Posant sa valise, elle se précipita dans la maison et courut vers le bureau, car cela n'allait pas être facile de dire à Grant qu'elle était revenue ! Elle ouvrit la porte... la pièce était sombre et vide.

33

Le retour de Cicely tombait vraiment à plat. Elle s'était armée de tout son courage pour la grande scène qui devait avoir lieu et il n'y aurait pas de scène du tout. C'était une possibilité qu'elle n'avait jamais envisagée. Il fallait qu'il y ait une scène, et il y avait tout un tas de façons différentes de la jouer. Grant aurait pu être furieux, auquel cas il y aurait eu des étincelles et — oh, quel soulagement cela aurait été après ces mois passés à tout ravaler. Peut-être aurait-il été affreusement touché et reconnaissant de son retour précipité au moment où il avait des ennuis. Une petite voix odieuse murmura au fin fond d'elle-même : « Tu penses ! » Eh bien, il aurait été en colère, ou alors — Cicely n'aimait guère cet « ou alors » —, il aurait peut-être été simplement poli, mais sarcastique, auquel cas elle aurait dû se comporter comme lui et elle n'était pas aussi douée pour cela. Tandis que maintenant, il n'allait pas y avoir la moindre scène. Grant allait simplement rentrer à la maison et dormir comme une souche, et les scènes en prenant le petit déjeuner ne sont possibles qu'entre gens querelleurs et vindicatifs. Grant dirait simplement en haussant les sourcils : « Ainsi vous êtes revenue », et Cicely répondrait : « Comme vous voyez » et irait aider Mrs. Barton à faire les lits.

Tout en rangeant l'auto et en apportant le panier de Bramble, elle se mordait les doigts d'être rentrée en l'absence de Grant et refusait de faire cas d'une bizarre sensation de soulagement.

Mais cela ne servait à rien. Le soulagement persistait. Depuis le moment où elle avait regardé dans la pièce par l'entrebâillement des rideaux, elle avait regretté. Si au moins elle avait pu remonter d'une demi-heure en arrière, elle ne serait jamais venue. En était-elle sûre ? Elle ne savait pas. Si, elle savait très bien. Elle ne voulait pas voir Grant. Mais elle ne pouvait pas revenir en arrière pour devoir alors donner des explications à Mrs. Barton, ni retourner à Abbottsleigh où il faudrait en donner à tout le monde.

Chargée du panier de Bramble, elle monta l'escalier. Mrs. Barton la suivit.

— Mr. Grant a dû revenir chercher quelque chose et il sera sorti de nouveau, dit-elle, c'est pour cela que vous avez vu de la lumière. Il a ses clés, et je ne l'aurais pas entendu depuis la cuisine. J'ai de l'eau chaude et j'ai rempli deux bouillottes pendant que vous gariez votre voiture. Votre lit ne sera pas humide, j'ai aéré régulièrement. J'ai même fait allumer le feu dans votre chambre hier et mis votre matelas devant.

Cicely aurait préféré dormir dans une autre

pièce, mais on ne peut pas jeter un matelas gentiment aéré au visage d'une gouvernante, surtout quand elle est depuis trente ans dans la maison.

Elle entra dans la chambre au plafond bas et à bow-window, avec le couvre-lit rayé, et la trouva plus sinistre que jamais. Les rideaux étaient tirés. Tout était terriblement propre, bien rangé et nu. Il n'y avait rien sur la coiffeuse, parce qu'elle l'avait vidée quelques mois auparavant d'une main rageuse et tremblante, rien dans l'armoire ni dans le placard où elle rangeait ses souliers. Rien pour montrer que Cicely Hathaway, jeune mariée, était venue là et y avait connu un bonheur extraordinaire. Il ne régnait plus le moindre bonheur dans cette pièce, maintenant. Ni le moindre malheur, d'ailleurs : elle n'éprouvait qu'une sensation de vide.

Mrs. Barton descendit chercher des draps.

A peine son panier avait-il été posé à l'endroit habituel que Bramble avait sauté dedans. Il était vautré sur le dos, les pattes en l'air et la regardait d'un air attendrissant. Il faisait cela tous les soirs. Elle dut le prendre par la peau du cou et le soulever comme un lapin mort pour faire son lit avec des journaux froissés et une couverture. C'est seulement à ce moment-là qu'il eut le droit d'y revenir d'un bond pour s'y pelotonner. Ensuite, elle disposa une grande couverture sur lui pour qu'il puisse se retourner sans se découvrir.

Une fois qu'il se fut endormi avec un soupir de satisfaction, Cicely se dirigea vers la porte du cabinet de toilette de Grant. Elle se souvenait de l'impression de froid que lui avait donnée la clé lorsqu'elle l'avait fermée avant de quitter la maison. Elle tourna la poignée : la porte était toujours fermée. Elle retira vivement sa main et rejoignit Mrs. Barton qui apportait les bouillottes.

Grant rentra à minuit, elle l'entendit traverser le vestibule et monter l'escalier. Sa démarche indiquait une extrême lassitude. Elle se demanda ce qu'il dirait si elle paraissait sur le seuil de sa porte, c'est ce qu'elle aurait fait avant leur rupture... Elle aurait couru sur le seuil et dit : « Mon chéri, comme il est tard ! Que voulez-vous, du café ou du chocolat ? » Et s'il avait fait froid comme ce soir, il aurait répondu : « Du chocolat » et elle aurait dit : « L'eau est chaude, si jamais vous voulez prendre un bain. » Toutes ces choses agréables qui font la vie conjugale. Elle l'entendit enlever ses bottes. C'était incroyable, le bruit que les hommes réussissent à faire pour enlever des bottes. Bramble eut un aboiement étouffé, mais Grant faisait trop de bruit pour l'entendre.

Soudain, ce fut le silence. Cicely était confortablement allongée au chaud dans le grand lit avec deux bouillottes. Bramble dormait. De l'autre côté de la porte, Grant Hathaway dormait. La nuit était calme et silencieuse. Cicely n'avait aucune raison de ne pas s'endormir, mais le sommeil la fuyait. Elle entendit sonner une, deux, puis trois heures.

Puis, sans transition apparente, elle se vit marchant sur une route toute droite qui traversait une lande déserte. Il faisait sombre, mais cela importe peu dans un rêve. Elle voyait la route s'allonger devant elle, pas une maison, pas un être vivant, seulement Cicely Evelyn Hathaway toute seule. Quelque chose lui frôla le visage, elle sut que c'était son voile de mariée et qu'elle devrait dire : « Moi, Cicely, Evelyn, je prends Edward Grant pour époux... de ce jour, à jamais... pour le meilleur et pour le pire », mais le voile l'étouffait, elle ne pouvait ni parler, ni respirer.

Elle s'éveilla en sueur, le drap sur la figure, pour voir une horrible aurore froide et pâle qui se levait derrière des nuages couleur de plomb. Elle se détourna et s'endormit aussitôt.

34

Il faisait grand jour quand elle s'éveilla. Grant était parti.

— Il n'a fait qu'avaler son déjeuner et il est sorti aussitôt après.

— Sait-il que je suis revenue ?

Mrs. Barton secoua la tête.

— Ce n'était pas à moi de le lui dire.

Elle s'approcha du panier.

— J'aurais cru que ce Bramble se serait précipité à la porte.

Cicely se sentait toute petite, toute froide et perdue. Elle murmura :

— C'est un paresseux, faites-le sortir maintenant.

Elle se leva, s'habilla et se mit à faire le ménage. La matinée s'étendait devant elle sans fin comme la route de son rêve.

Monica Abbott lui téléphona, manifestement déchirée entre le désir d'obtenir des confidences et la crainte de les laisser surprendre par Maggie Bell.

— Chérie, quelle précipitation ! Mais j'espère que tu n'as pas dormi dans un lit humide. Tout doit être trempé, là-bas.

C'était bien le genre de Maman de s'occuper d'histoires de lits humides.

— Il vaudrait mieux que Mrs. Barton ne t'entende pas. Elle a mis mon matelas à aérer toute la journée devant le feu.

— Cis...

Jusque-là, Cicely avait parlé d'un ton détaché. Maintenant, elle prit celui d'une inconnue affreusement polie.

— M'appelles-tu à propos de quelque chose de particulier ? Parce que sinon, j'ai des tas de choses à faire.

Elle entendit Monica rassembler tout son courage pour dire :

— Non... Non, rien, c'est simplement que...

Elle ne finit pas sa phrase et raccrocha. Cicely poussa un soupir de soulagement. Pourquoi faut-il que les gens qui vous aiment ne puissent pas vous laisser en paix ! Elle se remit à son ménage et se lança dans le rangement du salon, qui était resté inutilisé depuis son départ. Il se languissait sous les housses et derrière les volets clos, selon l'usage décrété par Mrs. Barton, et Cicely trouva qu'il ressemblait à une morgue. Non pas, bien sûr, qu'elle eût jamais vu une morgue, mais cela lui en donnait l'impression. Il y avait vraiment beaucoup à faire.

Grant rentra à une heure. Il rencontra Bramble sur le seuil de la porte et Cicely dans le vestibule. Elle venait de terminer les escaliers, qu'elle avait laissés en dernier et elle était là, toute pâle, une pelle et une balayette à la main. Les aboiements joyeux de Bramble les empêchèrent de parler pendant un instant. Grant regarda Cicely en fronçant les sourcils.

— Que veut dire ceci ?

— Je suis femme de chambre.

— Que voulez-vous dire par là ?

— Agnes est partie. Je l'ai appris hier soir, alors j'ai pensé qu'il valait mieux venir aider Mrs. Barton.

— Quand êtes-vous arrivée ?

— Oh... hier soir.

Il lui lança un long regard noir. Cicely tremblait. Elle aurait voulu s'asseoir sur les marches et pleurer à son aise. Évidemment, elle aurait encore préféré mourir. La sonnerie du téléphone lui apporta un bienfaisant soulagement... Grant alla répondre, Bramble sur ses talons. Cicely posa la pelle et la balayette et commença à faire les poussières.

Deux minutes plus tard, Grant revint, l'air morne et furieux. Cette fois, il ne la regarda même pas.

— Vous feriez mieux de retourner à Abbottsleigh, dit-il d'un ton glacial. Vous n'auriez jamais dû revenir !

— Pourquoi ?

— Parce que je vous le dis.

— Pourquoi ? répéta-t-elle.

— Si vous aviez un grain de bon sens, vous sauriez pourquoi. Après des mois d'absence, vous choisissez ce moment pour revenir !

— Pourquoi ne le ferais-je pas ?

Elle s'échauffait un peu, la colère la gagnait, mais quand il parla, toute colère disparut.

— Parce qu'il est plus que probable que je vais être arrêté.

— Grant !

— C'est la police de Lenton qui m'appelle. Je leur ai dit que je m'y rendrais vers deux heures... Impossible plus tôt. Je suis le suspect numéro un, vous savez. Joe Turnberry n'a pas cessé de me surveiller depuis ce matin pour s'assurer que je ne fuirais pas. Je m'attends à être arrêté, sinon inculpé, cet après-midi. Il vaut mieux vous en aller et rester là-bas.

Elle se redressa.

— C'est pour cela que je suis revenue.

Il eut un brusque éclat de rire.

— Je suis un coureur de dots, mais pas un assassin... c'est bien cela ? Le geste est beau, Cis, mais je ne peux pas l'accepter. Mieux vaut retourner chez vous... Votre place n'est pas ici. Voudriez-vous demander à Mrs. Barton de me donner quelque chose à manger ?... N'importe quoi de prêt. Je tiens à voir Johnson avant de partir, il peut avoir à diriger l'exploitation pendant un certain temps.

Et ce fut tout. Le reste ne fut qu'un affreux repas, quelques mots au sujet d'un veau blessé mais rien d'intime jusqu'au moment où, sur le point de passer la porte, il dit :

— Retournez à Abbottsleigh, Cis. Mrs. Barton peut demander à quelqu'un du village de venir lui tenir compagnie, si je suis arrêté.

— Je préférerais rester ici.

Il fronça les sourcils.

— Non, cela vaut mieux. Retournez à Abbottsleigh avant la nuit !

Et là-dessus, il partit. La porte claqua.

La vaisselle rangée, Mrs. Barton mit son manteau et son chapeau pour aller prendre le car de Deeping. Cicely lui offrit de la conduire en voiture.

— Je préférerais être indépendante, Mrs. Grant. La pluie ne m'effraie pas, j'ai un parapluie. Annie Stedman, une de mes cousines, fera très bien l'affaire pour remplacer Agnes et je sais qu'elle veut venir. Elle m'a dit pas plus tard que samedi qu'elle regrettait que nous n'ayons pas une place à lui proposer, mais ne croyez pas que cela m'ait influencée pour congédier Agnes. Il faut être juste, je n'avais rien à lui reprocher au point de vue service, mais elle a dépassé les bornes et c'est une chose que je ne pouvais pas supporter... Je sais trop où cela conduit. C'est pour cela que je lui ai signifié son renvoi.

— Vous avez très bien fait, dit Cicely.

Et Mrs. Barton partit, drapée dans sa vertu et capable de combiner ses sentiments familiaux avec son devoir envers ses maîtres.

Cicely rentra dans la maison vide. Elle n'avait pas du tout l'intention de retourner à Abbottsleigh. Lorsque Grant reviendrait, ils auraient une explication. S'il ne revenait pas... si une terrible erreur était commise, sa place était ici pour veiller sur la maison en son absence.

Elle éprouvait un certain soulagement. Après le départ de Mrs. Barton, elle pouvait circuler sans autre témoin que Bramble.

Elle entreprit de visiter la maison. Si Agnes était un serpent, elle était bonne travailleuse. Deepside était une de ces demeures pleines de coins et de recoins qui avait été bâtie pièce par pièce. L'étage supérieur comprenait cinq chambres donnant l'une dans l'autre, qui n'avaient pas servi depuis des générations. La plus éloignée était remplie de vieux meubles qu'ils avaient toujours eu l'intention d'examiner sans jamais réaliser leur projet tant il y avait d'autres choses à faire et tout le temps devant eux. Elle resta sur le seuil. Ils avaient encore tout le temps. Elle entendit une voix en elle murmurer : « Non. » Elle refusa de franchir le seuil. Elle referma la porte et dévala l'escalier.

Même là-haut, il n'y avait pas de poussière. Agnes n'avait rien négligé. Cicely se mit à penser à elle... En quoi avait-elle « dépassé les bornes » et pourquoi était-elle allée au commissariat de Lenton pour accuser Grant ? Elle comprit soudain à quel point Agnes avait de l'importance. Si elle continuait à dire qu'elle n'avait ni vu ni entendu Grant après le départ de Louise Rogers, la police et tout le monde croiraient que Grant l'avait tuée. Jusqu'à cet instant son indignation l'avait empêchée de percevoir le réel danger. Elle n'avait envisagé la situation qu'au seul point de vue de sa portée sur les relations intimes, mais elle comprenait maintenant que si Agnes s'en tenait à son témoignage, de graves chefs d'accusation pèseraient contre Grant.

Immédiatement l'attente lui parut intolérable. Mrs. Barton allait rentrer avant la nuit, mais cela n'avait aucune importance. Quand Grant rentrerait-il ? Pourquoi ne l'avait-elle pas obligé à l'emmener ? Elle l'aurait attendu dans la voiture... Mais on ne manœuvrait pas Grant à son gré... Autant pousser un mur de pierre. S'il était arrêté, il faudrait bien qu'on vienne la prévenir.

L'après-midi se traîna lamentablement. Elle aurait pu aller promener Bramble, mais elle ne voulait pas s'éloigner du téléphone. Grant pourrait l'appeler... ou Frank. Si c'était Frank, ce serait pour une mauvaise nouvelle. Elle fit sortir le chien, le fit rentrer à la cuisine et le laissa s'installer dans un fauteuil. Quand Mrs. Barton rentrerait, elle le gronderait et il pencherait la tête de côté. Il lèverait une patte et il la regarderait d'un air attendrissant. Très attendrissant. A chaque fois, il faisait la même chose. Et elle avait même entendu Mrs. Barton lui dire dans un moment de faiblesse : « Mon petit chéri. »

Cicely le laissa et alla dans le bureau. Si le téléphone sonnait, elle n'aurait qu'à traverser la pièce. Cela ne pouvait tarder. Il y avait longtemps que trois heures avaient sonné. Elle alluma le feu. Grant aurait besoin de se réchauffer. En se relevant après avoir mis une bûche dans la cheminée, elle vit le portrait du vieux grand-père Hathaway. Il fronçait les sourcils comme Grant quand il était en colère... Son air morose influençait l'atmosphère de la pièce. Elle détourna les yeux en voyant les coupes chinoises. Elle se les rappela en août, pleines de roses rouges, si jolies et si gaies dans la porcelaine bleue et blanche, et si parfumées qu'on les sentait en ouvrant la porte. Elle approcha son nez de la coupe de gauche, c'est ce que Grant devait faire lorsqu'elle l'avait aperçu la veille en regardant à travers les rideaux. Les roses étaient fanées, mais elles sentaient encore bon. Elle les remua du doigt et sentit quelque chose de dur. L'espace d'un instant tout se figea en elle : sensation, pouls, souffle, pensée. Puis, automatiquement, ses doigts se refermèrent sur l'objet touché et sortirent de la coupe avec un anneau serti de diamants un peu ternis par les feuilles de roses. C'était la boucle d'oreille Éternité.

35

Au commissariat de Lenton, l'inspecteur Lamb, revenu de Londres, relisait les témoignages de l'affaire. Quant au commissaire, il était au lit avec la grippe et pas fâché sans doute de ne pas pouvoir intervenir dans une affaire qui menaçait de compromettre deux des familles les plus honorables de la localité. Le visage sans expression, tournant les pages sans hâte et méthodiquement de sa grosse main, Lamb lut d'un bout à l'autre les feuillets tapés avec soin par le sergent Abbott. Quand il eut fini, il leva le nez et déclara :

— Le chef de Scotland Yard a été surpris que nous n'ayons pas opéré d'arrestation. J'ai eu l'impression que je m'étais rendu ridicule en allant lui montrer ces papiers pour me faire dire : « Qu'attendez-vous donc ? Un témoin oculaire ? On n'en a pas souvent dans les affaires criminelles. »

Il était assis, son chapeau en arrière sur la nuque, son gros pardessus posé sur le bras de son fauteuil. Il n'avait cessé d'aller et venir depuis le petit déjeuner. Dehors, le temps était gris et froid et tournait à la pluie. Mais il faisait assez chaud dans le bureau du commissaire pour rappeler à Lamb l'atmosphère de la cuisine de sa mère. Il ôta son chapeau et le jeta sur son pardessus.

— Eh bien, faites-le entrer. Je ne sais pas pourquoi vous l'avez fait venir ici, mais cela nous évitera la peine d'aller le chercher.

— Un instant, je vous prie, dit Frank Abbott.

— Eh bien, de quoi s'agit-il ?

— Simplement d'une information que Miss Silver m'a prié de vous transmettre.

— Eh bien, allons-y. Un tas d'absurdités, je suppose ?

— A vous d'en juger, inspecteur. Mark Harlow est venu à Abbottsleigh hier soir... Cela lui arrive souvent, il aime jouer ce qu'il compose à ma cousine Cicely, qui est très musicienne. Mais hier soir, il ne l'a pas vue, elle était retournée chez elle.

Lamb dressa l'oreille.

— Que voulez-vous dire par « retournée chez elle » ?

— Un beau geste de sa part. Elle s'est aperçue que les choses tournaient mal pour Grant, alors elle a fait sa valise et elle est repartie chez elle.

Le terrain était glissant. Il enchaîna rapidement.

— Mark n'a pas pu jouer du piano, mais il a eu une conversation à cœur ouvert avec notre Miss Silver. Si vous voulez savoir pourquoi, j'ai mon idée là-dessus.

Lamb tapa du poing sur la table.

— Où voulez-vous en venir ?

— Je vais vous le dire. Harlow semblait bouleversé par la pensée que Cicely était retournée auprès de son mari. Il a déclaré que Grant était impliqué jusqu'au cou, que je le savais et que j'avais eu tort de laisser ma cousine revenir près de lui, que j'aurais dû l'en empêcher. Je dois vous dire que personne ne l'aurait pu. Miss Silver lui a demandé pourquoi il supposait que Hathaway allait être arrêté, et il lui a donné sa version de la scène de l'*Hôtel du Taureau*, en y ajoutant une information fantaisiste selon laquelle Grant mettait quelque chose dans sa poche quand il l'a retrouvé à sa voiture, et lui, Mark, ne doutait pas qu'il empochait le briquet que cette Louise Rogers l'avait vu ramasser dans la cour. Harlow a ajouté : « Et par là-dessus, elle est arrivée ici à sa suite. Eh bien, je vous demande un peu ? » Miss Silver a répété sa dernière phrase et il a ajouté : « Je suppose que Caddle et moi avons eu de la chance qu'elle ait trouvé son adresse et non la nôtre. Nous étions tous deux en France avec un million d'autres individus et tous deux à l'*Hôtel du Taureau*, cette nuit-là. Mais c'est Grant qu'elle est venue voir... et cela nous met hors de cause. »

Il fit une pause théâtrale.

L'inspecteur écarquilla les yeux.

— Et qu'en avez-vous conclu, avec votre Miss Silver ? A mon avis, ce ne sont que des paroles en l'air.

— Peut-être. Mais qui a dit à Harlow que Louise était venue voir Grant Hathaway ? Combien de personnes étaient au courant ? Vous, moi, Smith, Hathaway lui-même et Agnes Ripley. Personne d'autre. Qui a prévenu Mark Harlow ? Ni vous, ni moi, ni Smith. Miss Silver m'a demandé tout de suite si nous avions mis Mark au courant de la visite de Louise Rogers. Je lui ai certifié que non. Agnes Ripley le lui aurait-elle dit ? Sa scène avec Grant a eu lieu hier vers cinq heures et elle est arrivée directement ici. Il est peu probable qu'elle en ait parlé à quiconque auparavant. Elle était folle de Grant et elle n'est venue le dénoncer que par dépit quand il l'a mise dehors. Pouvez-vous imaginer un seul instant qu'elle ait communiqué avec Mark Harlow ? Elle paraissait sur le point de s'évanouir quand je l'ai reconduite chez son amie Mrs. Parsons. Reste Grant Hathaway. Pourquoi aurait-il été raconter à Harlow qu'il avait eu une entrevue des plus compromettantes avec Louise ? S'il ne lui a pas dit, il n'y a qu'une personne susceptible de l'avoir mis au courant : c'est Louise elle-même.

Lamb le fixait d'un air impénétrable. Mais Frank savait que c'était souvent un masque derrière lequel l'esprit travaille intelligemment. Cela ne le découragea pas. Il se tut et attendit les résultats.

— Il y a peut-être quelque chose là-dedans, grommela finalement Lamb. Mais nous ne connaissons pas suffisamment Agnes Ripley pour être certains qu'elle n'a pas averti Harlow. Elle voulait faire du mal à Hathaway. L'impulsion qui l'a fait accourir ici a pu l'inciter à lui nuire vis-à-vis de ses amis. C'est exactement ce qui pousse les gens à écrire des lettres anonymes. Je ne dis pas qu'elle a probablement téléphoné à Harlow, mais je n'écarte pas l'hypothèse.

Il s'agita sur son siège et poursuivit avec gravité.

— Je n'écarte pas non plus Hathaway. Il aurait très bien pu téléphoner lui-même à Harlow. A supposer que Louise n'ait pas reconnu Hathaway comme son voleur, elle l'a sûrement questionné sur les autres, puisqu'elle était certaine que c'était l'un des trois.

Le regard de Frank Abbott s'anima.

— Vous supposez donc que Grant est innocent ?

Pas un muscle du visage de Lamb ne bougea.

— Uniquement pour les besoins de la discussion. Mettons que Louise ait demandé qui étaient les autres et qu'il le lui ait dit. Elle part en voiture. Il a très bien pu téléphoner à son voisin pour le prévenir que des ennuis l'attendaient. Louise aurait pu se heurter à Caddle qui rentrait par la porte de derrière ou à Harlow s'il était prévenu de sa venue.

— Et l'alibi d'Albert ?

L'inspecteur l'écarta d'un geste.

— Votre théorie n'est pas très différente de celle de Miss Silver, inspecteur. Si Grant était l'assassin, il n'aurait pas téléphoné à Harlow. Nous en revenons donc au fait que Harlow était au courant de l'entrevue de Grant avec Louise, ce qui me semble assez compromettant.

— C'est aller un peu loin.

Frank se pencha en avant.

— Écoutez, inspecteur. Harlow sait quelque chose que personne ne sait en dehors de la police, de Hathaway et d'un témoin. C'est une information compromettante qui le lie au crime. Pourquoi n'a-t-il rien dit à la police ? Il ignorait que nous étions au courant.

Lamb grommela.

— C'est un ami de Mrs. Hathaway, il a pu vouloir faire preuve de sa discrétion. S'il est coupable, pourquoi en a-t-il parlé à Miss Silver ?

— Il était très exalté et — vous savez ce que c'est quand on ne la connaît pas —, je pense qu'il l'a trouvée insignifiante. S'il s'était adressé à vous, ou même à moi, il se serait tenu sur ses gardes, mais avec la petite Miss Silver en train de tricoter bien tranquillement, il s'est laissé aller. Ce qu'il essayait de répandre, c'est l'idée que Hathaway était l'assassin... Il a fait une gaffe.

— Hum ! fit l'inspecteur.

Puis, après un long moment :

— En écartant Agnes Ripley pour l'instant, il est difficile de concilier l'information de Harlow avec la culpabilité de Hathaway. Si ce dernier était coupable, il n'aurait pas dit à Harlow qu'il avait vu Louise Rogers, mais il aurait pu lui téléphoner s'il est innocent. Nous allons le faire venir pour lui demander s'il l'a fait. Nous interrogerons aussi Harlow pour savoir comment il a su que Hathaway avait vu Louise. Ne comptons pas obtenir la vérité de l'un ou de l'autre, mais on tire parfois des renseignements utiles d'un mensonge. Allez chercher Mr. Hathaway.

36

En retirant sa main de la coupe chinoise, Cicely se tourna instinctivement vers la lumière. Il faisait sombre dans le bureau, car dehors les nuages étaient bas et il tombait une petite pluie fine. Mais, avant de faire la lumière, elle savait ce qu'elle tenait. Elle vit la boucle d'oreille ; un anneau de platine serti de petits diamants étincelants. Elle la vit sans comprendre encore sa signification. Sa découverte lui avait causé un choc, mais elle n'en tirait pour l'instant aucune conclusion. Elle examinait l'anneau, mais, tout au fond d'elle-même, la peur commençait à naître.

L'anneau avait environ un centimètre et demi de diamètre, et portait une charnière presque invisible d'un côté et un petit tenon d'accrochage de l'autre. On ne devait pas les apercevoir quand la boucle était posée.

Brusquement, elle comprit. C'était la boucle d'oreille de Louise Rogers que le meurtrier cherchait dans les cheveux de sa victime lorsque Mary

Stokes l'avait surpris. Il ne l'avait pas trouvée — sur le moment. Alors l'avait-il découverte plus tard ? Le cadavre était resté dans le bois du vendredi au samedi soir, il aurait pu retourner la chercher en fouillant les feuilles, comme il avait cherché dans les cheveux.

Sa pensée s'arrêta sur cette évocation : le bois obscur, les arbres et la main qui retournait les feuilles.

La main de qui ?

Il devait avoir une torche — les feuilles humides de rosée brillant dans son faisceau, puis les diamants.

Il l'avait découverte, puisqu'elle était là. Elle l'avait dans la main. Lentement, la peur monta jusqu'à la surface de son cerveau comme une bulle d'air traversant des eaux sombres. Soudain, elle se mit à trembler de la tête aux pieds. Elle avait vu Grant dans cette pièce hier soir. Grant le dos tourné, debout devant la cheminée, qui levait le bras et touchait la coupe chinoise. Elle avait cru qu'il remuait le pot-pourri. C'est ce souvenir qui lui avait fait plonger les doigts dans la coupe. Elle revoyait la scène : l'imperméable avec une pièce toute neuve sur la manche, le mouvement de l'épaule, le bras.

Non ! C'était une chose impossible à croire. Elle cessa de trembler. Non, songea-t-elle. Grant n'est pas stupide à ce point, Grant n'est pas un meurtrier. Qui pourrait être assez imbécile pour apporter une chose pareille dans sa propre maison et l'y conserver ? C'est la nuit dernière que la boucle avait été déposée. Le cadavre était découvert, l'autre boucle entre les mains de la police. Quel serait l'idiot qui aurait rapporté cette pièce compromettante chez soi alors qu'il était si facile de la laisser tomber sur le chemin ou dans le bois et d'en être débarrassé ?

Elle regardait toujours le bijou. La lumière changea, il y eut un léger déclic et la porte-fenêtre de droite s'ouvrit brusquement. Elle leva les yeux et vit Mark Harlow entrer dans la pièce. Son imperméable était mouillé, il avait des gouttes d'eau sur les cheveux.

— J'avais téléphoné, dit-il, mais personne ne m'a répondu.

— Non... Grant est à Lenton et Mrs. Barton est partie au village.

Il avait l'air bouleversé.

— Cis... Il fallait que je vous voie.

Instinctivement, dès son entrée, elle avait refermé la main. La boucle blessait sa paume. Son « Oh ! » ne fut qu'un souffle de surprise.

— Je suis trop mouillé, je vais enlever mon imperméable, dit-il en allant vers la porte.

C'est alors qu'elle vit la pièce plus sombre sur sa manche... le tableau était complet : épaule, manche d'imperméable... et la pièce si visible. Tout devint clair dans son esprit. Elle avait tâtonné dans l'obscurité, mais la pleine lumière s'était faite.

— Non, Mark, dit-elle, peu importe l'humidité. Je veux vous parler.

Il se retourna, visiblement surpris par le ton de sa voix. Elle le regarda et se souvint qu'ils avaient été amis, qu'il lui avait déclaré son amour ; les mots qu'elle voulait prononcer refusaient de lui monter aux lèvres. Elle s'entendit dire :

— Vous auriez pu entrer : vous avez ma clé, n'est-ce pas ? Rendez-la-moi.

Il était semblable à lui-même. Comment avait-il pu faire cela et rester le même ?

— Votre clé ? dit-il.

— Vous l'avez prise dans mon sac, rendez-la-moi.

— Moi ?

— Oui, Mark. Vous vous en êtes servi pour entrer ici la nuit dernière. Je suis arrivée pendant que vous étiez là. Je vous ai vu.

— Cis !

— Je voulais entrer, mais ma clé ayant disparu, j'ai fait comme vous venez de faire. J'ai contourné la maison et je me suis approchée de la fenêtre du bureau. Il y avait de la lumière entre les rideaux qui ne se joignent pas. Je vous ai vu, et j'ai vu ce que vous faisiez.

Tout le sang parut se retirer de son visage. Son expression insouciante et confiante se transforma. Il répondit d'un ton qu'elle ne lui avait jamais entendu :

— Il n'y avait rien à voir.

— Si. Je vous ai vu debout près de la cheminée, en train de mettre quelque chose dans la coupe chinoise, celle de gauche. J'ai vu votre bras se lever. J'ai remarqué la manche rapiécée. J'ai su que vous mettiez quelque chose dans cette coupe et je viens de découvrir ce que c'était.

— Je ne vois pas de quoi vous voulez parler.

Elle avait la nausée. Elle n'était pas effrayée, non, elle avait simplement la nausée, parce qu'ils avaient été amis. Sa pensée se traduisit en paroles :

— La police doit être avertie, il faudra que je le fasse, mais je vous le dis d'abord. Parce que nous avons été amis... je vous préviens.

Elle ouvrit la main qui contenait la boucle d'oreille. Il la regarda, puis son regard se posa longuement sur Cicely.

— Ainsi, c'est cela ? Vous allez avertir la police ?

— C'est mon devoir.

Il acquiesça.

— Évidemment. Et Grant... Vous serez obligée de le dire à Grant. Oh ! Cis, quelle sotte vous êtes !

— Je dois...

Sa voix trembla.

Il eut un geste d'impatience.

— N'ai-je pas dit « évidemment » ? C'est ainsi que l'on est pris... on n'arrange pas les choses, elles se font toutes seules. Quelque chose vous pousse, vous commencez et vous ne pouvez plus vous arrêter. C'est un simple hasard qui est cause de tous ces malheurs. Une femme avec un sac plein de diamants sur une route criblée de bombes... De toute façon, elle n'aurait jamais pu s'en tirer avec ses bijoux. Ses chances de survivre étaient à peu près nulles. Si vous aviez vu cette route encombrée et cette pluie de bombes... Et elle qui n'avait que ses pieds pour en sortir. J'avais une motocyclette. A quoi bon laisser les diamants aux Boches ?

— Alors vous les avez pris ?

— Évidemment, n'importe qui l'aurait fait. Quelle chance avait-elle de survivre ?

— Mais elle a survécu.

— C'est une sacrée malchance. Et après tant

d'années, la voilà qui revient et me reconnaît ! Elle ne m'avait entendu parler qu'une seule fois en jurant et quand j'ai laissé tomber ce maudit briquet à l'*Hôtel du Taureau*, j'ai juré de nouveau en utilisant les mêmes mots, paraît-il, et elle a reconnu ma voix. Et mes mains aussi, mais bon Dieu, qu'ont-elles donc de si extraordinaire pour qu'une femme puisse jurer les reconnaître ?

Il les étendit. Elles tremblaient. Cicely, qui les avait vues tant de fois, remarqua pour la première fois, comme Louise Rogers, leur étrange aspect : l'index plus long et plus mince que les autres doigts, les pouces désarticulés, l'écart anormal. Il était inévitable qu'on les reconnaisse.

Il dut lire sa pensée sur son visage, car il les fourra avec colère dans ses poches.

— Si je n'avais pas perdu la tête, j'aurais dû lui dire d'aller au diable. Elle n'aurait rien pu prouver. Si Grant Hathaway m'avait téléphoné pour m'avertir de sa venue, j'aurais eu le temps de réfléchir et je n'aurais pas été pris par surprise. Je lui dois un chien de ma chienne pour cela, il y pensera peut-être quand il sera payé de retour. Tout cela n'est qu'une question de malchance. Je venais de sortir pour prendre l'air quand la voiture est arrivée sur le chemin. Elle m'a vu dans la lumière des phares et elle s'est arrêtée. Sans cette rencontre, elle serait allée à la maison et ne m'aurait pas trouvé. Mais on ne se bat pas contre le destin. J'avais tout oublié de cette maudite affaire et je n'imaginais pas qu'elle pouvait refaire surface un jour. Donc, elle a arrêté sa voiture et allumé l'intérieur. J'ai vu une jolie femme en noir et je n'ai pas pensé un instant que nous nous étions déjà rencontrés. Elle m'a dit : « Comment s'appelle la propriété dont vous venez de sortir ? » J'avais bien remarqué son accent français, mais sans y attacher d'importance. J'ai répondu : « C'est la Grange. — Ah, c'est le nom que m'a donné Mr. Grant Hathaway. Est-ce là qu'habite Mark Harlow ? — Oui, c'est moi. » Elle était dans la voiture éclairée et moi dehors, un peu en arrière. Elle ne pouvait pas très bien me voir. « Vous étiez avec Mr. Hathaway et votre chauffeur à l'*Hôtel du Taureau* de Ledlington, à neuf heures du soir, le 4 janvier ? — Oui. » Elle a eu un petit sourire pour dire : « Peut-être avez-vous laissé tomber votre briquet et l'avez-vous ramassé ? » J'ai cru qu'elle me faisait des propositions et j'ai ri en répondant : « Vous n'avez pas pu me voir... Il faisait trop nuit. » Elle a ri aussi et elle a ajouté : « Vous aviez une torche... J'ai pensé que cela pouvait être vous. Ce n'était pas le Mr. Grant Hathaway qui a laissé tomber une enveloppe adressée à son nom... C'est comme cela que je l'ai retrouvé. » — Il imitait son accent français. — « Je l'ai vu à Deepside et ce n'est pas lui. Alors, ce doit être vous. Approchez-vous un peu pour que je m'en assure. » J'ai obéi, la glace était baissée et j'ai posé la main dessus, elle la fixa et s'écria : « *Oh mon Dieu...* c'est vous ! » La façon dont elle l'a dit m'a déplu. Je commençais à me demander si je l'avais jamais vue auparavant, quand j'ai remarqué ces maudites boucles d'oreilles. J'ai pensé : « Ce n'est pas possible ! La malchance ne peut poursuivre quelqu'un à ce point ! » Elle m'insultait maintenant en français, criant que j'avais volé ses bijoux, me traitant d'*infâme, scélérat, assassin.* Il fallait bien que je la fasse taire, n'est-ce pas ? N'importe qui aurait pu l'entendre. Je l'ai assommée. Que pouvais-je faire d'autre ? Puis je l'ai achevée avec une pierre. Je ne pouvais pas la laisser vivre, ce n'est qu'un horrible coup de malchance.

Cicely ne disait rien, elle serrait la boucle d'oreille dans sa main et écoutait la voix de Mark raconter des choses qui ne pouvaient être qu'un affreux cauchemar. Le pire, c'est qu'il les présentait comme une suite d'événements ordinaires et naturels.

— Je l'ai transportée dans le bois, reprit-il. Ensuite il fallait que je me débarrasse de la voiture. Je l'ai conduite à Basingstoke et abandonnée devant un garage, puis j'ai pris le train de six heures vingt pour Lenton et je suis allé à l'Empire. A huit heures et demie, j'ai téléphoné au garage sous un faux nom, en demandant qu'on garde la voiture quelques jours, pour éviter qu'ils ne signalent une auto abandonnée à la police. Vous voyez que j'ai pensé à tout. J'ai vu la fin du film et je suis rentré à pied. Il fallait ensuite me débarrasser du cadavre. Je me suis souvenu de Forester's House. Mon oncle avait un livre la concernant écrit par le père de Miss Grey. Nous y étions allés ensemble et il m'avait montré comment on ouvrait la porte de la cave. Sa mère étant une Tomalyn, il avait eu tous les papiers concernant la maison. Il y avait eu un litige sur le titre de propriété avec les Abbott, mais à la fin ils s'étaient mis d'accord. J'imagine que vous savez tout cela.

— Oui, fit Cicely.

Cela aurait pu être une conversation tout à fait ordinaire. Ils auraient très bien pu parler d'autre chose, mais ils parlaient de la façon dont il avait tué Louise Rogers et enterré son cadavre dans la cave de Forester's House.

Mark, qui avait retiré les mains des poches, en passa une sur ses cheveux mouillés.

— C'est alors que la malchance m'a joué un nouveau tour. J'ai attendu la nuit pour ouvrir la cave. J'avais emporté les outils nécessaires. Tout était soigneusement prévu, mais on ne lutte pas contre le destin. J'ai eu beaucoup de mal à ramener le corps du bois, mais j'ai réussi. J'ai dû allumer ma torche pour trouver l'entrée, et quand le faisceau est tombé sur son visage, j'ai vu qu'elle avait perdu une boucle d'oreille. Cela m'a angoissé, et je me suis mis à la chercher. C'est alors que j'ai entendu un cri étouffé. Je savais que la femme était morte, mais, sur le moment, cela m'a paralysé. Soudain, j'ai entendu courir. Le temps de me remettre et de filer à sa poursuite, j'ai compris que je ne pourrais pas rattraper l'auteur du cri. Quant à la femme, je l'ai descendue dans la cave, j'ai fermé la porte et je suis rentré chez moi. Qui que ce soit que j'avais entendu courir, il n'avait pas pu me voir, j'en étais certain. Une heure ou deux après, le village était en émoi. Mrs. Green et Lizzie sont rentrées bouleversées par ce que Mary Stokes avait raconté et ce que tout le monde en disait. Heureusement, elle avait menti sur le lieu où elle avait vu le cadavre, et personne n'a rien trouvé. Je suis retourné là-bas au milieu de la nuit enterrer la femme et je me suis cru en parfaite sécurité.

Changeant soudain de ton, il s'adressa directement à Cicely en la regardant droit dans les yeux.

— Vous comprenez ce qui c'est passé ? Pourquoi ne dites-vous rien ?

C'était une effrayante évocation du Mark d'autrefois. Il avait donné une représentation et il désirait être applaudi. Mais comment pouvait-on applaudir un crime ?

— Vous vous imaginiez en parfaite sécurité ? dit-elle.

Il rougit de colère.

— Et je l'aurais été, sans cette maudite fille ! Tout le monde croyait qu'elle avait inventé l'histoire, ou cru voir un fantôme. J'ai eu le plus grand choc de ma vie quand en apportant le beurre et les œufs, samedi matin, elle a essayé de me faire chanter.

Samedi dernier, le 16... Ainsi voilà ce qui était arrivé. Mary Stokes avait essayé de le faire chanter et, le soir, elle était morte.

Il eut un mouvement d'impatience.

— Elle a été idiote d'essayer, évidemment. Je rentrais au moment où elle sortait de la maison et je l'ai vue qui regardait mes mains. Je n'ai pas essayé de les cacher. Elle a dit exactement comme l'autre femme : « Ainsi c'était vous. C'est bien ce que je pensais. » J'ai répondu : « Que voulez-vous dire ? » Elle a repris : « Arrêtez un peu ! Je peux jurer que c'était vous. Vous voulez que je le fasse ? — Je n'ai pas la moindre idée de ce à quoi vous faites allusion. — Très bien, je vais aller en parler à la police ! » Puis, tournant la tête, elle a ajouté : « Quand je leur parlerai de la cave, cela les intéressera, vous ne croyez pas ? » Évidemment, je ne pouvais pas la laisser partir après cela. Je lui ai dit : « Nous ne pouvons pas parler ici. — Eh bien, où voulez-vous que nous nous retrouvions ? » Nous avons décidé d'un rendez-vous : elle devait aller à Lenton d'où Joe Turnberry la ramènerait à la ferme. Elle m'a dit qu'elle rentrerait, fermerait la porte et qu'aussitôt qu'il serait parti, elle ressortirait, mais qu'elle n'irait pas plus loin que le porche. Elle se croyait très fine, ajouta-t-il avec un rire dur, en restant à portée de voix au cas où je deviendrais brutal. Qu'imaginait-elle donc que l'on nous avait appris aux armées ?

Il rit de nouveau.

— Elle n'a pas eu le temps de crier et elle n'a même pas su que j'étais là avant de sentir mes mains serrer sa gorge.

Cicely frissonna. C'était Mark qui disait ces choses abominables... Mark ! Il poursuivit :

— Je ne pouvais pas la laisser parler, n'est-ce pas ? Vous devez le comprendre. Du commencement à la fin j'ai été le jouet de la fatalité. Je ne vois pas comment on pourrait me le reprocher. Ce n'était qu'un coup de malchance.

Il s'interrompit et reprit exactement sur le même ton :

— Et maintenant, il y a vous.

— Oui, fit Cicely.

Il étendit les mains.

— Pourquoi diable êtes-vous revenue ici ? Je ne pouvais pas prévoir que vous feriez une chose pareille ! Grant allait sûrement être arrêté dès que la police aurait su qu'il avait vu cette Rogers, et elle aurait découvert la boucle d'oreille manquante que j'ai retrouvée plus tard dans les feuilles. Je pensais bien qu'elle allait me servir un jour.

— Qu'elle allait vous servir ? répéta Cicely.

— Mais oui, ils la trouveront serrée dans votre main et tout deviendra clair. Vous l'avez trouvée par hasard et il vous a tuée.

— Qui, « il » ? fit Cicely.

— Grant, naturellement. Il a tué les deux autres et vous ensuite, parce que vous l'aviez découvert. Il sera pendu. Cela faisait partie de mon plan, il fallait que je l'écarte de mon chemin, car je voulais vous épouser... Je le voulais vraiment.

Un sursaut de vie eut raison de l'horreur qui paralysait Cicely... Tuer Grant et elle, les écarter de son chemin comme des moucherons... Elle allait se défendre. La grande table massive n'était pas loin. Si elle parvenait à se glisser derrière, elle pourrait peut-être s'enfuir par la porte-fenêtre, puis... Mais elle n'aurait aucune chance une fois dehors. Il fallait gagner du temps. Quelqu'un allait peut-être arriver.

— Je ne trouve pas cela très habile, dit-elle.

— Comment cela, « pas très habile » ?

— Voyons : Grant serait censé m'avoir tuée parce que j'ai découvert la boucle d'oreille... Mais il ne l'aurait pas laissée pour risquer que la police la trouve. Ce n'est pas un imbécile.

Mark Harlow détestait abandonner ce qu'il avait projeté.

— Il pourrait ne pas l'avoir vue : vous la serriez dans votre main.

— Alors, pourquoi m'aurait-il tuée ?

— Vous vous croyez si intelligente ! Mais il vous aurait tuée pour le même motif que Mary Stokes. Parce que vous en saviez trop. La boucle pouvait être restée dans votre main, mais vous lui aviez dit que vous saviez... Et il vous a réduite au silence... Comme cela...

Devant l'horrible changement de son visage et son soudain élan, Cicely bondit, atteignit la table et passa derrière. Elle ne se rendit compte qu'elle avait crié qu'en entendant le son de sa voix. Elle hurla de nouveau, de toutes ses forces.

Mark Harlow, penché sur la table, essayait de la saisir. Cicely lança un dernier cri qui lui coupa le souffle. Elle l'esquivait, se jetait de côté, feintait. Ce n'était plus Mark, mais une bête sauvage, qui jurait, hurlait, suivait chacun de ses gestes, impitoyablement résolu à la détruire. Il saisit sa manche. Elle se libéra en la déchirant... Soudain par-delà le bruit de leurs pas, de leurs souffles pantelants et les battements affolés de son cœur, elle perçut un autre bruit. C'était peut-être le vent. Mais peut-être aussi une auto.

Elle prit une profonde inspiration et cria de toutes ses forces. Elle le vit brandir une chaise au-dessus de sa tête. Saisissant le lourd encrier de verre, elle le lui jeta en pleine figure et s'enfuit à travers la porte vitrée pour tomber dans les bras de Grant Hathaway.

37

A peu près au moment où Cicely trouvait l'après-midi intolérablement long, Grant Hathaway pénétrait dans le bureau du commissariat de Lenton sans savoir s'il en ressortirait libre.

Frank Abbott le suivit dans le bureau et referma la porte. Grant s'assit, Frank également. Lamb attendait, rouge et suffoquant. Rien d'étonnant : il faisait une chaleur intenable. Et l'arrivée de Grant avait fait monter la température. Cela tombait bien, car il allait justement passer sur le gril.

— Je désirerais vous poser quelques questions, Mr. Hathaway. Si vous voulez bien y répondre, dit Lamb.

— Oh ! certainement.

— Au cours de votre conversation, Louise Rogers vous a-t-elle dit comment elle avait obtenu votre nom et votre adresse ?

— Oui, elle m'a dit que j'avais perdu une enveloppe adressée à mon nom et que quelqu'un la lui avait remise quand elle s'est renseignée.

— Vous a-t-elle demandé qui se trouvait avec vous dans la voiture ?
— Oui.
— Vous le lui avez dit ?
— Oui.
— Après quoi elle est partie ?
— Oui, elle est partie.
— Vous a-t-elle donné l'impression qu'elle allait s'y rendre ?
— Elle n'a rien dit.
— Lorsque vous lui avez donné l'adresse de Mark Harlow, s'est-elle informée du chemin à suivre ?
— Elle m'a demandé où il habitait, je le lui ai dit.
— Sans vous dire qu'elle allait le voir ?
— Non.
— Avez-vous pensé qu'elle irait ?
— Je n'y ai pas réfléchi : cela ne m'intéressait pas.
— Avez-vous téléphoné à Mr. Harlow pour lui annoncer sa visite ?
Grant parut légèrement surpris.
— Certainement pas.
— Vous auriez pu le faire ?
— Je ne l'ai pas fait.
— Etiez-vous en bons termes avec Mr. Harlow ?
— Je ne me suis jamais querellé avec lui.
— Vous n'avez pas l'air très enthousiaste, vous avez pourtant accepté une place dans son auto, le 4 janvier.
Grant sourit.

— Avez-vous jamais pris l'omnibus de Ledlington ? J'avais envie de rentrer chez moi.

Lamb grommela.

— Ainsi, vous n'avez pas prévenu Mr. Harlow qu'il pourrait avoir des ennuis ?

— Non.

— A qui avez-vous parlé de la visite de Louise Rogers ?

— A personne.

— C'est certain ?

— Tout à fait certain.

— Pas même à votre femme ?

— Non, pourquoi l'aurais-je fait ?

— Je vous demande si vous lui en avez parlé.

— Non.

— Vous n'en avez parlé à personne ?

— Non.

— Pourquoi ?

Grant sourit à nouveau.

— Pour trois excellentes raisons : cela ne m'intéressait pas. Je suis un homme très occupé. J'étais très pris par mes propres affaires.

Il y eut un interminable silence pendant lequel Lamb ne cessa de l'observer. La température de la pièce n'avait cessé de monter. Dans les meilleurs romans policiers, le criminel a toujours de la sueur qui perle sur le front. Grant s'aperçut qu'il montrait lui aussi ce symptôme de culpabilité.

— Harlow sait que vous l'avez vue, dit enfin Lamb.

— Pas par moi.

Lamb se leva brusquement.

— Eh bien, nous allons aller lui demander d'où

il tient ce renseignement. Vous pouvez venir avec nous.

Ils montèrent en voiture. L'agent May conduisait. En arrivant vers Deepside, Grant dit brusquement :

— Si vous devez m'incarcérer, puis-je aller prendre quelques affaires ?

Personne n'aurait pu savoir ce qui fit pencher la balance pendant que Lamb considérait la question. Il hésitait à dire : « Qui dit que nous allons vous incarcérer ? » ou « Vous pourrez les prendre au retour », mais il ne sut jamais pourquoi il répondit :

— Entendu... je n'y vois pas d'inconvénient.

Plus tard, Miss Maud Silver déclara que ce fut providentiel.

En stoppant devant la maison, ils entendirent les aboiements frénétiques de Bramble enfermé dans la cuisine, puis Grant perçut soudain le cri de Cicely. Trois portières s'ouvrirent avec fracas et quatre hommes se mirent à courir... Grant et Frank parce qu'ils avaient entendu le cri, Lamb parce qu'il croyait que Grant s'évadait et l'agent parce qu'il était d'âge à courir quand il voyait les autres le faire.

Le cri provenait du bureau. La porte vitrée était entrouverte. Au moment où ils arrivaient, Cicely la poussa violemment et se précipita dans les bras de Grant Hathaway qui la souleva de terre et la retint. En entrant dans la pièce, Frank Abbott vit deux choses : la boucle d'oreille que Cicely avait laissée tomber et, de l'autre côté de la table, Mark Harlow, à genoux, qui se débattait pour se libérer de la chaise avec laquelle il avait voulu frapper Cicely.

Son visage n'était qu'une masse de sang et d'encre. Il tâtonnait.

Lamb, arrivé sur le seuil, entendit Cicely dire d'une voix pantelante :

— Il les a tuées toutes les deux et il essayait de me tuer aussi !

Il vit la boucle d'oreille et Mark Harlow, maintenant debout, penché sur la table, qui essuyait le sang et l'encre qui maculaient son visage.

— Que s'est-il passé ici ? dit Lamb, qui enchaîna aussitôt sur l'avertissement officiel.

Mark Harlow l'entendit comme on perçoit des paroles hurlées en plein vent. Le sang lui battait les tempes et il était étourdi par la douleur :

— ... Tout ce que vous pourriez dire... retenu contre vous...

Il s'essuya les yeux et tourna vers Lamb son visage livide.

— A quoi bon tout cela ? Je l'ai avoué, n'est-ce pas ?

Il maudit ensuite Cicely et sa malchance. Si Louise Rogers avait été là, elle aurait reconnu la voix et les paroles.

Lamb reprit avec calme :

— Je vous ai averti. Mrs. Hathaway dit que vous avez essayé de la tuer. Avez-vous quelque chose à dire à ce sujet ? Ou à propos de Louise Rogers et de Mary Stokes ?

— Oh, dit Mark Harlow. Je les ai tuées. C'est fini. On ne lutte pas contre la malchance.

38

Ils étaient partis. Cicely avait fait sa déposition et ils étaient partis. Cela faisait une demi-heure que s'était évanoui le bruit de la voiture qui emmenait les policiers à Lenton avec Mark Harlow menottes aux mains, assis avec Frank Abbott à l'arrière.

Après cet épisode violent, tout était redevenu normal à Deepside : on avait laissé Bramble sortir de la cuisine, où il n'avait cessé de hurler. Grant allait et venait, ôtait son imperméable et l'accrochait au portemanteau. Cicely apportait le thé. Plus vite on revient à ce genre de choses, plus vite les cauchemars retournent là d'où ils sont sortis. Cicely et Grant étaient dans le bureau, avec un feu ronronnant dans la cheminée et les rideaux tirés. A force de précautions, Cicely avait réussi à les réunir.

La police avait saisi la boucle d'oreille et Grant avait ramassé des éclats de verre sur le plancher. Il y avait une tache sombre sur le tapis, là où l'encre s'était répandue, mais on ne la verrait guère une fois qu'elle aurait séché. De nouveau rempli, l'encrier était retourné à sa place sur le bureau. Personne n'aurait remarqué qu'il était abîmé.

Cicely était heureuse de prendre le thé. Elle ne voulait pas parler, ni faire quoi que ce soit. Plus tard, elle devrait aller faire la vaisselle, mais pas pour l'instant. Le feu de bois ronronnait confortablement. Bramble était allongé devant, le museau sur les pattes. Grant se reposait dans un fauteuil, la tête appuyée sur l'un des vieux coussins de tapisserie marron. Dans ce calme qui suivait le danger, Cicely commença à détester la tapisserie marron. D'abord la tapisserie en général, puis la tapisserie marron en particulier. Les gens s'y habituaient, parce que c'était résistant et que, comme cela avait toujours l'air sale quand c'était propre, on pouvait toujours prétendre que c'était propre quand c'était sale.

Pensive, Cicely commençait à refaire le bureau, comme dans un rêve. Le papier peint devait avoir au moins trente ans, avec ses chrysanthèmes bleus et bruns sur un fond grisâtre. Elle le remplacerait par un papier crème et elle était en train d'hésiter entre bordeaux et vert pour les rideaux, lorsque Grant ouvrit les yeux.

— Voulez-vous que nous parlions ? dit-il.

— Non, répondit Cicely.

Il se redressa en s'étirant.

— Il va pourtant falloir.

Elle secoua la tête.

Il se leva, déplaça la table à thé et revint s'asseoir sur le bras de son fauteuil en la regardant.

— Il le faut, Cis. Mieux vaut expliquer tout de

suite votre brusque départ, votre désir d'obtenir le divorce. Nous n'en avons jamais parlé. Ne croyez-vous pas qu'il vaut mieux le faire ?

Elle secoua à nouveau la tête. Tout cela lui paraissait si lointain, si futile. Que lui importaient maintenant les choses qui les avaient séparés ? Elles lui semblaient appartenir à un autre monde. Elle secoua de nouveau la tête.

— J'ai bien peur que nous y soyons obligés, reprit Grant d'un ton résolu. Je veux savoir ce qui a miné notre existence. Nous vivions parfaitement heureux et, subitement, vous êtes partie en me faisant comprendre que je vous avais épousée pour votre argent et que vous veniez de me démasquer. Je tiens à savoir ce qui a pu vous fourrer cette idée dans la tête.

Cicely se redressa. Il y avait encore du feu sous la cendre. Il se ranima.

— Vous n'allez pas m'affirmer en face que vous l'ignorez ?

— Je vous dis en face que je n'en sais rien. Expliquez-vous.

— Grant ! Quand vous m'avez donné la lettre de vos propres mains !

— Quelle lettre ?

— Celle de votre cousine qui a été élevée avec vous, Phyllis Shaw. Vous m'avez dit : « Voici une lettre de Phyllis. Il y a des chances pour qu'ils viennent à Noël. J'espère qu'elle vous plaira. » Vous avez fouillé dans un tiroir et m'avez lancé la lettre avant de partir pour toute la journée.

— Oui, j'allais voir James Roney et quand je suis rentré, vous étiez partie me laissant une note annonçant que vous ne reviendriez pas. Après quoi, vous avez refusé de me voir, de répondre à mes lettres ou de vous conduire raisonnablement.

Les yeux de Cicely étincelaient.

— Je ne me sentais pas raisonnable.

— Je m'en suis aperçu. Voulez-vous me dire maintenant ce qui a motivé votre départ ?

— Vous ne vous rappelez pas cette lettre ? fit-elle d'une voix tremblante d'indignation. Vous avez vraiment la mémoire courte !

— Je ne me rappelle rien qui ait pu vous mettre dans un état pareil. Soyez raisonnable, vous l'aurais-je montrée si j'avais remarqué quelque chose susceptible de vous froisser ? Il se peut que cela m'ait échappé. Dites-moi de quoi il s'agissait.

Cicely, assise très droite, le sang aux joues, s'écria :

— Comment aurais-je pu oublier une chose pareille ! Je ne sais pas pourquoi vous me l'avez montrée et je me suis souvent posé la question. Vous veniez de partir, j'ai commencé à lire la lettre, le début était insignifiant, puis j'ai tourné la page. Votre cousine a une écriture très lisible, elle disait :

C'est dommage pour Cis Abbott, je sais bien que vous les aimez blondes. Votre « ce n'est qu'un petit pruneau » ne semble pas très enthousiaste, mais on la dit charmante, l'une des sœurs de Gérard, Mary, était en classe avec elle, c'est ainsi que j'ai appris que lady Evelyn Abbott lui avait légué sa fortune. Les héritières ne courent pas les rues et vous pourriez vous habituer à son physique. Mary dit qu'elle n'est pas ce que l'on pourrait appeler un laideron.

Le visage de Grant Hathaway n'était que trop

révélateur. Qu'il se rappelât le passage était évident, et, non moins visible, qu'il était partagé entre l'horreur et une folle envie de rire.

— Ma pauvre petite ! dit-il, je suis navré. Je m'étais trompé de lettre.

— Vraiment ? Cela n'en vaut pas mieux.

— Chérie, aviez-vous remarqué la date ?

— Non.

— Possédez-vous toujours cet affreux document compromettant ?

Elle lui lança un regard irrité.

— Bien sûr que non ! Je l'ai déchiré aussitôt en mille morceaux et je l'ai brûlé.

— Voilà ce que c'est de se mettre en colère, dit-il en riant. Si vous aviez regardé la date, vous auriez vu qu'elle était écrite en janvier dernier.

Elle riposta.

— En janvier ! Phyllis parlait d'une chaleur insupportable !

— C'est l'été, en Afrique du Sud. On ne vous a donc rien appris à l'école ?

— Oh ! fit Cicely.

— Mais oui, ma chère petite ! Écoutez-moi. Lorsque je suis arrivé ici, j'ai écrit à Phyllis que je ne savais pas comment je pourrais payer les droits de succession et encore moins exploiter la propriété. Elle m'a répondu que je devrais évidemment faire un mariage riche, qu'il y avait plusieurs jeunes filles très bien et, en particulier, une compagne de la sœur de Gérard qui habitait tout près. Quoi de plus charmant ? Lorsque je lui ai répondu, je vous avais rencontrée une seule fois à cette ennuyeuse réunion chez Mr. Bowse où l'on vous avait manifestement traînée de force. Vous étiez de mauvaise humeur et vous n'aviez pas desserré les dents.

Cicely redressa la tête.

— J'étais furieuse contre Maman qui n'avait pas voulu me laisser porter un chapeau que j'avais choisi toute seule. Vous savez ce que c'est : quand on se laisse dominer, on est esclave toute sa vie.

— Pauvre Monica !

— Ce serait plutôt « pauvre de moi » !

— Entendu. Mettons que vous n'étiez pas à votre avantage. Ce soir-là, j'ai écrit à Phyllis pour lui dire que vous étiez un « petit pruneau, qui ne disait pas un mot », et autres appréciations du même genre. C'est alors qu'elle m'a écrit la lettre fatale.

— Et alors ? Qu'est-ce que cela change ?

— Alors, ma chère enfant, je suis tombé amoureux de vous.

Il se leva, et, penché sur elle, lui prit les mains.

— Cis... Regardez-moi ! C'est important. Si vous ne me croyez pas, tout est fini. Réfléchissez. Pensez à notre vie ensemble. A tout !

Il l'attira dans ses bras.

— Je suis tombé amoureux de vous et, je vais être franc en vous avouant que, si vous aviez été sans un sou, j'aurais essayé de ne pas vous aimer, car je n'étais pas en situation d'épouser une femme sans fortune, oui, j'aurais essayé. J'ai payé les droits de succession en vendant des bijoux de famille qui dormaient depuis quarante ans dans un coffre de banque. C'était l'une des choses que je craignais de voir découvertes par la police.

— Oh ! fit Cicely.

Il rit.

— Il y avait suffisamment d'autres indices contre moi, n'est-ce pas ? Et maintenant, Cis, nous voilà tous deux sauvés par un miracle. Si Lamb avait tardé un peu, ou si nous n'étions pas passés par ici, où serions-nous maintenant ? Vous morte, moi en prison, et les journaux du soir portant en manchette : « Le triple meurtrier arrêté. »

Cicely avait pâli. Ses mains glacées saisirent celles de Grant.

— Songez-y et regardez-moi ! Croyez-vous que je vous aime ? Et vous, m'aimez-vous ?

Elle le regarda gravement, posément :

— Oui, dit-elle.

Il la souleva dans ses bras comme lorsqu'elle avait couru vers lui.

— Oh ! Cis... Quel temps nous avons perdu !

Si vous désirez être régulièrement tenu au courant de nos publications, remplissez cette page et renvoyez-la à :

Editions 10/18
12, avenue d'Italie
75627 Paris Cedex 13

NOM : _

PRENOM : _

ADRESSE : _

_ _

CODE POSTAL : _ _ _ _ _ _ _ _ _ _ _

VILLE : _

PAYS : _

AGE : _ _ _ _ _ _ _ _ _

PROFESSION : _ _ _ _ _ _ _ _ _ _ _ _ _ _ _ _ _ _

TITRE de l'ouvrage dans lequel est insérée cette page :

_ _

Cet ouvrage a été réalisé par la
SOCIÉTÉ NOUVELLE FIRMIN-DIDOT
Mesnil-sur-l'Estrée
pour le compte des Éditions U.G.E. 10/18
en décembre 1996

Imprimé en France
Dépôt légal : janvier 1995
N° d'édition : 2487 - N° d'impression : 36482
Nouveau tirage : décembre 1996